わたしを永遠に眠らせて

WATASHI WO EIEN NI NEMURASETE

RINKO KAMIZU

神津凛子

幻冬舎

わたしを永遠に眠らせて

装幀　アルビレオ
装画　佐久間友香

目次

第一章　朽腐　8
第二章　散開　146
第三章　萌芽　180
第四章　剪定　233
第五章　開花　294
第六章　結実　328
第七章　収穫　365
終　章　新芽　396

柿【かき】

分　類：カキノキ科カキノキ属

和　名：カキノキ（柿の木）

花言葉：自然美、優しさ、恩恵、恵み、
　　　　広大な自然の中で私を永遠に眠らせて

蕾《つぼみ》は堅い樹皮下から顔を出し、清々しい空気に触れる。母樹を照らす光、あたたかな風。それらに触れるために生まれてきたのだと若き蕾は緑深き色鮮やかな春を謳歌する。

若草色の花弁の中央で鶸色《ひわいろ》に膨らむカラダ。来《きた》る収穫の時に向け、蕾は実へと成長を続ける。柿の木には鳥や昆虫たちが集う。賑やかな語らいの夏が長く続けばいいと小さな実は願うが、長野の夏は飛ぶような速さで過ぎてゆく。

照柿色のこぶし大に成長した実は収穫されるのを待つ間、忙《せわ》しない人間たちの生動を見守る。陽光は足早に去っていき、冬のカーテンを引くように縹色《はなだいろ》の寒風が吹きつける。小さな生きものたちはどこへ行ったのか姿を見せない。やっと現れたヒヨドリは夏に語らった友のはずなのに、どんなに懇願しても啄《ついば》むのを止《や》めない。実が、枝に別れを告げる間もなく落下すると、ヒヨドリは一顧だにせず去っていく。四散を免れたぐじゅぐじゅとしたカラダで、実は考える。すべての喜びが詰まった季節に得た確信は間違いだったのだと。

柿の実が新たな答えを得た頃、だれかがやって来る。

彼は柿の木を見上げ、深々とため息を吐《つ》いた。悲しみに染まる目が足元に落ちた実を見下ろすことはない。

墨色の柿の実は、天上の星々と共に見守る。

大地に還る。それが生まれてきた意味で、すべての答え。しかし——

柿の木を見上げた彼の頸《くび》にロープがかかった時。

窓越しにこちらを見つめる瞳の願いに気付いた時。

これは人間の、彼らの切実な願いが詰まった言葉なのだと気付く。そして実は朽ちてゆく。

彼らの願いと共に。

第一章　朽腐

1

どんなに言葉を尽くしても、声を嗄《か》らして叫んでも。想いが伝わらない相手というのは必ずいる。それが一過性の関係ならいいが、身近な相手となると精神の疲弊は大きい。ましてや共に暮らす家族ともなればそのダメージは蓄積され、徐々に肉体をも侵していく。

秋夜《あきよ》はまさにその渦中にいた。善財《ぜんざい》の家に嫁いで一年半、この家に秋夜の居場所はなかったが、存在意義なら充分にあった。

十月の長野の日の出は午前六時より前だが、それより早い起床に始まり就寝する午後十一時まで、秋夜は家族のだれより働いた。農作業に家族六人分の食事の支度――高齢で身体《からだ》が不自由な義祖父には柔らかい特別食。介護、掃除、パートの仕事。毎日が目の回る忙しさで余裕がなかった。だから、生理はあるのか、と義母に訊かれた時、すぐには答えられなかった。

「ほら、あれよ。なんて言ったたっけ？　アンネじゃなくて……ナプキン全然減ってないし、買い物レシートにも載ってないから」

家の財布を握っているのは義母の珠子《たまこ》で、パート代を全額家に入れている秋夜には自分の好きに買えるものは一つもなかった。買い物後は珠子にレシートを提出し、記載された物品と照合される。適正な買い物でなければそのことを咎《とが》められる。

「今月の生理は？　まだなのね？」

秋夜が答えられずにいると、珠子はボトックスの効果が切れかかっている眉間にうっすらと皺を寄せた。

「わたしに言いたくない？　家族なのに悲しいわ。ああ、もしかして――前のことを気にしてるの？」

秋夜が顔を上げると、珠子は急に膝を詰めてきた。

「だめよ、秋夜さん。赤ちゃんはね、お腹の中にいてもお母さんがなにを考えているかわかるの。だから、ダメだった子のことは思い出すのもだめよ」

妊娠しているものとして話が進んでいることよりも、そんな風に考えられていることがショックで秋夜は目を瞠《みは》った。一方、珠子は精いっぱい寄り添った声掛けができたと思ったのか、満足気に微笑《ほほえ》んだ。

「前のことは忘れるの。秋夜さんがその子のことを今もクヨクヨ考えているのはわたしも知ってる。でも、お空に逝った子だってママがそんな風に生きるのを望んだりしないと思うけど。それに、今回は清春《きよはる》の子だもの。わたしたちが全力で守ってサポートすれば、前のようなことは絶対に起こらないから大丈夫よ」

突然、珠子が秋夜の手を取った。秋夜には手を引っ込めることも、義母の手を払うこともできなかった。

「さ、病院へ行きましょう」

言われた秋夜はぎょっとする。

「あの……病院に行かなくても、まずは検査薬で――」

「そんなまどろっこしいこと嫌よ。わたしは出かける支度をしてくるから、秋夜さんはおじいちゃんのおむつを取り替えてくれる？」

珠子が機敏に立ち上がる。秋夜は義母を引き留めようと声を上げるが、縁側の向こうで起こった風にかき消されてしまう。

「妊娠がはっきりしたら家のことはしなくていいから」

不確定な未来に思いやりを忍び込ませた珠子は、独り言にしては大きなトーンで呟く。

「これでやっと肩身の狭い思いをしなくて済むわ」

しゅっ、しゅっ、と畳を擦る音さえ嬉々とさせ、珠子は部屋を後にした。庭の柿の木まで嬉しそうに枝を揺すっている。

先ほど握られた手を逆の手で包みながら、秋夜は夫の清春に連絡するか、ひとりで乗り切るべきか混乱する頭で必死に考えた。

「え」

自宅から車で三十分。その間一時たりとも口を閉じなかった珠子――彼女はまだ見ぬ孫の成長を想像し、それを秋夜に語った。病院に着く頃には、とびきり優秀でスポーツ万能な孫は成人を迎えていた――が絶句した。

秋夜の診察が終わるのを待ち構えていた珠子は、爛々とした目に急激な翳《かげ》りをみせた。

「今、なんて言ったの？」

「妊娠はしていません」

言っている意味がわからない。珠子の顔にはそう書かれている。

「お義母《かあ》さん、わたし――」

「やめて」

右の手のひらを突き出すと、珠子は顔を背けた。

「きちんと先生から話を聞くわ」

受診前、一緒に診察室へ入ると言う珠子を止めてくれたのはクリニックのスタッフだった。

今、スタッフの姿は見えない。珠子は診察室の方へずんずん進んで行く。引き留めようと伸ばした手を振り払われる。待合室は長い待ち時間を過ごす女性たちで埋まっている。彼女たちの多くが、ふたりのやり取りをチラチラ見ている。

秋夜は珠子の後を追う。珠子はすでに診察室前まで行っている。

「お義母さん、わたしの話を聞いてください」

嫁の懇願に珠子はやっと足を止めたが、冷たい一瞥《いちべつ》をくれただけだった。珠子がノックもせず診察室のドアを引き開けると、中にいた看護師が驚いたように目を剝《む》いた。診察室へ入るとごねる珠子を制してくれた人物だ。

「先生、どういうことですか」

突然の訪問者に女性医師は驚いた様子もない。診察前の一件を医師も知っているからだろう。

「善財さん、この方との関係を教えてください」

医師は、扉の前で立ち尽くす秋夜に訊ねた。

「あ、あの……義母です」

医師は珠子に感情の読めない目を向けた後、後方の看護師に一度だけ頷いてみせた。

「おかけください」

言われなくてもそうするつもりだった、と言わんばかりの勢いで珠子が椅子に腰を下ろす。秋夜は暗澹《あんたん》たる想いでドアを潜った。

「どういうことなんですか」

秋夜がまだ席に着かないうちに、珠子は口を開いた。大きなデスクに身を乗り出す様子は訊ねるというより喰ってかかるようだった。

医師は冷静そのものの態度で、

「お義母さまがお知りになりたいのはどういったことですか」

と訊いた。

「うちの嫁は本当に妊娠してないんですか」

ブランドバッグの上に置かれた珠子の手がぎゅっと握られるのを、秋夜は苦しい想いで見つめた。

「善財さん」

医師が呼んでいるのは秋夜だ。秋夜が顔を上げると、わずかに表情を緩《ゆる》めた医師と目が合った。

「今の質問に答えても構いませんか」

医師の問いに、秋夜は小さく頷いた。患者本人からの同意を得た医師は、珠子に、

「秋夜さんは妊娠していません」

と告げた。

「そんなはずありません。だって、嫁は生理がないって――」

「妊娠の可能性はありません」

「そんな――」

珠子は力なく椅子にもたれた。

医師が言う。

「今回の診察とは関係なくお訊ねするのですが、最近、無理なダイエットなどされませんでし

たか？」

　医師は、診察室へ押しかけて来る姑と項垂《うなだ》れる嫁の関係性を推し量るような目で、骨ばった秋夜の手の辺りを見つめている。

　秋夜の体重は結婚後みるみる落ちた。百六十センチで五十キロあった体重が、今では四十キロ台前半をうろうろしている。

「秋夜さんの身長ですと五十六キロくらいが標準体重ですが、元々痩せ気味でしたか」

「――この一年半で、十キロ痩せました」

「ダイエットではなくそれだけ痩せたとなると――」

　それまで肩を落としていた珠子が、猛然と顔を上げた。

「先生は、わたしどもが嫁に充分な食事を与えていないとおっしゃるんですか」

　医師は瞬きしない目を珠子に向けた。

「与えておられないとは思いません」

　それから落ち着いた口調で、

「ただ、一年半でそれだけ体重が落ちたとなると病気が潜んでいる可能性もありますし、一度きちんと検査を受けられた方が――」

「病気？　嫁は病気なんですか」

　言ってから、すぐに秋夜に顔を向ける。

「秋夜さん、そうなの？　わたしたちに言ってないことがあるの？　なんの病気なの」

「秋夜さんに病気があると決まったわけではありません。わたしは可能性の話をしているだけで今回の診察とは関係ありませんし、痩せている原因がダイエットなのか他にあるのか、お話を伺っただけです」

診察前、秋夜は医師に同居している義母が一緒に来ているが、診察はひとりで受けたいと申し出た。女性医師はふたりのパワーバランスを察し、さらには秋夜が痩せている原因を心配し、こうして珠子のいる場でわざわざ話をしてくれているのだ。

珠子が医師に向き直った。

「そうだとしても、痩せる病気ってなんですか。まさか、命にかかわるようなものじゃないですよね？　秋夜さんがいなくなったらわたし――」

「善財さん。落ち着いてわたしの話を聞いていただけませんか。急激に痩せる原因は一つではありません。ストレスの場合が多いですが――」

「ストレス？　いったいなにが――秋夜さん、原因に心当たりはある？　仕事？　それとも――わたしのせい？」

俯《うつむ》き加減だった秋夜が顔を上げると、瞳を潤ませた珠子と目が合った。

「気が付かなくてごめんね。わたしも精いっぱいやってるつもりだけど、秋夜さんにはそれじゃあ足りなかったのね」

医師が珠子に声をかける。

「ストレスが原因とは限りませんが、秋夜さんはまだお若いですし――」

「若い？」

珠子は、純粋に驚いた表情で医師を見た。

「先生、嫁はもう三十です。ひと昔前なら貰い手もないくらい年増で、子どもを産むのだって遅いくらいだと思いますし、それに――嫁は、前の結婚の時に子どもをダメにしてるんです」

「そのようですね」

「それがいけなかったんじゃないですか。それが原因で痩せたり妊娠できないんじゃないですか」

医師は机の上に置いていた手を組み、珠子にしっかりと向き合った。

「そのご質問に、今わたしがお答えすることはできません」

「だって、前はできたのにできないなんてこと、あるんですか。それが原因でないなら、どうして嫁は妊娠できないんですか」

悲嘆に暮れたように珠子は言った。

「一年半ですよ。息子と結婚して一年半経つんです。健康な男女がそれだけ経っても子どもに恵まれないなんておかしいわ。秋夜さん、あなた……」

珠子は怪訝《けげん》そうな顔を秋夜に向けた。

「わたしに隠していることがあるんじゃないの？」

秋夜の口腔内はカラカラで、舌が上顎にくっついたまま離れない。珠子はじっと探るような目を向けてくる。

「不妊になり得る未治療の病気があるとか……」

珠子は秋夜からわずかに距離を取り、言った。

「病気と知りながら嫁いできたなら、あなた、それは詐欺よ」

嫌悪の眼差しを秋夜から離すと、

「やっぱり秋夜さんにはブライダルチェックを受けさせるべきだった。前のことがあるんだから、言われなくても自分から受けるのが当然なのに」

と呟いた。秋夜の胸は、ショックよりも申し訳なさで激しく痛んだ。

デスクで手を組んだままの医師が、

「ひとまず、秋夜さんの体重に関してお話ししませんか」

「秋夜さん、そんなことは清春と話してちょうだい」

珠子が席を立った。

「ごめんなさい、わたし先に帰るわ」

バッグを手に、珠子はふらふらと診察室を出て行った。

珠子が出て行くと、診察室は静寂に包まれた。


なにも載っていないテーブルを前に居心地の悪さが最高潮に達した頃、待ち合わせの人物はやって来た。気付いてもらえるよう、秋夜はおどおどと手を上げ合図した。秋夜を見つけた彼女はぱっと笑顔を咲かせ、駆け寄って来た。

「だいぶ待たせちゃったね」

「ううん、平気」

テーブルにざっと目を走らせたみかげは、

「お姉ちゃん、なにがいい？」

と訊いた。秋夜が戸惑っていると、

「甘いのでいいよね」

そう言って注文カウンターに向かった。


「……呪文みたいな名前」

秋夜の言葉に、コーヒー名を口にしたみかげは声を上げて笑った。

「ねえ、代金は――」

みかげは、カップを置いて自由になった手を胸の前で振った。

「わたしが誘ったんだから、気にしないで」

「……ごめんね。ありがとう」

秋夜は、財布の入っていないポーチを隠すように背中へ回した。その様子を見ていたみかげの顔に、状況を察したような同情と悲しみが同時に浮かぶ。妹にそんな顔をさせることが切なくて、秋夜は早口に言う。

「わたし、このお店に入ったの初めて。みかげは？　よく来るの？」

みかげは感情を呑み込むように俯きながら、

「ううん。わたしも初めて」

と答えた。飲み物の名をすらすらと口にした様子から、みかげがこの店を普段から利用していることは窺《うかが》えた。しかし、秋夜はその優しい嘘に甘えた。

「急に連絡してごめん。大丈夫だった？」

「ちょうど歯科医院は休診日で、紬《つむぎ》はまだ保育園の時間だから。そんなに心配しなくても平気だってば」

産婦人科を出た後、秋夜は迷いに迷った挙句、妹のみかげに電話した。長らく連絡のなかった姉からの電話に思うところがあったのか、みかげは理由を訊ねなかった。

「それより、来るのが遅くなってごめんね」

みかげが住んでいるところを考えれば、車を飛ばして来てくれたのが秋夜にはわかった。だから、

「久しぶりに会えて、ほんとうに嬉しい」

そう言った。みかげがほっとしたような表情を浮かべる。

「うん、わたしも。最後に会ったのは——お正月？　あの時、お姉ちゃんたちすぐ帰っちゃったから話もできなかったし……お姉ちゃんが結婚してからこうして会うのって初めてだよね」

普段、自由になる時間が秋夜にはない。その上、実家へ頻繁に帰るのは世間体が悪いと珠子が渋るのでなかなかできない。正月、実家へ行けたのは、清春が珠子を説得したからだった。

結婚後初めての帰省はわずか数時間だった。

「誠司《せいじ》さんも紬も、元気？　紬、大きくなったでしょうね」

「うん、元気よ。誠司君は最近仕事が忙しくて大変そうだけど、それでもできる範囲で家のことしたり、紬と遊んだりしてる。紬は体が丈夫になってきて、保育園も休まず通ってるよ」

「実家へは？　帰ってるの？」

「紬の体調が悪かった時、わたしが仕事の間は実家にお世話になってたの。お母さんたちが昼間の仕事じゃなくてよかったってあんなに強く思ったのは初めてだったかも。最近は誠司君の休みが取れる時にみんなで行ってるよ」

テーブル上のカップを両手で包んだみかげが躊躇《ためら》いがちに、

「あの、お姉ちゃん。近くのレディースクリニックにいたってメールくれたけど……どうしたの？」

と訊いた。

「それが、お義母さんの勘違いで——」

秋夜が医師の対応を含めた事情を話すと、みかげは安堵したように頷いた。それから心配そうに眉を寄せる。

「お正月に会った時にも思ったけど、お姉ちゃん痩せ過ぎだよ。また痩せた？　先生の言うようにストレスなんじゃない？　仕事とか家族のこととか……」

最後の言葉を慎重に口にしたみかげは、姉の顔と髪に視線を走らせた。

「肌の色艶も悪いし、髪もパサパサ。最後に美容院に行ったのはいつ？」

「髪は昔からこんなだし――」

「お姉ちゃんの猫っ毛は昔からだけど、それはひどいよ。せっかくの美人が台無し。メイクしないのはいいけど、お肌の手入れはしないと。手だって――」

秋夜は、視線を注がれているあかぎれだらけの手を腿の下へ差し入れ、誤魔化すように、

「新しい職場はどう？」

と訊ねた。姉の気持ちを慮《おもんぱか》ったのか、みかげはそれ以上言及するのを止めた。

「歯科助手はわたしひとりだけど、すごく働きやすい職場だよ。お姉ちゃんが言ってた通り、みんないいひとたちだし。患者側の印象と医院に入っての印象が全然違うところもあるけど、うちの歯科医院はそうじゃなかった。紹介してくれてありがとう」

「紹介なんて大袈裟よ。わたしはただ――」

半年前、娘の紬を保育園に入れるタイミングで勤務先を探していたみかげに、今の歯科医院をすすめたのは秋夜だ。みかげの家から通いやすい距離だったのと、なにより――

「尊《たける》が、スタッフの感じがいい歯科医院だって言ってたから。あのひとすごく怖がりで、歯医者に行くのが嫌いだったの。特に、歯を削る音が苦手だったみたい。だけど、『あの歯科医院はみんな優しくて行きやすい』って」

みかげの笑顔が小さくなる。秋夜の痛みに寄り添うような、過去を愁《うれ》えるような笑顔だった。

「わたしも行ってみたかったけど、あの頃はつわりがひどかったし、尊の職場には近かったけ

どわたしたちのアパートからは距離があったから」

唇にうっすらと残した笑みを広げるように、みかげは口角をぐいと上げた。

「尊さんの話、初めて聞いた」

みかげが言う「初めて」は、「尊の死後」初めてという意味だ。言われて初めて、秋夜はそのことに気付く。

「そう……かもしれないね。みかげには、なんだか話しやすくて」

姉妹はしばし見つめ合い、互いを思いやるように微笑んだ。

「前のところは立ちっぱなしで大変だったって言ってたけど、今はどう？」

秋夜の問いに、みかげは首を横に振った。

「もうすぐ受付のひとが産休に入るから、今は主に受付業務をしてるの。だから座れるよ。診療の補助をする時も結構座れるから大丈夫。前の歯科医院は産休制度もなかったし、いろいろ違うね」

なにかに気付いたように、みかげが、

「この前定期検診のお知らせハガキを出したんだけど、清春さんのお母さんうちの歯科医院に通ってたんだね」

と言った。秋夜には初耳だった。ハガキも見た記憶がない。

「ここしばらくは来てないみたいだけど……」

「美容整形外科と歯科は大抵同じ日に朝香《あさか》さんと一緒に行ってるから、どこか別の歯科医院を紹介されたのかもしれないね」

義母と義妹《いもうと》のやけに白い歯のことを話すと、みかげは、

「うちは歯のホワイトニングやってないから、審美歯科が目的ならそうかも」

と、納得したように言った。

「お姉ちゃんは？　介護施設の仕事、続けてるの？」

「うん。家のこともあるから、週に四日だけ」

「家のことって？　清春さんは手伝ってくれないの？」

「清春さんは仕事が忙しいから。それにわたしが家のことをするのは当然よ。嫁なんだから」

みかげの表情が曇ったが、秋夜はそれがなぜなのかわからない。

みかげは強張《こわば》った顔を俯けるとカップを手に取った。

「清春さん、今はどこの小学校にいるの？　あ、ねえ、飲んで」

促され、秋夜は初めてカップに口を付けた。その甘い飲み物は、痞《つか》えていた苦い想いを優しく包み、喉を下っていくようだった。

「さらしなの丘。わたしたちの母校」

みかげは驚いたように眉を上げた後、なつかしい、と呟いた。

「それに、お姉ちゃんたちの出逢いの場所ね」

冷やかすような表情で、みかげは秋夜を見た。

「教育実習の先生と結ばれるなんて、少女漫画みたい」

「結果はそうだけど、その頃なにかあったわけじゃないし……」

「だって、お姉ちゃんのことずっと気にかけてくれてたでしょ？」

「それは、うちの店の常連さんだったから。わたしのことだけじゃない、みかげのことだって気にかけてくれてたみたいだし。そういうひとなのよ。今でも、教え子以外にも気を配ってる」

「教育現場って、右へ倣《なら》えの閉ざされた世界だなって思うんだよね。いじめ問題とか隠蔽しようとするし。だから、清春さんみたいな先生って貴重だね」

カップに口を付けた後、みかげは思い出したように言った。

「交際のきっかけも運命的」

「運命――っていうか、ご縁かな。縁を感じなかったら、交際も再婚もしなかったと思う」

みかげは小さく頷いた。

「わたしの友だちが保育園で調理師してるんだけど、子どもと一緒に通えるから送迎だけは楽だって言ってた。お姉ちゃんも、通勤する時は清春さんのおじいちゃんと一緒？」

「ううん、おじいちゃんは自宅介護しているから」

再びみかげの顔が曇る。

「え、だって、お姉ちゃんが勤めるデイサービスの施設に清春さんのおじいちゃん通ってたよね？　それがきっかけで清春さんと交際がスタートしたわけだし――それなのに、なんで……お義母さんが自宅介護を始めたの？」

「パート中は義母のお世話にもなるけど、主にわたしが看ているわ」

——おじいちゃん、どうしても家がいいって言うの。秋夜さん、お仕事で慣れているから安心して任せられるわ。お願いね

「なんで仕事してるお姉ちゃんが介護まで？」

「でも、病院へ連れて行くのはお義母さんだし——」

「外へ連れ出す時だけ担当って——それって、介護してるのは自分だってご近所や病院にアピールしたいからじゃない？　清春さんのお母さん薬剤師だったらしいけど、今はもう働いてないんだよね？　だったらやってくれてもいいのに」

みかげは大きなため息を吐いた。

「お姉ちゃん以外に家事をするのは？」

「え？」

「家のことをするのはお姉ちゃんだけなの？」

「ええ。だってわたしが嫁だもの」

朗らかだったみかげの顔が凍りついていくようで、秋夜は不安になる。

「お義母さんは？　お義母さんも『嫁』だよね」

「義母は、畑仕事や地域の婦人会とかで忙しいから」

「じゃあお姉ちゃん、畑仕事はしないんだ？」

「え？　いいえ、もちろん手伝うわ」

みかげの態度がどんどん硬化していくのがわかる。

「義妹さんは？　まだ実家暮らし？　たしかお姉ちゃんと同い年だったよね」

――秋夜さん、あたしのお弁当は？

「ご両親はなにも言わないの？」

――朝香ちゃん、おかえり。疲れたでしょう、部屋で休みなさい。秋夜さん、朝香ちゃんにお夜食作ってくれる？

「お義母さん、三十は若くない……ってクリニックで言ったんだよね？　義妹さん、結婚は？」

「……未婚よ」

――男性に相手にされない、ですって？　清春、人聞きの悪いこと言わないでちょうだい。朝香ちゃんはね、選んでるの
なにかがおかしい。久しぶりに会った妹とこんな話をするつもりじゃなかったのに。

「毎日目の回るような忙しさよ」

場の空気を変えたくて、秋夜はおかしくもないのに笑った。

みかげは笑わない。相槌《あいづち》も打たず、表情のない顔を向けている。秋夜は耐えきれず、訊いた。

「どうしたの？」

みかげは、整った眉を八の字に下げた。困っているようにも怒っているようにも見える。

「お姉ちゃんて、か弱く見えるから誤解されがちだけど」

『か弱い』とみかげは表現したが、これまで秋夜は、陰の多い女だとか同性に嫌われるタイプだとか散々な言われ方をしてきた。

「優しい口調で時々言葉を濁すところとか、伏し目がちなところとか。猫っ毛の長い髪をしきりに耳にかける仕草とかのせいなのかな。その癖、子どもの頃から変わってないね。自分の気持ちに蓋したり、嘘つく時、そうやってた」

　鋭い妹の指摘に、秋夜は言葉が出ない。

「でもお姉ちゃんて、実は芯が強いんだよね。口調はおどおどしてるけど間違ったことは正そうとしたし、自分の意見もはっきり言った。わたし、お姉ちゃんのそういうところが大好きだった」

『大好きだった』

　みかげは過去形でそう告げた。

「パートも立派な労働なのに、家事全般を押し付けられても理不尽じゃないって納得してるのはおかしいよ」

「……別に、押し付けられてるわけじゃ——わたしは嫁だから——」

　うんざりしたようにみかげが天井を仰ぐのを見て、秋夜は口を噤《つぐ》んだ。

「それだよ、それ。コーヒーの名前は呪文じゃない、ただの美味しい飲み物だけど、『嫁』ってキーワードはお姉ちゃんにとって呪文なの」

　なにかが胸に落ちた。だが秋夜にはそれがなんなのかわからない。

「『うちの嫁』なんて怖気《おぞけ》がするくらい不気味な言葉だと思う。『娘』でいいのに。家族になるって意味合いならその方がしっくりくるし、誠司君の両親もわたしを『娘』って言うよ。ただ、周りのひとたちは実子だと勘違いするからややこしくなっちゃうけど」

ずいぶん前に亡くなった秋夜の父方の祖母は、母のことを必ず「わたしの娘」と紹介した。

それを特別と思わせない親子の空気がふたりにはあった。

「そういうこと、みんななんとも思わないのかな。おかしいって感じないことがおかしいってわたしは思うんだけど」

みかげは、口に付けたカップをぐいっと傾けた。

彼女の話はわたしの話だ。おかしいのはわたしだ。おかしいことをおかしいと思わずにいたこと。おかしいと思っても意見しなかったこと。正そうとしなかったこと。それが事実で、それこそが問題だ。

秋夜の胸で死んだように膜を張っていた疑問が、むくりと頭をもたげた。

秋夜は話し始める。一日のサイクル。お金の話。介護の話。家族の話。

秋夜の話を聞き終えたみかげの顔は怒気を含んでいる。

「三十になる義妹の食事の支度とかパンツ洗うとか、あり得ないよ」

あり得ないよ。みかげは繰り返す。

「ご両親は健在で仕事もしてないのに、なんでお姉ちゃんがお義祖父《じい》さんの面倒まで看なくちゃならないの？　お義母さんと義妹はエステに美容外科通い？　お姉ちゃんこそ自分にお金をかけなくちゃ」

同情的な目を向けた後、みかげは言った。

「お姉ちゃんは清春さんと結婚したんだよ。清春さん家《ち》の家政婦になったわけじゃない。そこまでする理由はないでしょ」

理由。

体の深部で日に日に大きくなっているのは「後ろめたさ」と「負い目」だ。

家事、介護をひとりでこなすのを理不尽だと感じる時もある。だがその度思い直す。

時折朝香が言うように、夫に相応《ふさわ》しい初婚の相手がいたはずだ。相手がわたしでなければ、夫はとうに父親になっていたかもしれない。

長い沈黙に思うところがあったのか、みかげは無理に答えを引き出そうとはしなかった。

「お姉ちゃんのことが心配で、つい熱くなっちゃって……ごめん。でも、清春さんはお姉ちゃんの味方なんだよね？」

「うん」

同居の決断を後悔したことはあっても、清春との結婚を後悔したことは一度もない。

「清春さんはいつでもわたしの味方」

断言に、みかげは深々と安堵の息を吐いた。

「部外者なのに、いろいろ言ってごめん。お姉ちゃんは幸せってことだよね……？」

幸せ――？

秋夜は、浮かんだ疑問符をあえて無視した。

「……そうね、幸せよ」

笑みを広げたみかげは、最後に言った。

「でも……なにかあったらいつでも言ってね」

2

優真《ゆうま》がスニーカーの紐を締めていると、妹を抱いた里実《さとみ》がやってきた。十歳下の結愛《ゆあ》は最近歩き始めたばかりでまるでじっとしていない。今も、母親の腕の中から抜け出そうと必死だ。

「優真、これ今週の夜食代」

結愛を取り落とさないために握りしめたせいか、差し出された千円札はしわくちゃだ。お札と里実の袖口になにやら白い粉が付いている。

「お父さんには内緒だから少なくてごめんね」

小学五年生の優真は塾に通っていて、早めの夕飯を自宅で摂る。里実が「夜食代」と言ってくれるお金は、夕食を摂れない時のためのお金だ。今日は週が始まったばかり、まだ月曜だ。

優真は返事をする代わりに千円札に手を伸ばした。指先が空を掴む。

「今日はお父さんの誕生日だから結愛と三人で食事に行くけど……いいよね？」

胸の前にお札を引き寄せた里実は、確認するというよりは念を押すように言った。

「――煌美良亭《きびら》?」

言ってから、優真の胸はチクリと痛んだ。

煌美良亭。さらしな市唯一の大きな高級料亭だ。

一年半前。長野県内でも珍しい「更級《さらしな》」から、よくある「田中」に優真の名字が変わった日、そこで里実と孝道《たかみち》の結婚式が行われた。お互い初婚同士だったものの、里実には九歳の優真がいた。膨らみ始めたお腹に手をあて幸せそうに微笑む母親を見て、優真はちょっぴり肩の荷が下りたような気持ちだった。ふたりで暮らしていた時、いつも思っていた。お母さんは僕が守らないといけない。それに、こうも考えた。ふたりきりでもさみしくはないけれど、他にも家族がいたらもっと幸せだろうと。だから、家族が四人になる現実を前にして、優真は泣き出したいほど幸せだった。母親が変わってしまうんじゃないかとか、初めての父親から愛されないんじゃないかなんてことはこれっぽっちも考えなかった。

里実の顔が曇る。結愛はキャッキャと声を上げ、短い腕を目いっぱい伸ばしてお札を掴もうとしている。

「え、優真も……行きたい?」

眉を顰《ひそ》めた里実の表情は言葉以上に拒絶を示していて、優真は胸の奥がひどく痛んだ。

「行かないよ。模試が近いし塾も抜けられないから」

優真はしわくちゃの千円札だけを見て答えた。里実はあからさまにほっとした様子で、ようやく優真にお金を渡した。ひらひらするおもちゃを掴めなかった結愛が不満げな声を上げる。

「そうね。お父さんにお金を出してもらっているんだから、ちゃんと結果を出さないと」

優真は財布を取り出すために、背負っていたリュックを下ろした。

「さくら中学には絶対合格してね。そうしたらお父さんだってきっと――」

突然里実に財布を取り上げられ、優真はたじろいだ。

「どうしてこんなに入ってるの？」

里実は札入れ部分の三千円を引っ張り出す。優真は囁くように答える。

「……欲しいものがあって」

「それじゃあ、最近夕ご飯は食べてないってこと？」

約ひと月前に行われた塾での試験。優真は孝道の望んだ結果を出せなかった。試験後、優真は夕食を摂ることを禁じられた。とは言え、里実はそれまで通り塾前に夕食を用意してくれた。ところが夕食を禁止されてから三日目、普段の帰宅時間より一時間以上早く孝道が帰宅したのだ。優真が食べていたカレーライスを一瞥すると、孝道は里実を別室へ連れて行った。長い時間、ふたりは出て来なかった。ぼそぼそ呟く孝道の声だけが時折聞こえた。

一週間だった禁止期間がひと月に延び、翌日から、里実は優真の夕食を用意しなくなった。孝道が帰ってこないとわかっている時間でも、なにもくれなかった。代わりに、いつも皺の付いた千円札をくれるようになった。

「欲しいものって、ゲーム？　漫画？」

ゲーム機を持たない優真がゲームのソフトを買っても意味がないし、この家では漫画を読めない。前の学校では仲のいい友だちと貸し借りをして楽しんだが、この家に引っ越す時、持っていた漫画本は孝道の指示ですべて破棄させられた。

優真はこの場に相応しい答えを探した。だが答えを口にするより前に、

「お父さんには見つからないようにしてね」

いつもそうだ。お母さんはいつもお父さんの顔色を窺っている。

千円札を財布にしまった優真に、里実は、

「なにを買ってもいいけど、ちゃんとご飯は食べてね」

そう言って、申し訳なさそうに微笑んだ。


優真はいつも通りの時間に家を出る。塾までは自転車で十五分。開始時間より一時間も早く家を出るのは孝道と顔を合わせないようにするためだった。優真の顔を見ると、父はひどく不機嫌になるのだ。

優真は近所の大型スーパー『家ヤス』の駐輪場に自転車を停めると、しっかりと鍵をかけた。店内に入るとおにぎりやサンドイッチなどの売り場には目もくれず、一階奥の売り場へ向かう。

紳士服売り場の一角で、優真はあるものに見入る。ひと月以上前から目をつけていた品だ。だれかに買われなくてよかった。それを見ているだけで幸せな気持ちになったし、渡した後に起こる変化を思うと期待で胸が弾んだ。

これをプレゼントしたら、きっと――

「優真！」

振り返ると、派手なオレンジ色のブルゾンを着た井出太陽《いでたいよう》が片手を上げて近づいてくるところだった。

「目立つ色だな」

優真が言うと、

「かっこいいでしょ。売り切れたら大変だから、急かして買ってもらったの」

「……急がなくても、きっとセールまで売れ残ったと思うけど」

「ん？　どういう意味？」

「……なんでもない」

「なに見てたの？」

太陽は、優真が見ていた品をまじまじと眺めた。

「ネクタイか。お父さん、誕生日なの？」

太陽は純粋な好奇心を向けてくる。普段はボーッとしているのに、こんな時だけやけに勘がいい。値段が表示されたプレートに顔を近づけ、

「わっ、魔人学園のウエハース四十個分だ」

と、大人気アニメの名を出し、嘆息を吐く。

「三十六個分だろ。消費税入れたら四十個は買えないよ」

呆れ気味に優真は言うと、棚に陳列されている品を一点、手に取った。レジに向かう優真の

後ろを、ぽてぽてと太陽がついてくる。

「そうか！　さすが優真だな」

「『さすが』じゃないよ。そんなことじゃ、さくら中学受からないぞ」

返事がない。言い過ぎたかもしれない。そう思って優真が振り返ると、当の太陽は、

「だよね？」

と、細い目を益々細くさせて笑っている。

「優真がさくら中を目指してるって聞いて、それなら僕も！　って思ったんだ。普通に進学したら中学も別になっちゃうし」

急ブレーキをかけると、優真の薄い背中に肉付きのいい太陽のお腹がぶつかる。

「なんだよ、それ」

「えっ？」

「さくら中学に入りたくて、みんな必死に頑張ってるんだぞ。そんな安直な考えで親に高い塾代出してもらってるのかよ」

優真が後ろに顔を向けると、太陽は笑顔のまま小首を傾《かし》げている。

「あんちょ――び……？」

優真が吐き出した大量のため息にも気付かないようで、太陽は、

「ねえねえ、会計が済んだら、一緒に魔人学園のウエハース選ぼうよ」

などと呑気《のんき》に声をかける。

再び足を進める優真の後を、太陽は小走りになってついて来る。

レジカウンターに着くと、優真はリュックから財布を取り出した。

「四千円です」

「プレゼントなので包装してください」

「リボンの色はどれになさいますか？」

差し出された用紙には赤、青、黄色のリボン見本が載っている。太陽がずいっと覗き込む。

「赤！　赤がいいよ」

「なんで太陽が決めるんだよ」

「だって、ネクタイは青だし、それにプレゼントと言ったらやっぱり赤かなって」

箱に入ったプレゼント。巻かれる赤いリボン。嬉しそうにリボンに手をかける父親。想像すると、とても素敵に思えてきた。

「……赤でお願いします」

優真が言うと、太陽は「やったね」と嬉しそうにガッツポーズを取った。

二人は、作業の迷惑にならないよう少し離れたところで包装を待つ。太陽はまだ嬉しそうにニコニコしている。

「僕が選ぶとさ、いっつも同じキャラのカードが出てきちゃうんだよ！」

「なんの話？」

「魔人学園のウエハースだよ」

「……それはそれで、ある意味すごいけど」

「そのキャラ、僕好きじゃないのに。好きじゃないのにそればっかり出てくる不思議。なんでだろ。とり憑《つ》かれてるのかもー」

太陽は嬉しそうだ。さっきからずっとついて来るし、とり憑かれてるのは僕の方なんじゃないか。そう考えるとおかしくて、優真は思わず吹き出しそうになるのを堪えた。

「全キャラゲットしたいのに、これじゃあ、お小遣いがいくらあっても足りないよ。うちの母ちゃん、ケチだから月に二千円しかくれないんだ。優真は？　お小遣い、いくら？」

「——ない」

「え？　なに」

「もらってない。必要ないし。学用品は買ってもらえるし、おやつもあるし」

「えー！　じゃあ、プレゼントのお金どうやって貯めたの？」

「……お年玉。親戚のひとからもらったやつ」

反応が気になって様子を窺うが、太陽は優真の言葉をそのまま信じたようで、

「へえー。僕、お年玉なんて毎年ひと月くらいで使い切っちゃうよ。もう十月なのにまだ残してあるなんて、優真はすごいなあ」

感心した様子で、太陽はしきりに優真を褒める。

「それに僕、父ちゃんの誕生日にプレゼントなんてあげたことないや。あんなに高いものプレゼントされたら、お父さんびっくりしてすごく喜ぶんじゃない？」

優真はその光景を思い浮かべる。きっとそうだ。テストで百点を取っても、リレーの選手に選ばれても笑顔を見せてくれないお父さんも、これをあげたらきっと笑ってくれるはずだ。妹の結愛に見せるような、とびきりの笑顔を。

「優真のお父さんて、なにしてるひと？」

店員がプレゼントを包む様子を見ながら、優真は答える。

「公務員だよ。市役所で働いてる」

「ふうん。じゃあ、決まった時間に帰って来られる？」

それはもう判を押したように正確だ。

「うん」

「いいなー。僕ん家、朝は早いし夜は遅いし。休みもほとんどないしさ。ひとが遊んでる時に働かなくちゃいけない仕事ってほんと大変だよ」

旅館のひとり息子である太陽は、まるで自分が働いているかのように言う。

「ひとと違うって、いいと思うけど」

「えっ！　そう？」

「うん。家が旅館なんてかっこいいよ」

太陽の笑顔は真ん丸で、見ているとこちらまで笑顔になってしまう。

「今度さ、遊びにおいでよ」

太陽の誘いは、優真には思いがけないものだった。学区が違う二人が塾以外で会うのは難しいと思っていたからだ。

「え、いいの？」

「もちろん！」

「あ、でも、子どもだけで学区外に出るのは禁止されてるから」

目を真ん丸にした太陽がぷっと吹き出した。

「なにがおかしいんだよ」

「だって、優真、子どもって！」

「だって俺たち、子どもだろ」

「そうだけど、おかしいよ」

そう言われればそんな気もして、優真も一緒に笑った。

「今度の土曜は？　浜のおじさんに車出してもらうように頼んでみるよ」

太陽が言う「浜のおじさん」とは旅館の従業員のことで、彼は主にドライバーとして客の送迎をしているらしい。両親の代わりに塾への送り迎えをしてくれるのもそのひとだ。ある時、浜のおじさんに「坊ちゃん」と呼ばれているのを耳にして、太陽をからかったことがある。

「でも悪いよ。仕事があるのに。俺、自転車で行くよ」

「自転車？　坂道だらけなのに？」

「じゃあ、歩いて行くよ」

「なに言ってるの？　さらしな市から上山田《かみやまだ》までなんて、五時間かかるよ！」

おそらく太陽は本気で言っている。それが面白くて、優真は笑った。

「五時間もかかるわけないだろ」

「そんなわけあるよ。遠足でさらしな市の公園に行った時、足の骨が折れるかと思ったもん」

太陽がふうふう言いながら歩く姿が思い浮かんで、優真はまた笑った。

「お待たせしました」

カウンターから声がかかる。

赤いリボンをかけられた箱を受け取ると、優真は大事にリュックにしまい太陽に言った。

「それで、どこにあるの？」

「え？　なにが？」

「魔人学園のウエハース」


優真が通う『さらしな塾』は小中学生専門の個人塾だ。大手塾より月謝が安く、授業時間も長いというのが保護者に好評のようで塾生は多い。しかし、週六で通っているのは優真ひとりだけだ。中学受験を考えている生徒も数えるほどしかいない。ほとんどの塾生は学校の授業の復習と、テスト対策のために受講している。

学校が違う太陽は週に二回通っている。

「あー、もう眠いよ」

浜のおじさんに送ってもらった太陽は一足先に着いていて、机に突っ伏していた。

「今の時期は暖房が入ってて暖かいし、車の揺れで眠くなるんじゃない？」

「そう。それもあるよね。お腹いっぱいで車に揺られると眠くなっちゃう不思議。優真は？」

太陽は首を動かすと隣の優真に顔を向けた。

「いつもシャキッとしてるけど、ご飯は帰ってから食べるの？」

ご飯。その一言で腹の虫が鳴りそうになる。優真は机の上で組み合わせていた手をぎゅっと握った。

「――うん」

ひと月近く、優真の夕飯は水だけだ。どうにも腹が減って、水筒の水を飲み干した後『家ヤス』のトイレの手洗い場で空の水筒を満たす。その場で一気に腹に流し込み、また水を詰めて塾へ向かう。

「えー！　お腹減るでしょ？」

「……おやつ食べてきてるから」

結愛が生まれてから優真のおやつが用意されることはなくなった。それまでは――お父さんができるまでは――手作りクッキーやゼリー、ケーキなど、前の学校の友だちが羨ましがるくらい――たくさんのおやつがテーブルに並んでいたが、今では、神経質に片付けられたテーブルが優真を迎えるだけだ。

「僕なんか、おやつ食べても夕飯お代わりして食べちゃうよ。だから眠くなるんだろうな。今日なんて、母ちゃん『寒いからお腹が空くだろう』って意味不明なこと言ってさ、爆弾みたいなおにぎり持たせるんだもん」

　起き上がった太陽は、机の横にかけたリュックからラップに包まれたおにぎりを取り出した。ふっくらした太陽の手に収まらないほどの大きさだ。

「今日の夕飯、僕の大好物のカツだったんだ。何枚も食べたのに、その上おにぎりまで持たせるって……いったい、僕のことなんだと思ってるんだろう」

　せっかく起き上がったのに、太陽はまた机の上にバタッと突っ伏した。すると、なにかに気付いたように優真に向き直った。

「優真。これ、食べる?」

　手の中の重そうなおにぎりを、太陽は持ち上げた。

「お願い!」

　言うが早いか、太陽は素早く起き上がり、優真の手をがしっと掴んだ。

「残して帰ったら母ちゃんに怒られちゃう」

　真っ黒な海苔に包まれた、まさに爆弾のようなおにぎりを優真は見下ろした。

「うちの母ちゃんのおにぎり、すっごく美味しいから」


　午後十時。塾を出て人目がなくなると、優真は決まって自転車から降りる。自転車だと、ゆっくり漕いでも二十分もあれば家に着いてしまう。行きよりも重く感じる自転車を押しながら優真は家を目指す。お父さんはもう寝たかな、と思いながら。

周囲を田んぼと畑に囲まれた一本道は等間隔に並んだ街灯が細長い影を落としている。

優真はプレハブ横に自転車を停め、裏手へ回った。背負っていたリュックを下ろす。ジッパーを開けると、薄灯りの中で真っ先に赤いリボンが目に入る。

一日遅れになってしまうけれど、今日でなければネクタイ代が足りなかった。

どうやって渡そうか？

直接渡すのは改まった感じで恥ずかしいし、反応を見るのは楽しみなような怖いような気持ちだ。だから、プレゼントは一番目につくところへ置いておこう。どこがいいかな？

箱を潰さないよう気を付けながらリュックの中を探る。目的のものを取り出し、これまた慎重にジッパーを閉める。

普通のおにぎりと違うのは大きさだけではなかった。太陽からもらったおにぎりは、どこをかじっても具にあたった。鮭、たらこ、こんぶ、ツナマヨ、おかか、刻み野沢菜。最後にかじったところが梅干しで、優真はひゅーっと唇をすぼめた。

太陽が言った通り、太陽の母親が握ったおにぎりは美味しかった。空腹で食べる爆弾おにぎりは、これまで食べたどんなおにぎりよりも美味しかった。


翌朝、はす向かいの席に座る孝道を、優真は緊張しながら見つめた。孝道は普段と変わらず、里実が運んできたコーヒーを飲みながら新聞を広げている。七三風の髪型に黒縁眼鏡。細身の体に着ている白いワイシャツには皺一つない。クリーム色のネクタイが喉元で固く結ばれている。

　優真は、手のひらに載せたお茶碗を箸でつついた。空の茶碗がカチカチと音を立てる。もとより会話のない食卓だったが、今朝の静けさは優真の緊張を高めた。

　孝道の一日は規則正しい。午前五時半に起床後、千曲川の土手をランニングし、朝食を摂る。優真と同時刻に家を出て、さらしな市役所へ登庁する。帰宅後は家族三人で食卓を囲む。孝道が望む家族団らんの時間を過ごし、寝室へ入る。毎晩、十一時近くに優真が帰宅すると家の中はしんと静まり返っている。いつもはさみしく、怖さすら覚えるが、昨夜に限ってはそんな風に感じなかった。

　迷った末、プレゼントは用意しておいた手書きのカードを添えてテーブルの上に置いた。赤いリボンが映えてすごく素敵だ。太陽のアドバイス通りにしてよかった。

「ああ、そうだ」

　優真の胸がどきんと鳴った。新聞の向こうから孝道がこちらを見ている。

「通学路の見守りボランティアの件だが」

　ボランティア？　突然のことに優真の頭は追いつかない。

「私は仕事があるし、里実は結愛の世話があるから無理だ。担任の先生には『両親とも時間が取れそうもないので難しい』と伝えておいてくれ」

　優真の通う小学校では登下校の時間帯、ボランティアによる通学路の見守りが行われている。多くは近隣住民がその役割を果たしてきたが、ボランティアも高齢化が進み、担い手が年々減少している。そこで保護者の中から希望者を募っている。

「……わかりました」

優真の返事を聞くと、孝道は新聞に目を戻した。いつもなら、食事を終えるとすぐに部屋へ向かう優真だが、今日はいつまでも食卓に着いていた。二度ほど孝道がこちらを流し見たが、とうとうプレゼントの話題が上がることはなかった。

孝道と優真が同じ時間に家を出るのは、だれかに見られた時のための安全策だった。そうすれば、仲のよい親子をアピールできる。優真がそれに気付いたのはひとり暮らしの隣家のおばさんに会った時だ。それまで優真が「いってきます」と挨拶をしても返事すらしてくれなかった孝道が、その日に限って、

「車に気を付けるんだぞ」

と優しい声をかけてきた。一度だって優真が向けられたことのない笑みさえ浮かべて。隣家の中年女性、塩谷《しおや》と会うのは大抵ゴミ出しの朝の時間だ。彼女はいつもパンパンに膨らんだゴミ袋を提げて家から出て来る。ひとり暮らしでさみしいせいなのか、顔を合わせると彼女はなにか話したがったが、孝道は上手くかわして長く会話をさせなかった。

玄関へ向かう途中、優真は足を止めた。孝道を見送るために玄関に立っていた里実が落ち着かない様子で優真を見つめる。後方から孝道が迫っている。

「忘れ物をしました」

正確には忘れ物ではない。まだ家を出ていないのだから。孝道は持ち物に厳しい。忘れ物を

することを、決して許さない。ある時優真は、国語辞典を学校に持って行くのを忘れた。その週末、辞書を持って立っているよう言われた。食事も摂れず風呂にも入れず、許されたのはトイレだけだった。家族が就寝しても横になることを許されず、結局翌朝までそれは続いた。孝道が寝室へ入り、姿が見えなくなっても辞書を置くという選択肢はなかった。どこかで見られている。そんな気がして自分を楽にしてやることもできなかった。

「早くしなさい」

ちらとも視線を向けず、孝道は優真の横を通り過ぎる。キッチンの隅で優真は膝をついた。習字の授業で必要な古新聞を抜き出す。ランドセルにしまい立ち上がった時、優真の目が蓋つきのゴミ箱に釘付けになる。

赤い生地が蓋から数センチはみ出している。「赤！　赤がいいよ」太陽のすすめで決めた赤色のリボン。優真の手がゴミ箱の蓋に伸びる。その手が震えている。そっと開いた蓋の下には、細長い箱が捨てられていた。粘っこい卵の黄身が張り付いた赤いリボンは解かれた様子もない。ぐちゃぐちゃに丸められたメッセージカード。お父さん、お誕生日おめでとう！「誕」の字がわからなくて辞書を引いた。ネクタイと同じ青色で書いた「！」がカードの隅から覗いている。文字が、視界が霞む。粉々に打ち砕かれた真心を拾い上げている時間はない。早く玄関へ向かわなければ。

まだ震えている手でゴミ箱の蓋を戻すと、優真は袖口で目元を拭った。

3

秋夜が産婦人科を受診した翌日、珠子は体調が優れないと言って起きてこなかった。その後もずっと意気消沈した様子で食事もろくに摂らない。

「明日の旗振り、わたしの代わりに行ってくれるわね？」

珠子は地域のボランティア活動を積極的に行っていたが、その一環として登下校時の見守りというのがあった。朝夕二回、信号機のない横断歩道に立ち旗を振るというものだ。珠子が寝込んでいる間は彼女の分まで仕事が回ってくる。そうでなくても目の回るような忙しさでパートにも行かねばならない。働いていない義父か仕事が休みの朝香に頼んでくれないか——喉元まで出かけた言葉を秋夜は呑み込んだ。

秋夜は眠い目をこすりながら歩道に立った。旗振りの時間を確保するために少ない睡眠時間を削り、家事にあてた。朝食は味噌汁を温め直すだけで食べられるようにしてきた。いくら家事を手伝わない義父や朝香でも、そのくらいならできるだろう。おじいちゃんの世話は帰ってからしよう。いつもより遅くなってしまうが仕方ない。

秋夜が家のことをつらつら考えていると、最初の子どもたちがやってきた。黄色い旗を手にした女子児童を先頭に五人が続く。秋夜は車の往来がないことを確かめると、大きな横断旗を肩の高さに上げて子どもたちを待った。

先頭の女子が来た時、秋夜は「おはよう」と声をかけた。秋夜とさほど身長の変わらない女子児童は目線を合わせることもせず素通りした。聞こえなかったのだと思い、秋夜は少し大きめな声で他の児童に挨拶をした。低学年と思われる男子児童が、訝《いぶか》し気な目を秋夜に向けた。もちろん返事はなかった。

肩透かしを食った気分の秋夜は、子どもたちが横断歩道を渡り終えてもしばらくその場に立ち尽くしていた。短く鳴らされたクラクションで我に返る。運転手に頭を下げ、急いで歩道に戻る。

知らないひとに声をかけられたら無視しなさいと教えられているのかもしれない。身を守るためにはそれも仕方ないのかもしれないが、挨拶くらい返してくれてもいいのにと秋夜は思う。

秋夜は元来子ども好きだった。でもお腹の子を失ってからは子どもを見るのが辛くなった。母親に抱っこされた赤ちゃんやベビーカーの中で泣いている赤ちゃん。かわいい色の帽子を被って散歩している保育園児。買ってもらったソフトクリームを美味しそうに頰張る幼児。無事に生まれていたらこのくらいだったとどうしても考えてしまう。横断歩道を渡って行ったくらいの年齢の子どもたちを見ても、無事に大きくなったらこんな風だっただろう、と絶対に訪れない未来を思い描いてしまう。見かけただけの子を、無意識に我が子に変換してしまう癖が抜けない。でも——あの子がランドセルを背負うことはない、散歩に出かけることもないしソフトクリームを頰張ることもない。あの子は泣き声すら上げられなかった。手にしたはずの未来は、他でもないあの子の母親である自分が奪ってしまったのだから。

小学校に通って勉強したり友だちと遊んだり。旗振りのおばさんに挨拶をされたら、知らないひとでもあの子ならきっと挨拶を返したはずだ。きっとそうだ、わたしはそうやって育てただろうし、たとえ勉強が苦手でも挨拶はできたはずだ。しっかりと相手の目を見て――

「おはようございます」

声に振り返る。すぐそばに、利発そうな顔つきの男の子が立っていた。先ほどの女子児童と同じように黄色い旗を持った彼は、秋夜と目が合うとわずかに小首を傾げた。

「渡ってもいいですか」

潤んだように見える瞳を秋夜に向け、少年は言った。黒い瞳が朝陽に煌《きら》めく。秋夜は、少年の頰にうっすらと残る涙の痕に気付いた。

「あ――そうね、うん。渡って」

横断歩道を渡って行った子どもたちを自分の子と混同したこと、目の前にいる少年の涙の痕に気付いたこと。狼狽気味の秋夜は左右を確認せず車道に出た。急ブレーキの音と、けたたましいクラクションに顔を振り向ける。赤いRV車が目に飛び込んで来る。

あの時のことがフラッシュバックし、秋夜はその場に棒立ちになった。

「急に飛び出してこないでよ！」

気付くと、秋夜は車道の隅で尻もちをついていた。数秒前まで秋夜が立っていた場所には、急ブレーキを踏んだ赤いRV車が停まっている。

車の運転手がヒステリックに叫んでいるが、秋夜は状況が吞み込めない。わかるのはだれかに強く腕を引かれたことと、尻をしたたかに打ったことだ。

傍らに膝をついているのはあの少年だ。秋夜の右腕を握り、恐怖に目を見開いている。

「だ、大丈夫ですか」

少年の声をかき消すように車の女性が再び声を上げる。

「あたしは悪くないからね。おばさんが勝手に飛び出してきたんだから」

秋夜は車道に目を向ける。秋夜を轢《ひ》きかけた車の後ろにもう一台、反対車線からも車が一台やって来るところだった。

歩道に転がる黄色い旗が、秋夜を救うために少年が飛び出したことを示している。旗の近くでは小学生が三人、驚いた顔でこちらを見ている。

再び車の女性から声が飛ぶ。

「おばさん、聞こえてんの？」

秋夜が立ち上がると、運転席から身を乗り出していた女性が慌てたように上体を引っ込めた。強気な発言とは逆に、彼女の顔は蒼白だ。内心、ひどく怯《おび》えているのだろう。

秋夜は少年と一緒に歩道へ戻った。女性が車を急発進させる。後続車の運転手がわざわざ降りて来て警察へ通報しようかと申し出てくれたが、秋夜は丁寧に断った。車が元の流れに戻る。

「あの、ほんとうに大丈夫ですか」

少年が不安そうに言った。秋夜は旗を拾うと、彼の冷たい両手に載せた。

「助けてくれてありがとう」

「でも怪我が――」

少年の視線を辿って自分の左手を見ると、手のひらが擦り剝けて血が滲んでいた。

「こんなの平気、大丈夫」

今度こそ車の往来がないことを確認すると、秋夜は車道の真ん中に立った。児童らが横断歩道を渡り始める。秋夜の前を通り過ぎる時、少年は心配そうな目を向けた。秋夜は彼を安心させようと微笑んだ。少年の後に続く児童たちは、奇妙なものでも見るような目を向けて来るだけだった。少年以外、だれひとり轢かれかけた人物を心配してはいないようだった。いや――秋夜は思い直す。轢かれかけた人間がひどく落ち着いていることが逆に子どもたちを不安にさせたのだろう。

歩道に戻った秋夜は、遠くなる少年の後ろ姿を見つめながら考える。

フラッシュバックした過去の事故と二度救われた意味。そして――

彼の頰についた涙の痕の原因を。

4

黄色いベストを着たおばさんは、だれかを探すようにキョロキョロしている。今朝、事故に遭いかけたひとだ。彼女と目が合う。優真は、蕾が花開いた瞬間を目撃したような気持ちになる。彼女の目が喜びに見開かれ、内側から膨らんだエネルギーが目に見えるようだった。

おばさんは旗を持っていない方の手を上げ、優真に向かって躊躇いがちに振った。開花したての大きな笑顔につられて、優真も胸の前で小さく手を振った。

「おかえり」

家族にかけるような愛《いと》しみに満ちた声で彼女が言った。

ボランティアのひとや地域のひととの挨拶は大抵「おはようございます」か「こんにちは」だ。稀に高齢者や隣家の塩谷などから「いってらっしゃい」「おかえり」と声をかけられることはあるが、家からまだ距離のあるこの場所で、しかもよく知らないひとに「ただいま」と答えるのは気が引けた。だから、

「こんにちは」

と言った。

彼女は優真の返答を受け、今度はおかしそうに笑った。

「うん。こんにちは」

優真は横断歩道を渡りたいのだが、彼女は言葉を待つように旗を両手で持っている。優真は気まずさを誤魔化すようにランドセルの肩ベルトを摑んだ。

「助けてくれてありがとう」

彼女が言った。包帯が巻かれた手と荒れた手が、横断旗の棒上ではにかむように距離を縮める。

「手」

「え？」

「手の怪我、大丈夫ですか」

優真の視線を辿るようにした彼女は、包帯が巻かれた手を振った。

「大丈夫！　助けてもらったおかげでこの程度で済んだの。本当にありがとう」

会話が途切れる。

気付いたように、彼女は旗を上げ車道へ出た。

「渡って」

優真が会釈をして通り過ぎると、後ろからやわらかな声が聞こえてきた。

「気を付けて帰ってね」

思わず振り向いたその先には、本物の笑みを浮かべる女性が立っていた。


その週の土曜日。

浜のおじさんは助手席に座った優真に面白い話を聞かせてくれた。太陽の姿がない車内を見た時に感じた気まずさは数分で解け、旅館に着く頃にはおじさんと別れるのが名残《なごり》惜しく思えるほどだった。

「優真、いらっしゃい！　浜のおじさん、ありがとう！」

満面の笑みで近づいてくる太陽に挨拶する前に、優真は浜のおじさんに頭を下げた。

「どうもありがとうございました」

浜のおじさんは片手を上げて二人に応えると、先に旅館へ入って行った。

「迎えに行けなくてごめん。部屋が汚過ぎてさ、今まで掃除してた」

「そんなことだろうと思ったよ」

「入って入って。ここが僕ん家」

『日の出や信州』。上山田温泉に馴染みのない優真でさえ知っている有名旅館。太陽はここの何代目だとか言っていた。建物を目にして、優真は初めて「趣がある」という言葉の意味を理解した。

正面玄関を潜ろうとする太陽に、優真は思わず声をかけた。

「ここから入っていいの？」

「大丈夫、大丈夫。今の時間、お客さんいないから」

太陽の顔はまさに「なにも心配することはない」と言っている。優真は太陽の後に続いた。

自動ドアが開く。広い玄関には古い屛風や、枝を広げた名前のわからない花を生けた大きな壺などが置かれ、なんとも言えない、いい匂いが漂っていた。

「母ちゃーん、優真、来たよー」

突然太陽が大きな声を出した。ロビーカウンターから現れたひとを見て、優真はぽかんと口を開けた。

「いらっしゃい」

薄いピンク色の着物に身を包んだそのひとはものすごくきれいだ。そして太陽とは似ていない。

「初めまして。太陽の母です。太陽ったら、いつも優真君のことを話しているのよ。仲良くしてくれてありがとう」

太陽の母は笑うともっときれいだ。

「はい、あの――」

しどろもどろの優真の前に、のっそりと大きな影が差す。

「来たか！」

ほっそりした太陽の母の横に、倍以上大きな体が並ぶ。見上げた優真は、今度は口を閉じた。太陽だ。でっかい太陽だ。

「中を案内しようか？　風呂に入っていくか？　飯は？」

矢継ぎ早に言われ、優真はどれにも答えられない。

「あなた、そんなに急がなくても」

「そうだよ、父ちゃん。お風呂もご飯も後でね。まずは僕の部屋に行くよ」

太陽にそっくりの父親は、全身を大きく揺すって笑う。

「そうか。じゃあ、また後で。ゆっくりしていけよ！」

太陽の両親がカウンターの向こうに姿を消すと、優真はやっと言った。

「……太陽って……お父さん似だね」

住居は旅館と短い廊下でつながっていた。年季の入った旅館と違い、太陽たちの居住スペースは新築のようだった。

「あっちと全然違うね」

優真は、キョロキョロと辺りを見回しながら言った。

「こっちは去年建て直したから新しいんだよ。向こうだって年中どこか直してるけどね。やっぱ古いとさ、手入れが大変みたい」

そう言って、太陽は自室に通してくれた。

太陽の部屋は優真の部屋より広かったが、物がごちゃごちゃしていてなんとも賑やかな様相だった。

「太陽……さっきまで片付けてたって言ったよな……？」

太陽は、あははと笑う。

「頑張ってきれいにしたつもりなんだけどね」

勉強机に積み上げられた教科書やノート。所狭しと並べられているアニメのフィギュア。本棚には漫画本が溢れかえっている。

「きれいなんだか汚れてるんだかわかんない部屋だな」

「だからさ、これでもかなりきれいなんだって」

優真がフィギュアに手を伸ばした時、肘が机の上の山に触れた。雪崩《なだれ》を起こした教科書とノートが散らばる。

「わ、ごめん」

足元に落ちた参考書を拾いながら、優真は太陽に謝った。

「平気へいき」

屈《かが》んだ太陽はお腹が苦しそうだ。優真は手にした参考書を何気なく開いた。なにも書き込まれていない。

「太陽。この参考書、開いてもないだろ」

太陽はこちらを見もせず、あははと笑っている。次に拾ったノートはよく使い込まれている様子だ。優真は感心しながらノートを開く。

「なんの教科――」

光の速さでノートが消えた。太陽が焦った様子でノートをかき抱いている。

「……落書きだらけだからさ」

「なんだよ、びっくりしただろ」

優真に背を向けた太陽は、おしくらまんじゅう状態の書籍の間にノートを突っ込んだ。

「優真の部屋は……すっごいきれいなんだろうな」

いつチェックされるかわからないから、そりゃ気が抜けない。だから部屋はいつもピカピカだし、勝手に捨てられることもあるから余計な物は置けない。

「まあね」

ノックの音。太陽がドアを開けると、トレーを手にした太陽の母が立っていた。

「おやつどうぞ」

「ありがと、母ちゃん」

太陽の母は、去り際にそっと優真に視線を向けた。とても優しい目をしていた。

「優真、食べようよ」

太陽は、クッキーとジュースが載ったトレーをテーブルに置いた。

「太陽のお母さんて」

「すっごい美人でしょ」

「全然『母ちゃん』じゃないじゃん」

「へ？」

「太陽がいつも『母ちゃん』て呼んでるから、俺、もっと貫禄のあるひとかと思ってた」

「かんろ――に？」

「なんでいつも食べ物に変換するんだよ」

優真は笑った。トレー上の物をテーブルに置きながら、太陽が、

「僕、全然似てないでしょ」

「ん？　うん」

「参観日とかさ、母ちゃん仕事の途中で抜けて来るから着物なんだよね。そうするとさ、普段着よりもっときれいなんだよね」

「なんだよ、自慢かよ」

太陽は優真を見ていない。口元にはうっすらと笑みが浮かんでいるが、それがなんだか悲し気に見えて優真はハッとする。

「そうするとさ、教室に母ちゃんが入って来た瞬間、みんなシーンてなるんだよ」

太陽は言い淀《よど》むように、

「僕、母ちゃんの子じゃないのかも」

と、口にした。背中が悲し気に丸まっている。

「クラスのみんなが言うんだ。全然似てないし、あんなに美人な母ちゃんから僕みたいなのが生まれるはずないって」

「なに言って――」

「だって全然似てない。顔も体も、なんにも」

「太陽はお父さん似だから」

「父ちゃんの子なのは間違いないだろうけどさ、母ちゃんは別人なんだよ、きっと。僕を産んですぐ死んだとか、僕を捨てて行ったとか」

「なにくだらないこと――」

「くだらない？　全然くだらなくないよ。僕真剣だよ。だって母ちゃんが僕のほんとの母ちゃんじゃなかったら、そんな悲しいことって」

黙り込んだ太陽に、優真は声をかける。

「どこ？」

「え？」

「アルバム。あるだろ」

太陽は、本棚の下からアルバムを引っ張り出してきた。優真は太陽の隣に座るとアルバムを開いた。

赤紫色の、浮腫《むく》んだ顔の赤ちゃんの写真。

「これ、太陽？」

「そうだよ。ブサイクって言いたいの？」

「難産だったんだね」

「え？」

優真はアルバムを捲《めく》る。笑っている太陽。泣いている太陽。丸々とした手をカメラへ伸ばす太陽。

「こんなにいっぱい写真があるのに、なんで変なこと言うんだよ」

「僕の写真はね。でも、母ちゃん全然写ってない」

「太陽の写真ばっかりなのは、なんでだと思う？　それ、考えたことある？」

太陽は眉を寄せ、困ったように首を傾げた。

「お母さんが太陽を撮ったから写ってないんだよ。お母さんが写ってないことが、太陽のお母さんである証明だと思うけど」

太陽が必死で頭を働かせているのが優真にも伝わる。

「俺を産む時、お母さん、難産で大変だったって。何十時間もかかって、苦しかったんだって」

昔。孝道と出会う前の里実は、その話をよく優真に聞かせた。優真は里実を心配した。「お母さん、痛かった？　苦しかった？」その度、里実はこう答えた。「苦しかったのは優真も一緒。お母さんと優真はふたりで頑張ったのよ」と。

「俺も、こんな顔してた」

優真はアルバムの最初のページを開いた。

「優真が？　うそでしょ」

「妹が生まれる時、お母さん、すごく痛そうだった。赤ちゃんを産むのって、すごく痛くて苦しくて……大変なことなんだよ」

太陽は黙ってしまう。

「そんな想いをして産んでくれて、手作りおやつまで作ってくれるお母さんのこと、ほんとのお母さんじゃないなんて言うなよ」

きれいに並べられたクッキーはお日さまの形で、いくつか隅が焦げている。

「それに、太陽、お母さんにそっくりだよ」

太陽が顔を上げる。

「どこが？」

「物腰が」

「――もろこし？」

優真は呆れて笑った。

「動作が。歩き方とか、仕草とか。ふたりとも、歩く時すごく静かだし」

優真は、家では踵《かかと》から足を下ろせない。足の運びだけでなく、動作一つ一つが孝道の耳障りにならないように気を配らねばならない。そんな優真だからこそ、二人の跫《あしおと》の静かさに気付けた。

「太陽のお父さんは『のっしのっし』って感じだけど、太陽たちは、ススス――って」

「歩き方なんて、そんなの……」

「ふたりとも気が利くし」

「性格なんて一緒にいれば似てくるよ」

「外見？　見た目で似てるところが知りたいの？」

拗《す》ねたように唇を突き出した太陽が小さく頷いた。

「あるよ。そっくりなところ」

太陽は、いじけた表情ながら期待の滲んだ目を優真に向けた。

「その目。優しそうな目がそっくりだ」

お日さま形クッキーを食べながら、二人は漫画を読んだり塾の話をした。話が受験に及びそうになると、太陽はさりげなく話題を変えた。

館内を案内すると言う太陽の後に優真はついて行く。広い館内は回るだけでも時間がかかったが、優真にとってはどれもがめずらしく、興味深いものだった。昔、里実と二人で旅行した時、ビジネスホテルに泊まったことはあったが、旅館に入るのは初めてだった。

太陽の説明は流暢で、さながら小さな番頭のようだった。

玄関に戻って来た時、自動ドアの向こうが騒がしいことに気付く。

「お客さんだ！」

太陽に手を引かれ、優真は小走りになった。

「非日常を求めてここに来てるのに、家の子がウロチョロしてたら台無しになっちゃうからね」

渡り廊下に辿り着いた太陽が、肩で息をしながら言う。優真はまじまじと太陽を見つめた。

「太陽って」

「なに？」

「旅館のことになると突然賢くなるんだな」

一瞬きょとんとした太陽が、

「なにそれー」

そう言って破顔した。

「大丈夫。今、宴会の時間だからお風呂にはお客さんいないんだ」

玄関を潜る時と同じ、「なんの心配もない」という表情の太陽に背中を押され、優真は大浴場へ向かった。

「僕の新しいパンツ貸してもいいけど、サイズが合わないよね」

脱衣所で服を脱ぎながら太陽が言う。

「パンツにベルトしなきゃ落ちてきちゃうよ、きっと」

優真が答えると、太陽はおかしそうに笑う。

「はい、これ。お客さん用のやつ使って」

タオルを渡した太陽はすでに裸だ。

「入ろう」

そう言って背を向けた太陽の臀部《でんぶ》に、優真は握りこぶし大の青痣《あおあざ》のようなものを見つける。

モウコハン——ってやつかな？

結愛のおむつ替えを手伝った時、臀部に大きな青色があるのを見て優真はびっくりした。

太陽はまだ消えてないんだな。

優真は首をひねって自分の臀部を見た。生白い尻にそれ以外の色はなかった。

数年前まで里実と通っていた銭湯にあったようなジェットバスやサウナはなかったが、旅館の風呂は驚くほど広かった。それに、お湯も驚くほど熱かった。

「太陽……いつもこんなに熱いお風呂入ってるの？」

優真は我慢しながら風呂へ入る。太陽は余裕の表情で首までお湯に浸かっている。

「熱い？　今日の湯加減、ぬるいくらいだよ」

言いながら、滾々《こんこん》と流れ出る湯口まで行くと、太陽は両手でお湯を掬《すく》った。

湯口に近づくにつれ、益々湯温が上がる。優真は太陽の真似をしてお湯を掬う。

「あっちー」

優真は、掬ったお湯をじっと見つめた。窪めた両手の中に溜まる湯の中になにかが漂っているのに気付く。

「……太陽、お湯の中にゴミが交じってる」

「え？」

優真の両手を覗き込んだ太陽は、ぷっと吹き出した。それから、ざぶり、と湯に身体を沈める。

「ほんとだって、ほら――」

「優真。この中、よーく見て」

太陽は湯の中の両手を平泳ぎするように動かした。優真は両手を下ろすと、浸かっている湯に目を向ける。大量のお湯の中に、小さな白い物体が無数に交じっている。

「わっ！」

バシャバシャとお湯を掻き分け、優真は慌てて浴槽から上がった。それを見た太陽が身体を折って笑う。

「なにがおかしいんだよ！　ものすごい数のゴミだぞ！　こんなところに入ったら身体中汚れて

「──」


「優真」

ひとしきり笑った太陽は、

「これ、ゴミじゃない」

と言った。

「湯花って言うんだ」

「ゆばな？」

「優真、さらしな市に住んでるのに上山田温泉に入ったことないの？」

優真は考える。

「何年も前にお母さんと来たけど──」

「まめの湯？」

結愛が生まれる前、孝道が父親になるより前、里実がまだしっかり母親だった頃。二人で何度か行った銭湯。

「──そうだったと思う。そこの銭湯はこんなの浮いてなかった」

太陽は物知り顔で、

「まめの湯とうちじゃ、げんせんが違うから」

と答えた。

「電線？」

優真の言葉にニヤリとした太陽が、突然爆笑した。

「で、で、電線て」

ひーひー引きつるような笑い声を上げる太陽。

「なんだよ。太陽がそう言ったんだろ」

「電線じゃない、げ、ん、せ、ん」

頭の中で漢字に変換しようと試みるが、まったくイメージできない。

「源泉て、温泉が湧き出るところ。そこからお湯を引いてるんだよ。だから、同じ温泉街でも、源泉が別だとお湯の質も全然違うんだ」

温泉が湧き出るところ。つまり、源。温かい泉の源、「源泉」。

「源泉ね。やっと変換できた」

「まめの湯のお湯は無色透明、湯花もなかったでしょ」

「そこまで覚えてないよ」

「うちのお湯は少し濁ってて、湯花がたくさん交じってる。効能なんかもちょっと違う。湯巡りしたお客さんは、うちのお湯が一番いいって言ってくれるよ。僕もそう思う」

誇らし気に言う太陽の肌はたしかにツルツルだ。

優真は膝を折り、肩までお湯に浸かった。熱さに慣れてきた。

「上山田温泉はさ――」

平泳ぎのように手でお湯を搔き、太陽が近づいてくる。

「今、踏ん張りどころなんだ」

意味がわからず、優真は太陽を見つめた。

「ひと昔前は、下駄の音が一晩中街に響くくらい賑わってたんだって。でも今は――」

いつになく太陽は真剣な面持ちだ。

「お客さんが来なくなって、旅館もどんどん減ってる。父ちゃんと母ちゃんも、組合のひとと必死でなんとかしようと頑張ってる。僕、そういうの見てるからさ。上山田のこれからを考えたりするんだけど」

「うん」

「圧倒的にさ！」

ざぶん！　太陽がお湯の中から肉付きのいい腕を振り上げた。

「圧倒的に、足りないものがあるんだよ」

「うん」

「なんだと思う？」

腕を下ろした太陽が、じっと優真を見つめる。

「う～ん……お湯の質はいいだろ？　太陽の家は由緒ある旅館だから、きっとそれだけでも来る価値があると思うし……なんだろう？」

「じゃあさ、もし優真がお客さんだったら？　旅先になにを求める？」

優真は真剣に考える。もし今、旅行に出かけるのなら――だれと行くかは別にして――どこへ行きたいか？

「やっぱり、遊べるなにかがあるところ――かな」

「でしょ！」

優真がびっくりするくらい、太陽は手のひらで激しくお湯を打った。

「昔は、城山《じょうやま》の上に動物園とか遊園地があったんだって！」

標高の低い城山のすそ野に広がる上山田温泉は千曲川も近い。

城山には戸倉上山田温泉の電光文字看板がかかっており、夜には千曲川を挟んだ隣町からもそれはよく見える。

「そういうのがあった頃はロープウェイがかかってて、安い料金で往復できたんだってさ。城山は低い山だし舗装もされてるけど、登るとなると結構大変だからね。僕もロープウェイに乗ってみたかったなあ」

「今は？　山の上にはなにがあるの？」

「観音寺っていうお寺と荒砥《あらと》城跡、澳津《おくつ》神社、あと――日本歴史館。観音寺は見晴らしがよくていい所だよ。僕は嫌なことがあると登って、上山田の街を一望するんだ。そうすると気が晴れるから」

話が逸れたことに気付いたのか、太陽は頭を振った。

「なんかこう――もっと楽しい施設とかがないとさ。温泉街には射的場もあるけど、夜にならないと開かないし。お客さんに来てもらうためには今までの方法じゃだめなんだよ。『今あるもの』だけでなんとかできるなら、とっくになんとかなってたはずだろ？　つまりこれまでの方法じゃ見向きもされないってこと。このままじゃ、どんどん廃れて旅館も減ってく一方だよ。だからさ、どこそこに行くために上山田に泊まる、みたいな、盛り上げるなにかが絶対必要なんだよね」

太陽は顎に手をあて、経営者のような顔つきだ。優真は感心して言った。

「……やっぱり太陽は、旅館のことになると突然賢くなる」

太陽が掬ったお湯を、優真は盛大に顔に浴びた。

5

善財の家から徒歩十分の距離にある『木崎《きざき》時計店』は、古くなった駅前商店街の中でもひときわ趣を感じさせる建物だ。

入り口上部にかけられたモダンな丸時計がシンボルの細長い建物は、木造モルタル塗りで所々凝った浮き彫り装飾が施されている。

秋夜が店へ入ると、カウンターの向こうで腕時計の修理中だった時計店店主、木崎が顔を上げた。

「こんにちは」

秋夜は声をかけた。

木崎が片目にはめていた拡大鏡を外した。秋夜を認めると、いかにも職人風の厳しい顔貌に雪解けのようなやわらかさが交わる。

「いらっしゃい」

木崎の笑顔に迎えられ秋夜の顔もほころぶ。

「電池交換お願いします」

ポーチから取り出した腕時計をカウンターに置くと、木崎が椅子をすすめた。

「すぐできるから待っておいで」

大柄な身体に小さめのデニムエプロンを着けた木崎とカウンター越しに向かい合う。木崎が引き出しから小さなボタン電池を取り出すのを、秋夜は厳かな気持ちで見つめる。彼の太い節くれだった指が繊細な動きを見せる。ごつごつした手が細やかな作業をこなす様子はまるで魔法のようだ。何度見ても秋夜はこの様子に魅せられる。腕時計の蓋が開けられる音、ボタン電池が内部に置かれる音、それらの命を吹き込むかすかな音は、いつも秋夜の心を洗ってくれる。

昔ながらの時計店はさまざまな種類の壁掛け時計に囲まれ、来客を永遠の迷宮へいざなう。三代続いた木崎時計店は後継者がなく、現店主の引退と共に終わる運命だが、そんなことは微塵も感じさせない永久の時を提供してくれる。

「ほい、でき上がり」

乾いた布で腕時計を優しく拭うと、木崎は言った。

「ありがとうございます」

代金の支払いを済ませると、秋夜は義祖父から預かった手紙を渡した。几帳面な字で書かれた自分の名前に目を落とすと木崎は目尻を下げた。

「よっちゃんは元気？」

「おかげさまで」

心から安心したように木崎は頷いた。

「なによりだ」

木崎は腰かけている椅子をぐるりと回し、手にした封筒をじっと見つめた。

「こうして秋夜さんに手紙を届けてもらうのは何度目になるかな。忙しいだろうに、迷惑じゃないか？」

「迷惑だなんてちっとも思ってないですよ。木崎さんにお会いできるのが嬉しいです」

秋夜が善財の家で暮らし始めて間もなく、義祖父の芳武《よしたけ》から手紙を預かった。同じ市内に住む親友で幼馴染の木崎に渡してほしいと言うのだ。それから月に一度か二度、秋夜は彼らの手紙を運んだ。仕事以外で家を空けることが難しい秋夜にとって、ふたりの伝書鳩になれることは束の間の自由を得られるのと同意だった。はじめの頃は家を抜けられることの喜びが大きかったが、最近では木崎に会ったり、時計の修理をしている様子を眺めるのが楽しみになった。

手紙のやり取りだけでは芳武がさみしいだろうと、秋夜は一度、木崎に家へ来てほしいと頼んだことがある。木崎は、柔らかい笑顔の中に秋夜の若さゆえの未熟さを窘《たしな》める光をたたえ、言った。

「それは、よっちゃんが望まないと思うよ」

辿って来た道のりを振り返るように、木崎は遠くに目を向けた。

「俺たちはさ、見た目はこんなジジイになっちまったけど、心はずっと若いまんまなんだよ。玉手箱を開けたわけでもないのに、いつの間にこんなに歳を取ったのか不思議でたまらない。特に小さい頃から一緒だったよっちゃんとはさ、この先も、気持ちはハナタレ小僧の頃のまんま付き合っていきたいんだ。それはよっちゃんもおんなじだと思うよ。だからこそ、よっちゃんは今の姿を俺に見られたくないんじゃないかなあ」

木崎の話を聞いて、自分を芳武の理解者、介護のプロだと過信していた秋夜は自身の驕《おご》りに気付かされた。それからは無駄な口出しはせず、ふたりの友情をつなぐ架け橋としての役割だけを果たした。

「よっちゃんが羨ましいよ」

友からの手紙をエプロンのポケットにしまうと、木崎が言った。

「こんなにいい娘さんがいて」

そう言った後、自分が言ったことを不思議に思うような顔になる。

「娘さんは珠子さんだから、秋夜さんは孫のお嫁さんか。孫のお嫁さんは最高のひとが来てくれてよかったよ」

意味ありげに言うと、木崎は様子を窺うような目を向けた。

「珠子さん、厳しいだろう」

秋夜はなんと答えていいかわからない。それを察したように木崎が、

「答えなくていいよ。俺の独り言だと思って聞いてくれれば」

と言った。腕組みをした彼は話し出す。

「俺は嫁さんも子どももいないから偉そうなことは言えないけど、昌男《まさお》が珠子さんを嫁にした時はえらいひとをもらったと思ったもんだよ。近所じゃ、優秀で理解のあるお嫁さんだって言われたみたいだけど——今でもその評判は変わってないかな？」

木崎は深々と息を吐き出した。

「昌男はよっちゃんの子どもとは思えないほどひとの気持ちがわからない男だからね。優柔不断なところはそっくりだが——珠子さんの思惑にまんまと嵌《はま》ったんだ」

「思惑？」

「ああ。昌男は、どちらかと言うと女性から嫌厭されるタイプの容姿をしてる。誤解しないでほしいが、俺は昌男をけなしたくて言ってるわけじゃない」

木崎の言わんとしていることが秋夜にはすぐにわかった。

「昌男は何度か見合いをしたが、断られる理由はいつも同じだった。俺は赤ん坊の頃からあいつを見てきたから偏見もなにもないが、昔の昌男は顔に今よりもっと顕著な引き攣《つ》れがあったから、初めて対面した女性が彼を直視できないのは無理もなかったと思う」

昌男は唇裂口蓋裂で生まれたそうだ。唇が鼻柱にかけて裂けたようになる状態で、本来はくっついているはずの上顎も離れていた。どちらも生後間もなく手術によって塞がれたが、当時

の技術が遅れていたのか担当した医師の腕が悪かったのか、機能的には解消された裂溝は、彼の顔に大きな傷痕を残した。鼻の変形、人中に大きな引き攣れ、上唇の不自然な盛り上がりなど。秋夜は以前、写真で昔の昌男を見たが、たしかに目立つ傷痕だった。

「見合いに失敗続きだった昌男は結婚を諦めかけた。そんな時、珠子さんに出会った」

珠子の勤務する薬局を利用したことがきっかけで交際が始まったのだと、昌男本人から聞いたことがある。義父は、珠子を射止めたことを今でも誇りに思っているらしかった。

「珠子さんは決して器量よしじゃないが、女性から相手にされたことのない昌男にとっちゃ天女みたいに見えたんだろう。もう有頂天さ。結婚の約束をする前からだいぶ彼女に貢いで、俺のところへ何度か宝飾品を買いに来たよ」

木崎時計店で今は取り扱いのない宝飾品だが、当時は時計よりも多くの指輪やネックレス、ブローチなどをショーケースに並べていたそうだ。

「昌男に注意したことがある。そんなことをしてると貯金が底をつくぞって」

昌男は高校卒業と同時に精密機器の部品製造工場へ就職した。進学や他の企業への就職の話などもあったようだが、彼は自身の容姿を気にして人目につきにくい職場を選んだ。全身白い衛生作業服に身を包み、帽子とマスクも着用する職場は、彼のコンプレックスを隠すのに都合がよかったのだろう。

木崎は言った。実家暮らしで散財癖のない昌男には充分な蓄えがあったはずだと。時代的にも会社の売上は右肩上がりで、昌男も一般的なサラリーマンより多い給料をもらっていた、とも木崎は言った。

「ある時、昌男が男物の腕時計を買いに来た。『彼女が父親へプレゼントしたいと言ってる』なんて話してたが、当の彼女は来ない。店にある一番高い時計を抱えて嬉しそうに出て行く昌男を見て、俺はなんとも言えない気持ちになったね」

木崎は当時を振り返るように出入り口を見遣った。若かりし昌男がいそいそと店を出て行く姿が秋夜にも見えるようだった。

「それからしばらくして『あの時計』を身に着ける男を見かけた。買い付けで遠くの街へ出かけた時だった。職業柄ひとが着けている時計に目がいきやすいんだが、その時ばかりは思わず立ち止まって見入ったね。駅前で待ち合わせをしているらしい男が腕時計を見ていた。暑い時期だったから男は半袖で、時計の文字盤までよく見えたよ。その時計が昌男に売った物だと断言できるのは、バンドに特徴があったからだ。従来のものに俺が手を加えたバンドは列ごとに色が違った。じっと手元を見つめられて気味が悪くなったのか、男が距離を取った。売れない二枚目俳優みたいな顔をした若い男だった。どうにも割り切れない気持ちで振り返った俺は、男の方に駆けて来る若い女を見た。熱を上げた顔で、女は男の手を取った。昌男が買った時計を着けた男の手を」

木崎はたっぷりと間を置いた。

「時計を見かけてから数カ月後、昌男が結婚式を挙げた。俺は、その時初めて昌男の花嫁を見たわけだが――」

言わなくてもわかるだろ？　と、木崎の目が言っている。

「それは……でも、お義母さんもお義父《とう》さんのことが好きだったから――」

「若いね」

ニカッと笑うと、木崎は立ち上がり店の奥へ引っ込んだ。モヤモヤと考えていた秋夜の前に缶コーヒーが置かれる。木崎はすでにプルトップを引いた缶コーヒーに口を付けている。

「よっちゃんと八重《やえ》ちゃんはいいお嫁さんが来てくれたって喜んでたけど」

八重とは、十数年前に他界した芳武の妻だ。木崎たち三人は同級生だったそうだ。ふたりとも八重に恋していたが、彼女が選んだのは芳武だった――いつだか木崎が話してくれた。彼が独身を貫いた理由が、その時秋夜にはわかった気がした。

「善財の家は大金持ちじゃないが、蔵のある大きな家と畑をいくつも持ってる」

「つまり……お義母さんはそれが目当てで？」

木崎は否定も肯定もしない。

「なんでも、珠子さんの実家はうんと貧しい家だったみたいだし。大学へも珠子さんの親が方々から借金して進んだってよっちゃんから聞いたよ。よっちゃんは美談みたいに話してたけど――結局、その借金は昌男との結婚後に善財の家が返済した。珠子さんはひとりっ子で、両親の生活費や葬儀にかかった費用も善財の家が出した。まあ家族になったんだからおかしなことじゃないかもしれないけどさ」

秋夜には、その話は初耳だった。

「借金や親のことで頼っておきながら自分の給料は絶対に家に入れなかったっていうんだから、しっかりしてるというかがめついというか」

同居前、珠子は「家族なのだから財布は一つよ」と秋夜に言った。パート代全額を預けることを約束させられた。毎月決まった額を渡され、買い物は必ずレシートと照合され、残金は回収されている。

「お金のこともそうだけど、自分の自由にできる操縦しやすい旦那を捕まえたってことだよな」

木崎はぐっと缶コーヒーをあおった。

「昌男は自分がない男だ。一緒にいる人間次第で別人にもなれる。だからこそ伴侶は大事だったのに、よりにもよって珠子さんとはね」

苦虫を噛み潰したような顔で木崎は言う。

「実際、珠子さんと結婚してから昌男は変わったよ。よっちゃんや八重ちゃんの肩を持つことをしなくなった。珠子さんの言いなりさ。口元の手術も結婚後二度受けて、それだって珠子さんに誘導されたからだ。理解ある嫁なんて笑わせるよ。結局見た目が気になってたんだ」

昌男が唇裂口蓋裂だったと思わせるのは唇の歪みと歯列不正だけで、手術前と比べると大きく変化している。押入れの整理をしていて見つけた写真には、手術前の昌男と珠子が並んで写っていた。喜びではち切れんばかりの笑顔の隣で、珠子はぎこちない笑みを浮かべていた。

「八重ちゃんはずいぶん苦労したんだよ。嫁姑問題で嫁じゃなく姑の方が苦労するなんてあんまりないケースだと思うけども」

苦労を知っているかのような目を向けられ、秋夜は視線を下げた。

「こんな話をされても困るよな。でも、ふたりの幼馴染としてどうしても言わずにはいられなくて。珠子さんは仕事や趣味の習い事やらで家を空けることが多かったから、物理的に離れている時間を確保できたし、そのおかげでなんとかやってこられたのかもしれないな。清春はよっちゃんと八重ちゃんが育てたようなもんだ。息子の昌男より孫の清春の方が余程よっちゃんに似てる。だからこそ秋夜さんみたいないいひとと結婚できたんだろう」

秋夜は曖昧な笑みを浮かべた。褒められることに慣れていなかったし、過去を思うと素直に褒められているとは思えなかったのだ。

木崎は、秋夜の卑屈な想いを穿《うが》つように、

「前の旦那とは死別だって？」

と、訊いた。

単刀直入に問われ、秋夜は目を丸くする。木崎とは何度も会っているが、珠子の話をするのも前夫の話をするのも今日が初めてだ。

「悪いな、気の利いたことを言うのも遠回しに言うのも苦手なんだ」

木崎は薄くなった髪に手をやると頭を掻いた。

尊が亡くなった直後、あっという間に話が広がった。それは穏やかな湖面に落ちた一粒の雫のように、当事者の意図しないところで波紋となって広がった。秋夜との関係が遠い人々ほど熱心に――ほとんど熱狂的に――噂を広めた。未亡人となった秋夜がその後流産したことも悲劇の吹聴を加速させた。他人の不幸はひとの口を軽くするようだった。口にする人間に悪意の自覚はなくとも、当事者にとっては悪そのものだった。

世の中ではインターネット上で起きている現象が、田舎では未だひとの口を介して拡がっている。規模に違いこそあれ、拡散する速さは噂話も負けていない。

尊の死から一年ほどで関心は薄れ噂にのぼることはなくなったが、秋夜を見かける度、地元の人々は「夫と子どもを亡くした、かわいそうな、かわいそうな女性」という目を向けることを止めなかった。欲してもいない同情は無意識下の悪意と同列に秋夜を傷付け、その度彼女をうんざりした気持ちにさせた。

清春との再婚に際し、潜在化していた噂好きの人々が息を吹き返した。彼らはこぞって数年前の悲劇を――もしかすると彼らにとっては喜劇を――秋夜のいない場所で口にした。人生で深いつながりを持たない人間が秋夜の過去を永遠に忘れず、折に触れコソコソと話題にする。それはとても奇妙な感覚で、どんなに時間が経っても不思議なほど苦痛をもたらした。だが――今、おそらくは尊と子どもの死後初めて目の前で話題にされても、一切の痛みや怒りを秋夜は覚えなかった。

実は面と向かって話題にされることを望んでいたのではないかと思うほど、滑らかに声が出た。

「車の事故で――事故を起こして亡くなりました」

老齢の時計店店主は幾度か瞬きをするだけで相槌すら打たない。だが、それが秋夜には心地いい。

缶コーヒーの横で組んだ手に目を落とし、秋夜は言った。

「居眠り運転が原因の単独事故です」

※※※

『歯医者、終わったから迎えに行くよ　眠いー』

三交代制の工場で働いていた尊は、その日深夜十二時から午前九時までの勤務後、職場近くの歯科医院で治療を受けた。二カ月前からムシ歯治療のため通院中だった。同日、産婦人科を受診するため、秋夜は尊と一緒に病院へ向かう予定だった。連絡を受けた秋夜はすぐさま尊に電話をした。ひとりで病院へ行くから家で休んでほしい。そう言う秋夜に、尊は眠そうな声で――だがはっきりと――「我が子との初対面を逃すわけにはいかない」と言った。前回は秋夜ひとりで受診した。夫にぬか喜びさせたくなかったのだ。その時胎嚢《たいのう》は確認できたが、まだ心拍が確認できないとのことで今回の受診となった。

秋夜はアパートを出てしばらく尊を待っていたが、なぜだか不安が込み上げて歩き始めた。街路樹に囲まれたアパートまでの一本道を、尊の黒いＲＶ車がやって来る。様子がおかしいことはすぐにわかった。のんびりとしたスピードで歩道に乗り上げそうなほど左に寄っていた車が蛇行運転を始めた。その後に起きたことはあっという間で、秋夜にできたのは尊に気付いてもらえるよう車に走り寄り、大声を張り上げることだけだった。それ以外なにができただろう？

止まりかけていた車が目覚めたように突如スピードを上げる。さし込むようなお腹の痛みに秋夜は足を止めた。車は車線をはみ出し、秋夜の方へ突き進んで来る。

尊は完全に眠り込んでいた。突っ伏し、ぐったりとした腕がハンドルにもたれかかっているのを秋夜は見た。それに、尊はシートベルトをしていなかった。いや、着用する努力はしたようだった。右肩にかろうじてかかったベルトがそれを表していた。秋夜がぎゅっと目を瞑った直後、爆音が轟《とどろ》いた。

一度もブレーキを踏むことなく、尊の車は街路樹のハナミズキに突っ込んだ。すんでのところで被害を免れた秋夜は、腰を抜かし地面にへたり込んだ。エアバッグの緩衝をすり抜けてフロントガラスを突き破った尊が目の前に倒れている。両腕を広げうつ伏せになった尊はどう見ても生きているようには見えない。秋夜が彼へ手を伸ばそうとした時、車がぶつかった衝撃で折れたハナミズキの幹がこちらに向かって倒れてきた。幹は車にのしかかり、秋夜と尊が下敷きになることはなかったが、尊の最期はまるで磔刑《たつけい》に処された者のようであった。

「必ずシートベルトを締めていた彼が、あの日に限ってはしなかった。電話での口調を思い返してみても、相当眠かったのだと思います。おそらくはシートベルトをしようとして、でも……ロックすることができなかった」

　ここへきて初めて木崎は痛ましそうに顔を顰《しか》めた。

「秋夜さん、あんたその目で見たのか。旦那の最期を」

　秋夜は頷いた。

「それじゃあ、あれかい。お腹の子もその時のショックで？」

　今度は秋夜が顔を顰める番だった。

「いいえ。流産したのは、夫が亡くなってからひと月以上経ってからです。ですから事故とは関係なくて――あの時お腹の痛みで足を止めていなければおそらくわたしは車に轢かれていました。あの子がわたしを救ってくれたのに、わたしは子どもを助けられなかった」

　秋夜の手に、不格好だがあたたかい手が重ねられる。それは百の言葉より慰めになった。

　秋夜は木崎を見つめた。

「清春さんと結婚する前、わたしの過去がずいぶん噂になったはずですが……木崎さんは聞いたことなかったですか」

　木崎はそっと手を離すと、カウンターに置かれた缶コーヒーを手に取った。

「たしかに噂はあった。俺は聞かなかったし、話したくてうずうずしている連中のことは遠ざけた。俺が知ってるのは、今秋夜さんから聞いたこととよっちゃんから聞いたことが全部だ。不躾《ぶしつけ》に過去を訊いたりして悪かったな。だけど、噂なんて話す人間のさじ加減で嘘にもなり得る。信じるに値する噂なんて聞いたことがないね」

プシュッと小気味のいい音が立つ。

「ほら、飲んで」

秋夜がコーヒーを飲み込むのを待つように、木崎は、

「こんな話をしたのは、秋夜さんがあんまりにも善財の家で気後れしてるように見えたからなんだ」

と言ったが、自分の言葉にしっくりこないという顔で、

「負い目を感じて縮こまってるように見えてさ」

と言い直した。

「よっちゃんは秋夜さんたちの結婚前に脚を悪くしただろ？　あの辺りからだったかなあ、ぐっと老け込んで気落ちするようになったのは。脚をやっちまってから何度か家に行ったんだよ、碁を打ちに。あの頃はまだよっちゃんも寝たきりじゃなかったから。よっちゃん家なのに、まるで居候させてもらってるみたいに小《ち》っちゃくなってさ。珠子さんの目を気にして生活してる姿はなんとも――」

最後の言葉を呑み込むと、木崎はいやいやするように首を振った。

「なんで善財の家のことを話したかっていうと……俺はよっちゃんのことが心配で、秋夜さんのことを応援してるってこと。珠子さんだけが居心地がよくって、よっちゃんと秋夜さんが縮こまってるなんて癪《しゃく》だし嫌だ。晩年くらい、よっちゃんの気持ちを楽にしてやりたい」

自分勝手な姑になど負けるな。彼の目がそう言っている。

「秋夜さんはよくやってる。なに一つ負い目なんか感じる必要はないよ」

木崎はいい人間だ。

だが――

負い目。後ろめたさ。本当の意味でのそれらを彼は知らない。

「ありがとうございます」

秋夜は顔にかかる髪を耳にかけながら頭を下げた。


木崎時計店から戻ると、秋夜は真っ直ぐに義祖父の部屋へ向かった。

芳武は枯れ枝のような細い腕を布団から出し眠っていた。最近は腕の筋力も落ち、木崎への手紙は何日もかけ苦労して書いていた。

秋夜は芳武を起こさないよう注意しながら布団をかけ直し、木崎から預かった手紙と腕時計をベッドテーブルに置いた。背を向けた秋夜は、布団が擦れる音で振り返る。ベッドの上で芳武が目を開けていた。

「すみません、起こしちゃいましたね」

「いいや、ちょっとウトウトしただけだから」

芳武が起き上がりたそうだったので、秋夜は介助する。起き上がったり車椅子へ移動する際は必ず介助が必要だった。芳武はなんとか寝返りを自身で行えたが、筋力の衰えを考えると間もなく就寝時の体位交換が必要になるだろう。

骨ばった背中にクッションをあてがうと芳武の体勢が落ち着く。このクッションは秋夜と八重の共同作品だ。パッチワークキルトが趣味だった八重の作品が簞笥《たんす》にしまい込まれているのを見つけた秋夜は、そのひとつをクッションカバーの生地として使った。庭の柿の木がモデルの、若草色の葉に包まれ咲く柿の花を表現したそれは、芳武のお気に入りだった。

「手紙も時計もありがとう」

芳武の目がテーブル上に向けられている。

「電池交換を頼まれたのは二度目ですけど——その前はお義母さんに頼んでいたんですか？」

「いや、清春に。その前は自分で行けたから」

芳武は、妻が愛用していた腕時計の針を今も止めない。この時計は芳武が妻へ贈るために木崎時計店で購入したのだそうだ。秋夜が初めて電池交換に時計店を訪れた際、木崎がひやかすように言っていた。

「なあ、秋夜さん。いろいろ頼んで迷惑かな？　でも、大事なものは、だいじなひとにしか触れてほしくないんだよ。だからいつも秋夜さんに頼んでしまうけれど……あんまり煩わせるようなら——」

「そんな意味で訊いたんじゃないです」

秋夜は慌てて言った。

「迷惑だなんてちっとも思ってないですよ。むしろ、出かけられる用事ができて嬉しいです。それに、木崎さんに会うのも楽しいですし」

「木崎は元気だった？」

「はい。とってもお元気そうでしたよ」

「それはなによりだ」

秋夜の頬が緩む。それを見ていた芳武も同じように表情を崩した。

「なんだい、笑ったりして」

「おじいちゃんと木崎さんがそっくり同じことを言うから」

今度はふたり一緒に笑う。

秋夜はベッドサイドの丸椅子に腰を下ろした。すぐにキッチンへ行かなければ珠子が業を煮やして呼びに来るかもしれない。だが今は、わずかな時間でもここにいたかった。

「おふたりは本当に似ていますね。元々似ていたから仲良くなったんですか？　それとも一緒にいるうちに似てきた……？」

「どっちもだろうね。物心つく前から知り合いだったし、あたりまえにずっと一緒にいたから」

「羨ましいです。わたしには、おふたりのような親友はいないから」

この家で数少ない秋夜の味方は、慈しむような表情で、

「木崎は、俺にとっての奇跡だから」

と言った。

「奇跡？」

「うん。俺の人生には二つの奇跡が起きた。一つは彼女と出逢えたこと」

芳武はベッドテーブル上に置かれた妻の写真に目を落とした。

「もう一つが木崎と同じ時代を生きられたこと。棺桶に片足を突っ込んでる俺を、鼓舞して励ましてくれる。親友なんて贅沢な存在は持てないひとが大多数だろうに、俺はツイてた」

少年のような顔で笑うと、

「俺と秋夜さんの違いはそれだけだよ」

と、芳武は言った。

「木崎には感謝しかないよ。この歳になっても、こんな俺を、ずっと支えてくれる。なにより俺を必要としてくれる」

存在意義。生きる目的、理由。特に、芳武のような高齢の要介護者にとってそれらがどれほど重要か、秋夜は仕事を通じて理解していた。必要とされている、という実感が彼らの生きる糧となっているのだ。それを示してくれる木崎が芳武にとって奇跡なのは間違いない。そして

「木崎さんにも奇跡が起きたんですね」

秋夜が言うと、芳武は首を傾げた。

「だって、木崎さんもおじいちゃんに出逢えたんですから」

ゆっくりと呼吸する芳武は、秋夜の言葉を全身に染み渡らせているようだった。

「ああ……そんな風に考えたことはなかったけども。うん、そうかなあ」

この上なく嬉しそうに、そして救われたように、彼は笑った。

「ありがとう」

一旦言葉を切ると、芳武は愛情溢れる瞳を秋夜に向けた。

「ありがとう。ありがとう、秋夜さん」

差し出された義祖父の手を、秋夜はしっかりと握った。木崎とそっくりのあたたかい手だった。

「おじいちゃん、今日はこの後病院でしたね。着替え済ませておきましょうか」

秋夜は芳武の手をそっと離し立ち上がると、壁際の箪笥へ寄った。紺色のセーターに伸ばした手が止まる。

芳武は糖尿病を患っていて月に一度の通院が欠かせないのだが、付き添いの珠子は「暗い色を着せると顔色が悪く見えて介護の仕方に疑問を持たれる」と言って、以前このセーターを着せた秋夜を責めた。「そんなこともわからないの?」と。

芳武に薬を飲ませたり病院へ連れて行くのは珠子の仕事だ。珠子は決して秋夜に任せなかった。秋夜としては、元薬剤師である珠子が薬の管理をすることに異論はないのだが、仕事をしていない彼女がわざわざ混雑した週末を選んで通院するのはより多くの地域住民に『義父の介護をする自分』を印象付けたいからではないかと思わずにはいられなかった。

秋夜は淡いオレンジ色のセーターを手にベッドサイドへ戻った。先におむつ交換を済ませるために、チェストから必要なものを取り出す。使い捨ての手袋を着け、さっそく処理にかかる。

「珠子さんの様子がいつもと違うけど、どうかしたのか？　呼ぶのも気が引けて――」

「体調が優れないようです。わたしが仕事の日は、朝香さんにお願いしておきますね」

「朝香に頼むのは気が重いなあ」

ため息を吐くように芳武は言った。

「そうかと言って珠子さんにやってもらうのは気が張って仕方ない……孫のお嫁さんに世話してもらうなんて申し訳ないけども、やっぱり秋夜さんにやってもらうと一番気持ちがいいなあ」

しみじみと芳武は言う。

「いつもありがとう、秋夜さん」

身体の自由がきかない被介護者の中には「口撃」が激しくなる者がいるが、芳武は違った。秋夜が介護を始めてから彼は一度も文句を言ったことがない。それどころかいつも感謝の言葉を口にする。善財の家で優しい言葉をかけてくれるのは芳武と清春だけだ。

「わたしこそ、いつもありがとうございます」

身体の向きを変えられた芳武が肩越しに振り返る。

「下の世話をさせられてお礼を言うなんて世界中探しても秋夜さんだけだろうな」

大袈裟に目を丸くした芳武はそう言って笑った。

「わたし、おじいちゃんのことが大好きなんです。だからこうして毎日お話しできて、わたし、嬉しいんですよ」

芳武の緩んだ口元が、泣くのを堪えるかのようにへの字になった。

「清春さんはおじいちゃん似ですね。優しくて、とってもいいひとだもの」

泣くのを見られまいとしたのか、芳武が顔を背けた。

「辛いことがあると避難してくるわたしを、おじいちゃんは一度も嫌な顔をせず受け入れてくれた。木崎さんのところへ手紙を届けるのも、おじいちゃんがわたしを家から出すために考えてくれた口実だって気付いていていました。本当にありがたくて、わたし――」

秋夜は芳武の痩せた身体が小さく震えているのに気付く。

「おじいちゃん寒いですか？　すぐに済ませますから。下着を替えますね」

秋夜は、義祖父や職場の利用者に対して「おむつ」という言葉を使わない。被介護者の尊厳を損なう可能性があるからだ。それと、義祖父の介護中はなるべく会話するようにしている。その方が彼の気持ちが楽になることを知っていたからだ。

芳武の支度を整えた秋夜は手袋を外した。手袋の内側に血が付いているのに気付く。

かさぶたになりかけの傷に目を落とす。

あの子が助けてくれなければわたしは死んでいただろう。

二度と会えないと思っていたあの子がまた救ってくれた。あの子が。

痛みなど感じていなかったのに、傷を思い出した途端痛みが走る。どくどくと、鼓動に合わせて痛みが広がるようだ。細胞の隅々にまで行き渡った痛みの元は傷を負った手のひらではない。それは血液が生み出される場所から。生き返ったように。生きる理由に目覚めたように。

「秋夜さん、怪我してるのか」

ベッドの中で芳武が慌てた声を出す。

「大変だ、早く消毒しないと。俺のせいか？　なにか傷付けるようなものが部屋にあったか？　悪いことをしたなあ、すまない、秋夜さん」

すっかり狼狽《うろた》えた様子の芳武は、なんとか身体を起こそうと布団の中でもぞもぞしている。秋夜は手のひらを胸元に引き寄せた。大事なものを抱くように。

「おじいちゃん、ずっと訊きたかったことがあるんですけど」

「なんだい。いつでも答えるから、まず手当てを――」

「清春さんとわたしの結婚に、朝香さんとおじいちゃんは反対だったそうですね」

秋夜の問いに、芳武が絶句する。中途半端に開いた口がパクパク動いている。

「自分で言うのもおかしいですが、施設でお会いした時、わたしのことを気に入ってくれてるのかなと思っていたんです」

通所している間、芳武はスタッフの中でも特に秋夜に対して心を開いているようだった。芳武の送迎がきっかけで秋夜と清春は連絡を取り合うようになり、交際に発展した。結婚の挨拶に善財の家を訪れた時の芳武の反応を、秋夜はどうしても忘れられない。清春はサプライズを込めて秋夜を紹介した。それまで秋夜と交際していることを祖父には話していなかったから、ふたりとも芳武が驚くであろう――そして喜んでくれるであろう――とその反応を期待していた。ところが、居間に入って来た秋夜を見た芳武は、ふたりが予想したのと真逆の反応を示した。芳武は秋夜を認めると目を瞠ったが、それは驚きというよりもショックに近い表情だった。上機嫌な珠子の奥で、芳武は俯きがちだった。時折秋夜と目が合うと、バツが悪そうに目を逸らした。

「やっぱり、前のことが原因ですか？　一度結婚しているし、それに――」

秋夜は引き寄せていた左手に目を落とす。傷を負った直後は生々しい赤色だった擦過傷は、赤黒く変色している。

「子どものことが理由ですか」

握った手のひらに短い爪が喰い込んで、傷の端から新たな出血が始まる。

動揺しきった芳武は自由にならない身体を動かそうと必死だ。

「ちがう、秋夜さん。ちがうんだ」

ベッドから転がり落ちそうな義祖父を、秋夜はすんでのところで抱き留めた。痩せ細った身体を抱きしめ、秋夜は胸を痛めた。芳武は喉をひゅーひゅー鳴らし、浮き出た肩甲骨を激しく上下させている。

「そのことは関係ない。俺は幸せになってもらいたかっただけなんだ。だから――」

秋夜は身体を離し、芳武の顔を覗き込んだ。

「わたしでは清春さんを幸せにできないと？」

「清春じゃない、秋夜さんに幸せになってほしかった」

秋夜はまじまじと義祖父を見つめた。木崎から聞いた話が頭をよぎった。

八重と珠子の関係は、忍耐強い彼が親友にこぼすほどのものだった。珠子の性格を知っているからこそ、彼女と一緒に暮らすことの大変さと苦労を身をもって知っているからこそ、孫との結婚に反対したのだろうか。

「同居後のことを心配したんですか？　お義母さんとのことや、おじいちゃんのお世話のこととか——そういったことを考えたから……だから反対したんですか。わたしのことが気に入らなかったわけじゃなく」

白眼との境界があやふやになった薄緑の瞳がなにかを訴えるように震えている。色を失った唇が開かれ、息を吸い込むのと同時に喉が鳴った。秋夜は待ったが、芳武の口から出たのは、

「——すまない」

この一言だけだった。

6

太陽が電子レンジとダイニングテーブルの間を往復する。テーブルを埋めていく料理を、優真は驚きと共に見つめた。

「これ全部、太陽のお母さんが作ったの？」

「そうだよ」

持っていた皿を優真の前に置くと、太陽は背中を向けた。

「いつ用意したの？」

背中越しに蒸気が上がるのが見える。太陽が炊飯器を開けたらしい。

「午後の早い時間に夕飯の支度をするんだ。大抵のお客さんはお昼前に帰るし、宿泊のお客さんが来る前が母ちゃんたちの自由になる時間だから。ご飯は、母ちゃんだけじゃなくて時々父ちゃんが作る時もあるけど」

「へえ。お父さんも料理するんだ」

孝道が料理をするところを、優真は一度も見たことがない。自分が使った食器一つ、シンクへ下げないひとだ。

「いつも母ちゃんに怒られてるけどね。『材料費をかけ過ぎよ』って」

両手に茶碗を持った太陽が振り返る。両親の様子を思い出しているのか優しい笑みが浮かんでいる。

「はい、優真」

差し出された渋い柄の茶碗には、白米が山盛りになっている。

「こんなに食べられないよ」

「大丈夫、大丈夫。いただきます」

ふっくらした両手を合わせ、食前の挨拶を済ませた太陽はさっそく箸を持ち上げる。

太陽の母が作ってくれた夕飯のメニューは、付け合わせの野菜が小さく見えるほどの特大ハンバーグにポテトサラダ、見た目では味の想像ができない白いスープだった。

「いただきます」

優真が手を合わせると、ハンバーグを頬張った太陽が嬉しそうに頷いた。

スープを飲んだ優真は、思わず、

「美味しい……」

と呟いた。そうでしょ、というように太陽が頷く。

「これ、なに？　シチューかなと思ったけどちょっと違う」

「牛乳スープだよ。シチューの素も使ってるけど、コンソメと塩で味付けしてあるんだ」

「へえ。初めて飲んだけど、美味しい。ていうか、太陽、作り方知ってるんだ」

太陽はスープの作り方を説明してくれた。

「学校が早く終わった日とか、ほんとに時々だけど母ちゃんと一緒に料理するからね」

「えらいなあ」

「そうしないと一緒にいる時間がないから」

悪いことを言ったかな。優真はそう思って太陽を見つめた。特別気にする様子もなく、太陽は「あち、あち」と言いながらスープを飲んでいる。

「夕飯、いつもひとりで食べてるの？」

スープカップの向こうで目を上げた太陽と目が合う。

「……さみしくない？」

カップを置いた太陽は、

「慣れたよ。もっと小さい頃からひとりだったし」

と言った。

「朝もさ、母ちゃんたち忙しいから僕ひとりでご飯なんだ。給食はクラスのみんながいるけど、僕、好かれてないから。あんまり話してくれるクラスメイトいないんだよね」

学校での太陽は、それでもニコニコと笑みを浮かべているのだろう。優真は胸がぎゅっと痛んだ。

一年半前、孝道と里実の結婚で優真は小学校が替わった。転校したての頃は積極的にクラスのみんなと関わるように努力した。その頃の優真は、太陽と同じようにニコニコしていた。だれも知り合いのいない土地で早く友だちを作りたかった。

でも、優真が気負えば気負うほどクラスメイトは離れて行った。理由はすぐにわかった。話が合わないのだ。クラスメイトの男子は、ネットやテレビ、ゲーム、アニメやスポーツの話で盛り上がる。優真にはどれ一つとしてわかる話がない。そのすべてを孝道に禁止されているからだ。しかも放課後の時間の使い方まで指導されている優真には、学校の仲間と遊ぶという選択肢もなかった。

学校で意地悪をされたりいじめられているわけではない。完全に無視されるわけでもない。家でも学校でも、「いるけどいない存在」。それが今の優真だ。

「こうやってだれかと話しながらご飯食べるの久しぶり！」

なんとも嬉しそうに太陽が言う。優真は喉の奥にしょっぱい味を感じながら、

「——俺も。俺も、久しぶり」

と答えた。

向かいにいる太陽は言葉の意味を訊ねたりしない。にわかに笑みを浮かべた彼は、学校での優真も家の事情も知らないはずなのに、理解の色さえその瞳に漂わせている。

優真の親友は、にっこり笑った。

「楽しいね」


「優真君、また遊びに来てね」

優真が帰る時、太陽の母は住居スペースの玄関まで見送りに来てくれた。

「こんな時間までお邪魔してすみませんでした。あと、夕ご飯ごちそうさまでした」

「お口に合ったかしら」

「もちろん！　牛乳スープ、すごく美味しかったです」

太陽の母が微笑む。

「お電話かわらなかったけれど、大丈夫だった？」

入浴と夕食を我が家で。そう伝えに来た太陽の母は、自宅へ電話するようにと言った。お家の方が心配するといけないから、と。

優真は目が泳ぎそうになるのを堪えた。電話はかけたふり、話したふりをしただけで実際だれとも話していないからだ。塾へ行くふりをして家を出たことを、太陽の両親に言えるはずもなかった。

「……はい」

「ご両親によろしく伝えてね」

「母ちゃーん、浜のおじさん車まわしてくれたよー」

表から太陽の声がする。話題から逃げるように、優真は玄関扉に手をかけた。

「待って！」

振り返ると、太陽の母が半透明の手提げ袋を差し出していた。

「これ、クッキー。よかったらお土産に」

中身が透けて見える。チャック付きのスタンド袋いっぱいに、お日さま形のクッキーが詰まっている。

「あの……」

「母ちゃーん！」

「はーい！」

優真に袋を渡すと、太陽の母は玄関扉を開けた。

「きっとまた来てね」

太陽と同じ優しい目で、そのひとは微笑んだ。

自宅前まで送るという浜に、優真は、「赤ちゃんの妹が車の音で目を覚ましてしまうから」

という理由をつけて手前で車を停めてもらった。後部座席のスライドドアを開ける。ちょうど小さなお稲荷さんの祠《ほこら》の前で、ぴんと背筋を伸ばした狐像と目が合った。太陽の母に嘘を吐いたことを狐の像に見透かされたような気がして、優真は慌てて目を逸らした。

「優真、またね」

後部座席から助手席に移った太陽が全開にした窓から顔を出す。

優真は、車が発進したら自転車を取りに引き返すつもりだった。だが、車はアイドリングを続けたまま動かない。浜と太陽は、優真が家に入るのを見届けるつもりなのだ。

今日、優真は塾へ行くふりをして家を出た。

家を出る時、だれもあやしまなかった。塾の講師には昨日、休む旨を伝えておいた。

現在の時刻は二十一時。隣家の先に見える我が家は、リビングから灯りが漏れている。孝道はもちろんまだ起きているだろう。

優真は、二人が乗った車を振り返った。太陽が笑顔で大きく手を振っている。優真は手を振り返し、諦めたような気持ちで自宅へ向かう。

「塾の先生の都合で早く終わった」この言い訳は通じるだろうかと思いながら。

翌朝、優真は自転車のことが気になって目が覚めた。表はまだ真っ暗だ。ベッドの上で耳を澄ますが、家の中で物音はしない。皆ぐっすりと眠っているようだ。暗さに目が慣れると、灯りを点けないまま素早く着替えを済ませた。眠る前に用意しておいたリュックをベッド下から引っ張り出すと音を立てないよう細心の注意を払いながら玄関へ向かう。

玄関扉がかすかな音を立てて閉まる。ドアレバーを摑んでいた両手を慎重に離す。バタバタと近づく足音もなく、パッと灯りが点く様子もない。優真は安堵から深々と息を吐き出した。呼気が頰に纏わりつくように白い狼煙《のろし》を上げる。

まだ暗い早朝の道を進む。身を切るような空気の冷たさに身震いする。数時間経てば気温もぐんと上がるだろうが、夜明け前の空気はあっという間に心まで冷やし、過去のあたたかな記憶をよみがえらせる。

以前優真が住んでいた団地の部屋は五階建ての四階で、冬になるとかなり冷え込んだ。備え付けのエアコンは暖房にしても時々冷たい風を吹き付けてくるような古い代物で、そもそもリビング部分しか暖められなかったから、寝室とキッチンには石油ファンヒーターを置いていた。十八リットルポリタンクいっぱいに入れた灯油を四階まで運ぶのが大変で、優真は毎回里実を手伝った。取っ手を半分ずつ握ると手の側面が触れ合った。玄関前のスペースにタンクを置くと互いの顔に達成感を見てハイタッチをする。しばらくじんじんするほど強く打ち鳴らした手のひら。

ひとりきりの優真は、自身の手のひらに目を落とす。暗闇の中でぼうっと見える白い手のひらは、子どもと言い切るには無責任に大きく、大人と一緒にするにはやるせないほど小さい。

アパートの部屋に入った優真がファンヒーターの前で暖まろうとしていると、ダウンジャケットに包まれた腕がこちらに伸びた。素晴らしくあたたかい手のひらで頰を包み込まれ、優真は心地よさと気恥ずかしさを同時に覚える。里実の手のひらはいつもあたたかくて、頬や頭を撫でられると心まで包み込まれているような気がした。

あたりまえにもらえると思っていた冬の温もりは、里実が孝道と結婚した時点で断ち切られた。終わらせたのは孝道だった。「年相応の接し方をしなければ」という理由で。

手のひらで頬を挟むが、冷え切った手と頬ではかすかな温もりすら生まれない。腕を下ろすと厚手のブルゾンがカサカサとさみし気な音を立てた。

背負っていたリュックから小振りの懐中電灯を取り出すと、優真は小走りになった。

昨日自転車を置いたのは爆弾おにぎりを食べた場所、畑のプレハブ裏だった。道路から自転車が見えるとまずいと思い、建物の裏へ隠したのだ。

「ない……」

振り動かす懐中電灯の光が映すのは錆の浮いたトタンだけだ。プレハブをぐるりと回ってみるが自転車はどこにもない。優真は慌ててポケットを探った。中にはしっかりと自転車の鍵が入っている。

呆然と立ち尽くす優真の足元を、懐中電灯の小さな灯りが照らしていた。

7

夕食の席で、珠子が突然頭を下げた。

「秋夜さん、ごめんなさいね。家のこと、全部任せてしまって大変だったでしょ」

食卓には、まだ帰宅していない清春とベッドの上で介助されながら食事を終えた芳武以外の家族が揃っている。普段は清春の帰宅を待って夕食にするのだが、今日は珠子が早い時間を指定した。ここ数日まともに食事を摂っていない彼女はやつれた顔をしている。

「いいえ、わたしは――お義母さん、体調はいかがですか」

「大丈夫よ。ただちょっと――ショックだったものだから」

その返答は、秋夜の予感が的中したことを示唆していた。

秋夜が産婦人科を受診してから珠子の様子はずっと沈んでいる。気落ちしている理由、食欲がない理由を口にしない珠子は被害者のような印象を周囲に与えた。これは、本当は気にかけてほしい時に使う珠子の常套手段だった。理由をわざと口にせず落ち込んだ様子を見せることで注意を引き、同情を買う。今回は、紛れもなく秋夜へのあてつけだ。しかも清春が帰宅しない時間をわざわざ狙って、孤立無援状態の秋夜を攻撃するつもりなのだ。

朝香が口からご飯粒を飛ばしながら、

「ママがなんにも言わないから心配してたんだよ。ここしばらく元気がなくてご飯もほとんど食べないし。なにがあったの？」

と訊いた。珠子は気まずそうに俯いたが、顔を伏せる直前、秋夜を一瞥するのを忘れなかった。

「わたしの口からはとても言えないわ」

朝香は責めるような目を秋夜に向け、言った。

「ママが何日も寝込むほどショックだったことってなに？　秋夜さんには説明する義務があると思うけど」

秋夜はいたたまれなくなって顔を俯けた。

「朝香ちゃん、もう止《よ》して。秋夜さんがかわいそうよ」

珠子の全身から漂う悲愴感が、落ちた沈黙に特別な意味を持たせた。秋夜をさらに問い詰めたくなる意味を。

「かわいそうなのはママだよ。おじいちゃんの病院だって、具合が悪いのにママが連れて行ったんでしょ？　秋夜さんが行けばいいのに」

秋夜はもちろんそう言ったが、珠子は頑として聞かなかったのだ。

上座にいる義父の昌男が、

「秋夜さん、なにがあった？　珠子に訊いてもなにも話してくれないし、俺たちも心配してたんだ」

と訊いた。答えざるを得ない空気の中、珠子はさらに追い打ちをかける。

「あなたまでやめて。わたしが悪いの。わたしが無理矢理病院へ――」

珠子は慌てた様子で口元に手をあてた。朝香が珠子譲りの小さな目を見開く。

「病院？　だれか病気なの？　まさかママが？」

「ちがうの、間違いだったの。わたしの早とちりで――」

「間違いだったならどうしてそんなに元気がないの？　ほんとはなにか大きな病気だったんじ

ゃないの？」

珠子が助けを求めるように見つめた相手は秋夜だった。全員の視線が秋夜に注がれる。思い切って、秋夜は言った。

「お義母さんと病院へ行ったんです」

我ながら情けない、小さくかすれた声だった。

「うん、だからなんで？」

朝香がイライラしたように言う。

「あの……」

結局答えられない秋夜に、珠子は軽蔑混じりの視線を向けた。

「秋夜さんが妊娠したと思ったの」

珠子の発言で真っ先に反応を見せたのは昌男だった。驚きと期待が混じった表情をしている。

「そうなのか。それで？」

初孫に期待を寄せる父に、朝香は冷めた目を向ける。

「え、パパ、真面目に言ってんの？　ママの様子が答えじゃん」

昌男は不思議そうに眉を寄せるだけだ。

「嘘でしょ」

呆れたように言うと、朝香は置いていた箸を手に取った。

「ママが落ち込んでたのは初孫が幻だったから？　そんなの、まだ可能性はあるじゃん」

朝香は秋夜が作った料理を次々に口へ運ぶ。初孫の夢が消えた昌男も食事を始めた。

珠子が口を開く。

「わたしのせいで秋夜さんを傷付けちゃったわね。ごめんね、本当にごめんね」

珠子に謝罪される度、秋夜の立場はなくなる。姑に頭を下げさせる嫁の構図が、同居家族にとってプラスに働くわけがないのだ。自然、夫の昌男と娘の朝香は珠子の味方につく。その度秋夜は息を吸うのもやっとになる。

「病院になんて行かなければ、知らずに済んだのに」

そのことについては、この場で話さずに済むかもしれないと淡い期待を抱いていた秋夜は、胃の辺りが重く沈むのを感じた。

「知らずに済んだことってなに？」

ご飯を頬張ったまま、朝香が問う。珠子は言いたくないことを口にする時のように身体を縮めた。

「前のことが原因で赤ちゃんができにくいみたいなの」

珠子を除く全員が秋夜を見た。中でも批難の目つきだったのは昌男だ。

「どういうことだ。跡取りはできないって、そういうことか」

「今の秋夜さんは痩せ過ぎで、それもいけないみたい。ストレスが原因らしいけれど――ねえ、秋夜さん。先生、そうおっしゃってたわよね？」

珠子は、医師の言葉を自分勝手に解釈したようだ。医師は秋夜を気遣い、一般論として話をしてくれたまでで、妊娠しない理由も明言していない。

「ストレス？　この家でストレスなんて感じるわけないじゃん。ママやお兄ちゃんには溺愛されて、おじいちゃんとパパから頼りにされてるからって、我が物顔で家のこと仕切ってるのに」

いつにも増して辛辣な物言いの朝香は、秋夜を馬鹿にしたように流し見た。

「朝香ちゃん、それでいいのよ。秋夜さんがやりやすいようにしてくれたらいいの。それでもストレスを与えていたんだから、秋夜さんが妊娠できないのはわたしのせいなのよ」

珠子はがくりと肩を落とした。

「縁談が決まった時、わたし本当に嬉しかった。秋夜さんはとてもいいひとだし、なにより清春の愛するひとだもの。だから、親戚やご近所であれこれ言うひとには必死で抗弁した」

あれこれというのは秋夜が再婚であること、それともちろん子どもを亡くしていることだ。

秋夜が嫁いで来て以来、珠子は折に触れその話をする。流れは自然でその話が持ち上がってもおかしくはないのだが、秋夜は心の中でずっと叫んでいた。もうやめて、傷に触れないで、と。

ここでも例の構図が浮かび上がる。条件の悪い嫁。傷を持った嫁。そんな嫁を認めた理解ある姑。いつも嫁を庇《かば》ってくれる姑。

珠子が庇ってくれる度、秋夜は貶《おとし》められている気分になる。

「それは――ありがたいと思っています」

本心だが、本音ではもうこの話は切り上げたいと秋夜は思っている。

「それはわたしの方よ。この家に嫁いでくれて本当にありがとう」

珠子は泣き出しそうな顔だ。それを見た朝香が、

「秋夜さん、ママが姑でほんとによかったね。感謝しなくちゃ。こんなに理解のある親、そうそういないよ。そもそも、再婚で不妊の嫁なんて普通貰い手ないんだから」

「朝香！」

突然響いた怒鳴り声に、部屋の全員が声の方へ顔を向けた。

戸口に立っているのは清春だ。いつから話を聞いていたのか、青白い顔で妹を睨みつけている。

「びっくりするじゃん、やめてよ。ほんとのこと言っただけなのに」

朝香は兄を責めるようにぶつくさ言っている。清春は所定の席ではなく秋夜の隣に座ると、心配そうな顔を向けた。

「あー、また始まった。ママにもお兄ちゃんにも庇ってもらえてよかったね」

朝香は嫌味たっぷりに言うと、秋夜に恨みがましい視線を送った。

「朝香ちゃん、止しなさい」

珠子に窘められても、朝香はむすっとしている。清春は家族へ、

「俺のいないところで秋夜を責めるのはやめてほしい。子どものことは俺に任せてよ」

と宣言する。すかさず昌男が口を出す。

「親になって初めて親へ恩返しができるんだ。おまえの周りだって親になってない同級生の方

が少ないだろう。みんな子どもを持って、土地を守って墓守をして。それでやっと一人前の男になるんだ。家を継ぐっていうのはそういうことだ」

さらしな市のような田舎ではそれが普通で、昌男のような考え方も普通だ。

「清春だってそのくらいのことちゃんとわかってますよ。秋夜さんに申し訳なくて言えないだけだと思いますよ。清春は子ども好きで、だからこそ小学校の先生をしているんですから。同級生のことだって羨ましく感じてるんですよ。家族写真の載った年賀状を見る度、肩を落としているんですから」

言った後、珠子は秋夜の反応を窺うようにちらりと視線を向けた。

「年賀状って必要？　ていうかさ、毎年毎年子どもの写真だけ載せた年賀状送ってくる友だちがいるんだけど、あれってなんだろうね。自慢？　じゃなきゃ経過報告？　ひとの子の写真もらっても困るんだけど。あれ、いつまで続くの？　子どもが成人しても子どもだけの写真送ってくるのかね」

あらかた食事を終えた朝香がだれにともなくしゃべっている。清春の白い顔の中で目がきつくなりだしている。清春がこの顔をする時は、怒りを抑えている時だ。これまでリミッターを超えたことはないから、彼の怒りが沸点に達するとどうなるのか、秋夜にはわからない。

「妊娠したら家のことはしなくていいって言ったけど――しばらくそういうこともなさそうだし、わたしの体調が戻るまではお願いしてもいい？」

遠慮がちだが決してＮＯとは言わせない空気を纏って珠子が言う。

「朝香も手伝うべきだ」

清春が強い口調で言った。朝香はあんぐりと開けていた口を閉じると、すぐに反論した。

「なんであたしが？」

「秋夜だけ仕事が多すぎる。俺もできる限り協力するけど、これからは朝香も――」

「言われなくてもやってますけど？　今日だっておじいちゃんのうんこだらけのきったないおむつ替えてやったし！」

珠子が秋夜に強い批難の目を向ける。

「どうして朝香ちゃんが？　おじいちゃんのことは秋夜さんに任せてあったでしょう？」

病院から帰って来ると、珠子は少し休むと言って部屋へ行った。秋夜は夕食の支度をしていて手がはなせなかったので朝香におむつ交換を頼んだのだが、台所へ来た彼女は祖父のおむつ替えを「してやった」ことを、義姉に恩着せがましく語った。

「おじいちゃんもあたしにおむつ替えられるのは嫌みたいだし。こういう時はやっぱ血のつながりがない方がやってもらう側も気楽なんじゃない？　まあ他人だろうが身内だろうがおむつ替えてもらうなんてあたしはごめんだけど。おむつを着けるくらいなら死んだ方がマシ」

あはは、と朝香は笑った。

「だからさ、おじいちゃんのことは秋夜さんがやるのが一番なんだよ。それに当然じゃん？秋夜さんは嫁なんだから」

常識でしょ。朝香は最後に吐き捨てるように付け加えた。

「なにが」

声の主を探すように、家族がお互いの顔を見回す。

「嫁だと、どうして当然なんだ？」

淡々とした調子で言うのは清春だ。朝香はわずかな驚きを見せたが、すぐさま、

「だって秋夜さんはこの家に住まわせてもらってるんだから」

と言い返した。

「住まわせてもらってる？　じゃあ、三十にもなって実家に寄生してる朝香はどうなんだ」

朝香はカッとなったように怒鳴る。

「えらそうに言ってるけど、お兄ちゃんだってずっと実家住まいだったじゃん。なんであたしが説教されなきゃなんないの」

「俺は跡取りだから。両親に念仏みたいに言われて育って、充分過ぎるくらいその自覚がある。秋夜に家に入ってもらったのはその自覚と、老いた両親に頼まれたからだ。どうしても一緒に住んでほしいって言ったよな？　母さん」

話をふられた珠子はびっくりしたように目を瞠っている。

「あ、そう。それは素晴らしい覚悟で。秋夜さんが家のことをするのが当然なのは、嫁だしパートだから。その程度のことみんなやってる」

完璧な理屈を盾にできたと思ったのか、朝香は勝ち誇った顔をしている。

「週に四日老人の世話をするくらいで仕事してますって言われても。残業もないし責任もない

じゃない。あたしやお兄ちゃんとは立場が全然違う」

ドラッグストアで登録販売者として働く朝香は猛然と言った。

口を噤んだ清春を見て、秋夜は思う。

『嫁だから』『みんなやっている』。これらのフレーズは、秋夜と同様彼にとっての呪文なのだ。清春は優しい。家庭内の荒波から守ろうといつも庇ってくれる。それがあったからこそ同居を続けていられるのだが、これまで母親や家族の考えを改めさせることはできなかったし、理不尽さを論破することもできなかった。

毎度築いてくれる防波堤は高さも強度も足りない。防波堤を越えた波は一層激しさを増し破壊力を強めるのだが、彼はそれに気付いていないのだろう。だから何度でも即席の防波堤を拵《こしら》える。

珠子は狼狽したようなふりをしているが、その実この状況を楽しんでいるのが秋夜にはわかる。

朝香が深々とため息を吐く。それに呼応するように雨戸が震える。表の柿の木が、長く伸びた枝で雨戸をさすっているのだ。

「大学を出てないから仕事を選べないいんだ」

唐突に、昌男が言った。

「な？　朝香。父さんの言った通りだ。おまえも大学へ行ってよかっただろう」

昌男の言葉に、朝香は勢いよく頷く。

「ほんと、それ」

あまり成績のよくなかった朝香を大学へ進学させようと躍起になったのは昌男だったそうだ。昌男は自身が進学しなかったことを社会へ出てから後悔し、さらに珠子と出会ったことで学歴コンプレックスを抱くようになった。子どもに同じ想いはさせたくないと、昌男はふたりを大学へ行かせた。

昌男は、家族の中で自分だけが大卒でなくなったわけだが、彼が家庭で縮こまったりいじけたりすることはなかった。劣等感は子どもふたりを大学へ行かせたことで優越感に変わり、妻が薬剤師、息子が教師、娘も大卒となった時点で、彼はそんな家族を手に入れた自分に自信を持つようになった。自尊心を満たされた彼は、やがて意固地なほど学歴に拘《こだわ》るようになった。

「秋夜さんの家は、四大出のひとはいないんだよな」

昌男が言った。『家』のくくりで自尊心を保つ彼にとって、一年半経っても秋夜は家族の一員ではないらしかった。秋夜の『家』はあくまで実家のことなのだ。

朝香が父親に加勢する。

「居酒屋やってる両親はもちろん違うでしょ」

結婚前も後も、なんならつい最近も秋夜の『家』の最終学歴の話をした。善財の家の者は全員知っている事実を、昌男は虚栄心を満たすため、朝香は秋夜を貶めるために繰り返すのだ。

「墓石みたいな名前の妹は？　歯医者に勧めてるんだっけ？」

軽蔑を隠そうともしない言い方だった。彼女が、格差は学歴によって生じると信じているのは昌男の発言による影響が大きいが、蔑みを持ってひとを見下すのは珠子の影響だろう。昌男は耳から朝香の思考に影響を与え、珠子は肌感覚でひとを蔑み優越感に浸る術《すべ》を教えた。

秋夜の、膝の上に置かれた拳に力が入る。

秋夜の実家は居酒屋を営んでいたが、働きづめの両親に進学したいとは言い出せなかった。それは妹のみかげも同じで、彼女は学校に行く必要のない歯科助手になった。こういった事情は結婚前に善財の家の者にも話した――根掘り葉掘り訊かれて答えた――はずだ。

「歯医者に勤めてるだけで、歯科医師じゃないんだろ？」

昌男が口を挟む。活き活きとした朝香が、

「雑用係みたいなもんだよ」

と答える。歯科助手は決して雑用係ではない。秋夜は唇を噛んだ。

朝香はニヤニヤしながら、

「学歴も大事だけど、親が居酒屋とかないわ。夜の間、秋夜さんたちほったらかしにされてたんでしょ？　親としてあり得なくない？」

それまで黙っていた珠子が秋夜を庇うかのように身を乗り出す。

「それは秋夜さんのご両親の選択で、わたしたち他人がどうこう言う権利はないわ。そもそも酔っ払いを相手にするような商売をされてるお宅だもの、うちとは考え方が違うのよ」

珠子はいつも秋夜側に立ったような素振りをするが、言葉には毒が含まれている。それに、彼女の顔を見れば親身とは程遠い立場で発言していることがよくわかる。蔑みの目は、毎回口ほどにものを言っている。

「ていうか、実家が居酒屋って……進学する時とか提出する書類に、親の職業欄になんて書くの？　居酒屋——経営？」

せせら笑う妹を、清春は背筋を伸ばし見つめる。

「居酒屋経営でなにか問題あるか？　朝香はなにが言いたいんだ。他人を貶める言い方をすると自分が上になったような気がするのか？」

なにか言いたげな朝香を無視し、清春は両親を交互に見た。

「いつか言おうと思ってたけど、秋夜の両親のことを悪く言うのは止めてほしい」

秋夜は呆然と清春を見つめた。

これまで庇ってくれたことはあっても、決して親に歯向かったりはしなかった。その彼が、はっきりと抗議している。

「俺にとっても秋夜の両親は親だし、なによりふたりを尊敬してる。そのひとたちを悪く言われるのはいい気がしない」

「なに……なにを言うの」

普段口答えをしない息子に反撃されたことが余程ショックなのか、珠子はそれ以上言葉が出ない。昌男も目を丸くしている。朝香は顔面に怒りを張り付けている。

「自分と違う考えや生き方のひとを見つけると総攻撃するけど、それってものすごく危険だし哀れな言動だと思わないか？」

清春は哀れみを滲ませた声で言った。すぐに反応したのは朝香だ。

「哀れ？　は、なにが哀れなの？　なんであたし哀れまれてんの？」

「だってそうだろ？　自分と違う意見に聞く耳を持たない、聞き入れる度量もない、立場を置き換えてものごとを思考する能力や想像力もない、相手の葛藤や痛みを慮る心もない。自らそう言っているのと同じだ」

朝香は絶句し、奇妙な生きものでも見るような目を兄に向けている。

「清春、妹をやり込めてどうするの。それに清春こそ極端な言い方よ」

「母さんも同じだよ」

急に矛先を向けられた珠子は動揺を隠せない様子だ。

「秋夜の味方みたいに言うけど、実際は父さんと朝香に加勢しているだけだ。結果的に秋夜を追い詰めてる。その自覚はあるの？」

珠子は唇をわななかせる。今度は朝香が珠子を庇うように、

「ねえママ、だからあたしは反対したんだよ。秋夜さんと結婚してからお兄ちゃん変わっちゃった。前はこんな風にあたしたちのこと責めたりしなかった」

「秋夜のおかげで俺は変われたんだ。秋夜と結婚できなかったら、おそらくずっと家の異常さに気付かなかった」

「異常……？　異常ですって――？」

珠子の声は震えている。彼女の背中を押すように、表の柿の木が雨戸を叩く。

「嫁だ、嫁だからやって当然だっていうなら朝香。おまえがもし結婚できたら――おまえをもらってくれるような奇特な相手がいればの話だが――嫁ぎ先では秋夜と同じくらい家事をこなすんだろうな？　パートをして家事をこなして家族の介護までする。それが『普通』だって言うならおまえももちろんやるよな？」

目を爛々と光らせた珠子が割って入る。

「『もらってくれる』って、朝香ちゃんは物じゃないのよ。それに、朝香ちゃんなら好条件の嫁ぎ先がいくらでもありますよ。今はお相手を選んでいるだけ。なにが悲しくて仕事も介護も必要な家へ嫁がないといけないの」

やってらんない。ふたりのやり取りを見ていた朝香はそう言って、持っていた茶碗と箸を乱暴に置いた。追いかけるように、清春は、

「まだ話は終わってない」

と言った。朝香は助けを求めるように母親を見た。

「秋夜さんに毒されたせいだよ。お兄ちゃんだったら、もっと条件のいいひとと結婚できたのに。初婚で、跡取りを産めるひととね」

白熱している居間に同意とも取れる沈黙が落ちた。それはわずか数秒のことだったが、義両親はともかく、夫である清春が落とした沈黙の重みが秋夜には辛かった。

庭の柿の木が「その通り、その通り」というように雨戸をトントンとノックしている。

朝香は勝ち誇ったような視線を秋夜に向けてから言った。

「あたしの知り合いで完全同居してる友だちはみんな家のことやってる。それに、その子たちは子どもを産んでるよ。ちゃんと嫁の役割を果たしてる」

朝香の言ったことに昌男が反応する。

「それはそうだ、嫁なんだから跡取りを産まなきゃ話にならない」

先ほどまで秋夜を庇うふりをしていた珠子だが、息子に反論されたのが余程面白くなかったらしい。嫁を思いやる優しく理解ある姑の面を脱ぎ捨てた。

「一年半も待ったのにできないなんて普通じゃないでしょう。当人たちに任せていたらいつまで経っても孫の顔が見られないわ。秋夜さん。今度はあんなやぶ医者じゃなく、不妊の専門外来へわたしと行くのよ」

「だから、子どものことは俺に任せて——」

清春の言葉などまるで耳に入っていない昌男が、

「跡取りができれば、俺も肩の荷が下りる。おい、朝香。この辺で有名な不妊治療している病院調べてみてくれ」

と、朝香に指示する。テーブル上のスマホに手を伸ばす朝香はほくそ笑んでいる。

珠子は苛立《いらだ》ちを顔に浮かべ、口を開く。

「最初から不妊外来へ行けばよかった。秋夜さんが妊娠したかもしれないなんてどうして思ったのかしら。生理がないだけで、つわりもないし妊娠の兆候なんてまるでなかったのに」

「生理って言えば、秋夜さんて経血量少ないよね」

スマホを操作している朝香が画面に目を落としたまま言った。

「あたしたち大体周期一緒じゃん？　あたしはタンポンだからナプキンはめったに使わないけど、汚物入れに捨てられてるナプキン超少ないもん。経血量が少ないのも妊娠しにくいのと関係あるんじゃない？」

「とにかく、しっかり検査してもらってちょうだい。孫さえできれば——」

「あの！」

秋夜は俯いたまま声を上げた。場が静かになる。

「話を……聞いてください」

膝に置いた手が震えている。

「秋夜」

清春に手を握られる。彼の考えは充分わかっていたが、秋夜はもう限界だった。圧《お》し潰されてしまいそうだった。この告白が重荷を下ろすことにつながらなくても、後ろめたさからは解放されるはずだ。

勇気を振り絞り、秋夜は顔を上げた。

「わたしに流産経験があることはみなさんご存じですよね」

珠子が面白くない顔で、

「今さらなにを——」

と尻すぼみに言う。

「わたしは子どもを亡くしました。その時、一緒に――」

重ねられた手にぎゅっと力が込められる。痛いほどに握られた手が、今、秋夜が頼れるすべてだった。

秋夜は、ずっと言えなかった事実を打ち明ける。

「子宮も失くしました」

清春以外の三人は皆ぽかんとした表情だ。

「は？」

朝香のものだと思った呟きの主は珠子だった。

「わたしは妊娠できません。だから、清春さんの子どもは――」

「は？」

さっきより大きな声で、珠子が言った。凹凸のない顔が秋夜への嫌悪で溢れている。

「なに言ってるの？　子宮がないって……なんの冗談？」

「冗談なんかじゃありません。子どもを亡くした時に――」

「流産した。子どもがどうとか感傷的なことはどうでもいい。流産した。そうでしょ？　流産したくらいでどうして子宮を失くすわけ？　そんなこと今の医学であり得ない」

「出血量が多かったんです。病院側は開腹して止血を試みてくれましたが、出血が止まらなくて、それで――」

「まさか」

珠子は目を剝いたまま言った。

「そんな馬鹿な。そんなことほとんど起こらない。そんな症例稀――」

「稀かもしれないが、実際それが秋夜の身に起きたんだ」

清春が口を開いた。珠子は眉間にしっかりと皺を寄せ、

「稀っていうのは『めったに起こらない』ってことなのよ。確率的に起こる方が難しいの。それなのに、どうして秋夜さんが……」

「論点、そこ？」

朝香が口を挟んだ。彼女はなぜかニヤニヤしている。全員が朝香を見た。

「子宮がない。つまり子どもが産めない。その様子だとお兄ちゃんは承知の上で結婚したみたいだけど、ママとパパは？　あたしはいずれこの家を出て行く身だからどうでもいいけど、パパたちが拘ってる『跡取り』できないじゃん」

昌男が叩かれたように目を剝いた。珠子は眉間の皺を深くさせただけだった。

「秋夜さんは子どもが産めないこと黙って嫁に来たわけだ。パパとママを騙《だま》して」

朝香は愉快でたまらないというようにニヤニヤを広げる。

「生理があるって騙すために、毎月あたしの周期に合わせて汚れてもいないナプキン捨ててたの？」

善財の家に嫁いでから、秋夜は生理があると誤魔化すために汚物入れにナプキンを捨てた。義妹の周期に合わせたのは、本当はない生理を忘れないようにするためだ。しかし、珠子に

「生理はあるのか」と訊ねられた時は追われるような日々の忙しさに細工することを失念していた。

朝香がパカッと口を開く。

「必死過ぎて笑えるんだけど」

胸に大きな穴を開けられたようで、秋夜は息を吸うのもやっとだ。

いや、むしろ――このまま息が止まって死んでしまえたらどんなに楽だろうと思う。

「クリニックの先生は子宮がないなんて言ってなかったじゃない。痩せ過ぎがどうとか、そんなどうでもいいことばっかり並べて」

忌々しそうに珠子が言った。

「どうでもいいことないだろう。たしかに秋夜は痩せ過ぎだよ。医師もそれを心配して助言してくれたんだろ」

清春が言っても、珠子は耳を貸す様子もない。

「みんなでわたしを騙したの？　秋夜さんも医者も……清春まで？」

いたたまれない気持ちで、秋夜は口を開いた。

「何度も言おうとしたんです。本当です。クリニックに行く前も、その後も」

弁解するのは自分のためではなかった。清春が責められるのが一番辛かった。

「嫁に来る前に言うべきだった」

言ったのは昌男だった。怒りを抑えたような声音に、秋夜はなにも言えなくなる。

「医者がママにほんとのこと言わなかったのは『言えなかった』からじゃない？　嫁姑なんて他人なんだからさ。患者の同意なしに他人に個人情報ペラペラしゃべれないよね。ま、秋夜さんが口外しないように頼んだのかもしれないけど」

秋夜が医師に口止めしたわけではなかった。彼女は医師のモラルに則り対処してくれたのだ。事態を察し、慎重に珠子の問いに答えてくれた。

「医者はともかく、お兄ちゃんは問題だよね。そんな大事なこと知ってて家族に言わないなんて。もしかして秋夜さんに口止めされてたの？　本当のことを言われたら嫁に来られなくなるから」

清春はすかさず、

「逆だよ。言わないように俺が頼んだ」

と反論した。

「交際してすぐ、秋夜は俺に事情を話してくれた。プロポーズした時もそれを理由に断られた。でも、俺は秋夜と結婚したかった。秋夜は父さんと母さんに事実を話そうと何度も言ったが俺が止めた。父さんたちにはいずれ俺から話すつもりだった」

「お兄ちゃん、さっきは長男の自覚があるって言ってたけど、そのご自覚とやらは跡継ぎが産めない女を嫁に迎えることのストッパーにはならなかったわけ？」

実兄に嫌味をたっぷり浴びせかけると、

「大体さ、子どもができない嫁なんて嫁と言える？　跡取りを産めないなんて嫁の価値ゼロじゃん。そもそも女ですらないわ」

朝香は皮肉に満ちた唇を歪め、嗤《わら》った。雨戸が騒々しく音を立てる。ヤジを飛ばすように柿の木が雨戸を打っているのだ。

「義姉《ねえ》さんじゃなくて義兄《にい》さんだったか」

朝香の呟きを、清春は聞き逃さなかった。勢いよく立ち上がったと思うとつかつかと朝香の前まで足を進め、振り上げた手を妹の頬に叩きつけた。

「ヒッ」

悲鳴めいた声を漏らしたのが朝香だったのか義母だったのか、秋夜にはわからなかった。

「言っていいことと悪いことがあるだろう」

全身をぶるぶると震わせた朝香は、叩かれた頬に手をあてている。

何度も止めに入ろうとした秋夜だったが、その時ばかりは身体に力が入らなかった。

驚愕に目を見開いた珠子が、

「き、清春……あなた、なんてことを――」

喘《あえ》ぐように言う。清春は青白い顔で、腰を抜かした母親を見下ろしていた。

「――何度も何度も頼んだはずだ。秋夜を認めてくれって。俺の大事なひとだからって。母さんたちがそんなんじゃ、いつまで経っても秋夜は幸せになれない」

表の柿の木はそれきり黙り込んだ。

言い争い後、清春は秋夜の腕を取ると二階へ上がった。寝室へ入ると、彼は出張用のバッグを引っ張り出し、そこへ荷物を詰め始めた。呆然とする秋夜に彼は言った。

「秋夜も早く支度して」

言われるまま、秋夜は着替えを数着バッグへ詰めた。ものの数分で清春に手を取られ、ふたりは寝室を出た。

家の中は静まり返っている。はす向かいにある朝香の部屋は、ドアが数センチ開いて灯りが漏れている。清春は妹の部屋に一瞥もくれなかったが、秋夜は階段へ向かう途中歩くスピードを緩め、隙間から朝香の様子を窺った。ピンク色が眩しい部屋で、彼女は真っ白なテーブルに突っ伏していた。泣いている――秋夜がそう思った瞬間、彼女が顔を上げた。涙で落ちたマスカラがオレンジ色のチークと混じり合い、頬で悲惨な夕焼けを描いていた。朝香の吊り上がった小さな目は情けないほどに下がり、ありありとショックが浮かんでいた。

階下へ下りると、清春はそのまま玄関へ向かう。秋夜は慌てて彼の袖を引いた。秋夜の気持ちを聞いた清春は車で待つと言い、先に家を出る。

芳武の部屋の前に立った時初めて、秋夜は混乱を脇へ置くことができた。身体からショックが抜けると、残っていたのは悲しみだと認識できた。

秋夜が訪ねて来るのを予期していたように、芳武の顔には驚きも戸惑いもなかった。あるのは泣きたくなるような優しい笑みだった。

「……おじいちゃん」

食後しばらくはいつも座位でいる芳武の背中には柿の花のキルトのクッションがあてがわれている。

秋夜はベッド脇に跪《ひざまず》き、芳武の腰に抱きついた。背中を撫でてくれる手がありがたくて、秋夜は堪え切れず泣き出す。

「なにがあったか、大体の見当はつくよ。声がここまで聞こえてきたから」

――おじいちゃんのうんこだらけのきったないおむつ

――おむつを着けるくらいなら死んだ方がマシ

朝香の心無い発言を聞かせてしまったこと。子どもを産めないことを言えなかったこと。秋夜は身悶《みもだ》えするほどの後悔を感じる。

「出て行くのか？」

確信を持った口調で芳武が言う。しかもそれは、責めるどころか背中を押すような声音だった。

思わず芳武を見上げる。

「よく決断したね」

労りに満ちた声だった。秋夜はまた泣いた。

「距離を取れば、清春さんもお義母さんたちも気持ちが落ち着くはずです。だから――」

「いいんだよ」

これ以上ないほどに目尻を下げた芳武が言う。

「これは俺の願いでもある。さっき話しただろう？　俺は秋夜さんに幸せになってほしい。この家にいる限り幸せになれない」

秋夜は嗚咽《おえつ》した。

「わかっていたのに、今まですまなかった」

芳武の手が秋夜の背中を優しく往復する。

「口では幸せになってほしいと言いながら、俺が秋夜さんをこの家に縛り付けていたんだ」

泣きじゃくっていた秋夜はびっくりして顔を上げる。

「なんで……なんでそんなこと」

「秋夜さんは優しいから。こんな俺を放っておけなかったんだろう。でも、もう心配いらないよ。俺のことも、家のことも気にかけなくていい。秋夜さんは清春と生きていくんだ。決して振り返っちゃだめだ。いいね？」

「戻ります……清春さんの気持ちが落ち着いたら、わたしたち、すぐに戻って——」

「だめだ」

背中に置かれていた手が肩を摑んだ。驚くほど強い力だった。

「戻って来ちゃだめだ」

芳武が顔を近づける。怖いほど真剣な目をしていた。

「約束してくれ。もうここへは戻って来ないと。珠子さんとは一緒に暮らさないって」

部屋の外に置いてきた混乱が再び秋夜に忍び込む。

「おじいちゃん――」

「いいね？　約束だよ」

「秋夜さん」

突然聞こえた声は珠子のものだった。肩を摑んでいた手がぴくりと動くのを秋夜は感じた。

振り返って見るが、ドアはしっかりと閉まっている。真後ろから声をかけられたように感じたが、珠子は部屋の外にいるらしい。秋夜は芳武に言う。

「家族なんだから話せばきっとわかり合えます。だからおじいちゃんもそんなこと言わないでください。わたしたち、すぐに戻りますから」

立ち上がりかけた秋夜の肩を、芳武はさらに強く握った。細い指が肩に喰い込むほどの力だった。

「秋夜さん？　いるんでしょ」

ドアノブが押し下げられる寸前、芳武が秋夜の耳元へ唇を寄せた。

素早い囁きが秋夜の鼓膜を震わせる。

告白の衝撃に、秋夜は息を吞んだ。

珠子が部屋へ入ると同時に、芳武は秋夜の手を握った。いかにも別れを惜しむ義祖父のように。

「秋夜さん？」

珠子の呼びかけに、芳武は懇願する目を向けた。珠子が足を止める。

芳武の冷たい両手が、動揺と困惑で震える秋夜の手をしっかりと包んでいる。

「清春は秋夜さんが止めても聞かなかったんだ、仕方ないよ。ついて行くのは夫婦なんだからあたりまえだよ。それに、すぐ戻って来るだろう？」

秋夜は当惑した。ついさっきまで言っていたこととちぐはぐだ。薄く開いた秋夜の唇の動きを封じるように、芳武は、

「それまで元気で。俺が言ったことも忘れないように。いいね？」

と言った。力が込められた手と目は質問を許さないそれだった。

「おじいちゃんも――おじいちゃんも、お元気で」

秋夜は、そう言うのがやっとだった。この場に即した答えはそれしかないように思われた。

珠子にいざなわれ部屋を出る。珠子の手でドアが閉められる寸前、秋夜は振り返った。ベッド上の痩せ細った義祖父が小さく手を振るのが目に入った。

珠子がなにも言わずに歩き出す。後ろをついて行く秋夜には、彼女の肩の辺りからゆらゆらと真っ赤な怒りの炎が立ち昇っているのが見えるようだった。

玄関まで来ると、腕組みをした珠子が振り返った。怒りのオーラが顕著に表れた目を向けられ、秋夜はたじろいだ。

「清春に身体のことを口止めしたのはあなたね？　家を出るっていうのもあなたの案でしょ？」

「……お義母さん、わたしは――」

珠子は組んでいた腕を解くと、横にさっと払った。

「言い訳は聞きたくない。いつから企んでいたの？　清春と交際している時から？　子宮がないのに産婦人科へ行ったのはわたしへのあてつけのつもり？」

今の珠子になにを言っても聞いてもらえないだろう。秋夜は口を噤んだ。

「それ、あなたの得意技よね。都合が悪くなるとすぐ黙る。亀みたいに首を引っ込めて。だけどね、今回はそんなもの通用しないわよ。大事に育てたかわいい息子をあんな風に変えられて黙っていられないわ。それにね。わたし、あなたのことも手放すつもりはないのよ」

秋夜は珠子の咎めるような視線から逃れるために俯いた。

「朝香ちゃんの言ったことが頭にきたから出て行くの？　でも事実よね。妊娠できないこと。一番大事な嫁の役割を果たせないってこと」

これまで尽くしてきたことで珠子の考えも変わったのではないか、事実を知っても受け入れてもらえるのではないかと心のどこかで期待していた秋夜は、これまでの努力が無駄だったことを思い知らされた。この家へ来て初めて自分が哀れに思えた。

「いつまで黙ってるつもり？　あのねえ、今回ばかりは許さないわよ」

今回ばかりは……？　いつだって。いつだって許されたことなどなかったはずだ。

秋夜は顔を上げ、義母を見つめた。

「なにその目」

一瞬だけ気圧《けお》された様子の珠子だったが、すぐさま秋夜を睨み返す。その目に宿るのは怒りと苛立ちだ。珠子が間合いを詰めると同時に、玄関扉が開く。三和土《たたき》を大股で進んできた清春が秋夜の腕を取った。
「清春！」
珠子が叫ぶように声を張り上げても、清春は一顧だにしなかった。

着いたのが近くのビジネスホテルだった時、秋夜は自分でもそんな気持ちになるのが不思議だったが、ほっとした。このままどこか遠くへ行き、家へは二度と帰らないのではないか。そんな風に思っていた。車に揺られている間、清春は一言もしゃべらなかったし、秋夜も口を開くのが怖い気がしてなにも訊けなかった。久々に肌を重ねた後ですら、会話はなかった。素肌に触れる清春の手は冷たく、燃えるような行為とのギャップに秋夜は戸惑った。だが――徐々に高まる快感に秋夜は呑み込まれた。
――女ですらないわ
女でないなら。女でしか味わえないはずのこの悦《よろこ》びの正体はなんだろう？
女であることを自分自身に証明するように、秋夜は快楽を貪った。

8

たわわに実った柿の実が優真を見下ろしている。古い家屋の窓に触れそうに張り出した枝、太い幹。落葉間近の乾ききった葉たちがなにか囁いている。よそ者が来た、よそ者が来た。まるでそう言われているよう。

自転車を探し始めてどれくらい経つのか、優真は一軒の民家の前で足を止めた。

隣に蔵がある大きな家だ。塀はない。庭はとても広いが、柿の木の他にはなにもない。花の類《たぐい》も見当たらない。ここへ来たのは初めてだが、この辺りはみな同じ名字で家も大きいし、なにを入れているのかどの家にも立派な蔵があった。

「それ、渋柿よ」

急に声をかけられ、優真は飛び上がった。振り返って、もっとびっくりした。お面を着けたように表情のない老人が立っていたのだ。声も出せずにいると、老人が独り言を呟くようにしゃべった。

「まったく、最近の子は……挨拶もできないのかしら。親の顔が見てみたいわ」

老人から嫌悪を向けられているのは伝わってくるのだが、顔の筋肉は死んだように動かない。吊り上がった目を下から支えるように半月を描いた線がくっきりと頬上部に刻まれている以外、顔には皺がほとんどない。おそろしく張りのある肌とは対照的に――致命的に――瞳は精彩を欠いている。色は付いているものの、どうしようもなく下がった口角やボリュームのない髪、顔以外に見える肌、姿勢、肉付き、すべてが彼女は老人だと言っているのに、どういうわけか顔の皮膚だけが若々しく張っている。ものすごく不自然だし不気味だ。

「うちになにかご用?」

優しい口調、（おそらく）目いっぱいの笑顔。それらを向けられ、優真は初めて気付く。

このおばあさんを知っている。横断歩道で普段登下校の見守りをしているひとだ。

朝夕見かける時の彼女は、見守りの目印である黄色いベストが滑稽に見えるほどいつも派手な服装で帽子を目深に被っている。広いつばの下から向けられる固まった笑顔も怖かったが、優真がなにより恐れたのは孝道と同じ『監視するような目』を向けられることだった。このひとの前では絶対にミスを犯せない。そう思わせる目をしていた。

老人のほうは優真が見守り対象の児童だと気付いていないようだ。

「いえ、あの……なんでもありません、すみません」

わけもなく謝ると、優真は老人に背を向けた。射られるような視線が和らいだと思った途端、老人がご機嫌取りの高い声を出した。

「朝香ちゃん！　どこへ行くの？」

優真が肩越しに振り返ると、老人によく似た顔立ちの女性が家から出て来るところだった。下がり気味の口角に力が入り、いかにも不機嫌そうに見える。紺色のショート丈のコート下からは、フリルがたくさん付いたミニスカートがはためいている。ロングブーツに包まれた足は窮屈そうだ。肩から下げているのは、優真でも知っているブランドのバッグ。どれもこれも借りものを身に着けているようで似合っていない。

「どこでもいいでしょ」

「洗い物は？　手が荒れないように手袋は着けた？」

女性がわざとらしくため息を吐く。肩からずり落ちたバッグの紐を握る姿は、まるでスーパーのレジ袋でも提げているようだ。

「やったわよ！　ママ、あたしがゴム手袋の臭い苦手だって知ってるでしょ。なんであたしがこんなことしなくちゃやなんないのよ。嫁であるあのひとの仕事でしょ？　ママだってそう言ってたじゃん。さっきお兄ちゃんと電話してたよね？　いつ帰るって？」

「……帰らないって。放っておいてくれって」

「はあ？」

うんざりしたように天を仰いだ後、女性は、

「そもそもはお兄ちゃんがいけないんだからね。あのひとのこと甘やかすから。最近のお兄ちゃん変だよ。あのひとのことになるとやけにむきになるし、この前だって――」

むしゃくしゃしたように、女性はどんと足を鳴らした。

優真は悪いと思いながらも、ついつい二人のやり取りを聞いてしまう。

「とにかくあたしは出かけるから。やってらんないもん、こんなこと」

「待って、待ってちょうだい」

老人は慌てたように女性の手を取った。

「今日はどうしても家にいてもらわないと困るのよ」

女性は子どものような抗議の声を上げた。

「せっかくの休みなのに、なんであたしが――」

老人が辺りを気にするように女性の腕をぐいと引いた。優真は咄嗟に顔を背けた。

「朝香ちゃん、欲しがってたバッグがあるでしょ。あれ、買ってあげるから」

音量を落としたつもりだろうが、優真にははっきりと老人の声が聞きとれた。

提示された交換条件に、女性は軟化の態度を思わせる媚びた声音で、

「……でも、あれ高いのよ——?」

「大丈夫。もうじき秋夜さんのお給料日だから」

老人の言葉の意味を考えている優真とは裏腹に、女性はせいせいしたように言った。

「それならいっか」

「……秋夜さんには困ったものね」

優真はそっと振り返る。老人はまだぶつぶつ言っている。優真は不思議な気持ちになる。それと同時にものすごく嫌な気分にもなる。なぜなら老人は文句を言っているのに微笑んでいるからだ。

「とにかく、あの女には戻って来てもらわないと困るのよ」

ここのお嫁さんは大変だ。そもそも『あの女』なんて呼ばれるのは気の毒だな——優真は思いながら柿の木の家を後にした。

その後も脚が棒になるほど捜し回ったが、とうとう自転車は見つからなかった。

通りかかった公園では、ボールで遊んでいた小学生たちが時計を見上げいっせいに散って行く。見ると正午を回っていた。

お腹が空いた。

優真は背負っていたリュックを肩から下ろすと、中からスタンド袋を取り出した。チャックを開け、お日さま形のクッキーを三つ取り出す。口に放り込むと優しい甘さが広がった。

日曜だけは塾がない。そんな日に朝から出かけていることを、お父さんはどう思っているだろう？　優真は考え考え、歩く。

昨夜。優真の帰宅後、孝道が家から出た様子はない。自転車を確かめるためにわざわざ表へ出たりはしないだろう。ということは、今朝、自転車に乗って出かけたと思っているだろうか。孝道は休日関係なく毎朝走る。優真が家を出た後しばらくして起き出したはずだ。自転車がないことにもその時気付いただろう。

なんて言い訳しよう？　朝早く目が覚めたから体を動かしたくなって、自転車で公園へ行ったんだ。入り口に自転車を停めて公園を散歩してたら……自転車がなくなっていて。その後捜し回ったけど見つからなくて。そうだ、この言い訳なら通じるかもしれない。昨日、太陽の家へ行ったことはなんとしても知られてはならない。自転車がなくなった後となればなおさらだ。

朝早く目が覚めたから運動したくなって――

優真は、言い訳の練習を繰り返しながら家へ向かった。

右頰に衝撃が走った時、優真はなにが起きたのかわからなかった。優真の目に、孝道が腕を振り上げるのが映る。と言っても右目は叩かれたせいで早くも塞がりかけていたから、その姿を捉えたのは左目だけだった。

再度頬を張られた圧力で優真の体が飛んだ。足を揃える格好で横ざまに倒れた優真は、両腕を床に突っ張って上体を起こした。おそるおそる顔を上げる。前に立つ孝道が、巨大な壁のように見える。

「――孝道さん」

里実が椅子から腰を浮かす。その顔を見て、優真は思う。右目が完全に開いていれば僕もお母さんと同じ表情をしていただろう、と。

里実は驚愕に目を見開いていた。

「口を挟まないでくれないか」

孝道は里実のいる方を振り返りもしない。孝道の眼鏡は光を反射していて、そのせいでどんな感情を瞳に宿しているのか優真にはわからなかった。

「今、大事な話をしているんだから」

言い終えるや否や、孝道が膝を折った。ぐっと迫られ、優真は思わず身を退いた。

「信じてあげたい気持ちはやまやまだ。だが、私には君の言うことを信じられない理由がいくつかある。昨夜、君の帰宅はいつもより早かった。その時言った言葉を覚えているかな？　君はこう言った。『先生の都合で早く終わった』と。わたしは信じた。疑う理由がないからね。君が寝室へ入った後、わたしは表へ出た。わたしには一家の主として家族を守らねばならない責任がある。君は知らないだろうが、私は毎晩表を見回っている。その時、君の自転車がないことに気付いた。おかしいなと思ったよ。君は自転車についてなにも言っていなかったから。それでもその時は、なにか理由があってのことだろうと思った。でも……」

孝道がクッと首を傾げた。そのポーズは、優真に滑稽さの欠片《かけら》も感じさせなかった。ただただ恐ろしかった。

「ええと？　さっき君はなんて言ったかな……？」

——今朝
——公園で
「嘘が二つ」

真っ直ぐに首を戻した後、孝道は優真を覗き込んだ。眼鏡が、光の反射を消した。

黒の画用紙。

ざらついた黒の画用紙みたいな目だ。

「今朝、君の姿が見えないと気付いた私は走りながらあれこれ考えたよ。自転車がなかった理由。朝早く君が出かけた理由。そしてある疑問が浮かんだ。昨日、君は行くべきところへ行ったのか？」

優真の喉がぎゅっと窄《すぼ》まり、急に胃の辺りが重くなる。

孝道が立ち上がる。優真は、父親の顔を見ることができなかった。視線は、床についた両手に落ち着いた。

「さっき、さらしな塾の大森先生に確認した」

今度は頭がズキズキと痛む。頭に心臓があるみたいに、どっくんどっくん、と。

「嘘が三つ」

孝道の声が頭の中で反響する。

「驚いたよ。君がそんな嘘を吐くとは」

孝道は、屈んだと思うと突然優真の胸倉を摑んだ。

「やめて！」

声が飛ぶ。直後、優真の体がぐらぐらと揺れた。

「やめてください」

無事な方の目を動かすと、里実が孝道の腕にしがみついているのが見えた。里実の顔は蒼白だ。

「お願いします」

孝道の手が離れる。ゴムのような脚がくずおれ、優真はその場にへたり込んだ。

「か、感情的にならないで。言って聞かせればわかりま――」

孝道が里実の肩の上に手を置く。里実がぎくりとしたように体を強張らせる。

「私が感情的になっていると思うか？　答えはノーだ。これ以上ないほど冷静だよ。私の利き手がどちらか、里実、知っているだろう？」

孝道は肩に置いていた左手を浮かすと、里実の前でひらひらと振って見せる。

「使ったのはこっち。感情に任せていたのなら、きっと利き手を使ったはずだ」

孝道の毎日のトレーニングがランニングだけでないことを、優真は知っている。

利き手だろうとそうでなかろうと、大人の鍛え上げられた肉体を使って行われる体罰が、体重四十キロちょっとの子どもにとって脅威でないはずがない。

「痣や傷ができるような叩き方はしていない」

孝道の声。

それを聞き取ったのはたしかに耳のはずだが、優真は、どういうわけかその言葉が腹の底に沈んでいくような感覚を覚えた。と同時に、奇妙な予感も芽生える。この重石みたいなものは、おそらく一生僕の中に居座るつもりだ。

「腫れも明日には引くだろう」

お父さんは。

再び手の甲に視線を落とした優真は思う。

殴った後のことまで考えて、それで、自分のしたことがだれにもバレないように見つからないように力加減まで計算して、それから僕を殴った。それってすごくこわいことだ。ものすごくものすごくこわいことだ。

「里実。これは躾なんだよ。嘘はいけない。それをわからせないと。一つならまだしも、この子は三つも嘘を吐いた。しかも、平然と。それがどんなにおそろしいことかわからないか？

嘘は、いずれ周囲を巻き込み大惨事になる。結愛がそれに巻き込まれてもいいのか？　私は？

君は？　なにより私たちの息子が嘘つきのひとでなしになってもいいというのか？」

優真の視線が里実に向く。母がなんと答えるか、優真は知りたかった。

白い顔の中の目をいっぱいに開き、里実は怯えたように首を振った。

「そうだろう？　このままじゃいけない。私は父親として、この子を真人間に育てる責任がある。今正さなければ、この先大変なことになる。だからね、里実。この子のことは私に任せて、君は口を閉じていてほしい」

孝道の口調は結愛に話しかける時のように優しく、愛情に満ちている。話している内容とのちぐはぐさは眩暈《めまい》を催すほどだ。

優真の母は、優真を救える唯一の人物は、ガクガクと頷いた。


優真の中で、なにかが死んだ。

9

目を覚ました時、秋夜の頭に浮かんだのは朝ご飯の支度をすることだった。まだ日の出前の暗い部屋で上体を起こした秋夜は、見慣れない部屋に一瞬自分がどこにいるのかわからなくなった。床に置かれた清春のバッグを見て昨夜のことを思い出す。

これからどうするつもりだろう？　秋夜は隣で眠る夫を見下ろし、思う。秋夜が知る限り、清春がだれかに手を上げたのは昨夜が初めてだったはずだ。彼は怒っているのに顔面蒼白で、朝香を叩いた手は取り返しのつかないことを自覚するようにしばらく震えていた。

とりあえず――今は寝かせてあげよう。夫を起こさないように、秋夜はそっと上体を戻した。顎まで引き上げた毛布に包まりながら考えるのは「朝ご飯の用意はだれがするのだろう」「おじいちゃんのおむつを替えてあげないと」など、家のことばかり。そして――

芳武が囁いた言葉。重大な告白。

朝陽が辺りを照らすまで、秋夜はそのことを考え続けた。


チェックアウト後、ふたりは車に乗り込んだ。身体ごと秋夜に向けた清春が、

「これからはふたりで暮らそう」

と言った。彼は、まるでプロポーズする若者のように目を輝かせている。それは、決して切り離せないしがらみを脱ぎ捨て、曇りのない未来を夢見る者の眼差しだ。純粋過ぎる目を向けられ、秋夜は戸惑う。

「不動産屋に行って、すぐに引っ越せる部屋を探そう」

清春は身を乗り出し秋夜の手を握った。指先まで熱い夫の手に、秋夜の困惑は最高潮に達する。勤勉だが苦労を感じさせない清春の手を、秋夜はそっと離した。

「よく考えてから決めた方がいいんじゃない？　もし家を出るとしても、喧嘩別れみたいにするのはどうかと思う。今後のこともあるし、今日はとりあえず家へ帰りましょう」

肩を落とした清春はシートに身体を預け、無言で前を見つめた。しばらくそうしていたが、

やがてポケットからスマホを取り出し電源を入れた。画面に目を落とした彼は深々とため息を吐き出す。それだけで珠子から多くの着信があったことが知れた。秋夜はなにも言えず、腿の上に置いた手を落ち着きなく組み替えた。清春がスマホをポケットにしまおうとした時、着信音が鳴る。うんざりした表情で清春は画面を見つめていたが、やがて根負けしたようにスマホを耳にあてた。秋夜を気遣ってか、清春はすぐに車外に出た。錘《おもり》を付けられているような足の運び方だった。話の内容が気になってそれとなく様子を窺う。はじめは冷静だった彼が徐々に声を荒らげた。

「俺たちのことは放っておいてくれ！」

最後に強い口調でそう言うと、清春は電話を切った。

運転席に戻った清春はハンドルに両手を置き、項垂れた。

「清春さん――」

「母さんと話をしてくる」

秋夜が返答に迷っているうちに、清春が顔を上げた。うんざりした中に決着を望む気配が窺えた。

「秋夜の言う通り話し合わないと……このまま突っ走ってもどうせ母さんの妨害に遭うだけだ」

珠子と話したことで現実に引き戻されたのか、清春の顔から夢見るような色が消えた。

「わたしも一緒に行く」

「秋夜は待ってて。俺ひとりで行ってくる」

決意のこもった眼差しだった。


秋夜はガラス張りの店内から落ち着かない気持ちで駐車場を見つめた。以前みかげと会ったこのカフェは善財の家まで車で十五分ほどの距離だ。店の前で降ろされてから一時間以上が経過していた。飲み物はあの時と同じもののはずなのに、今日は前ほど甘みを感じなかった。

背中に癒着して引きずるほど大きな繋縛《けいばく》を、本気で切り離せるとは清春も思っていなかった。意地と勢いで家を出ることを決意したのだろうが、彼は立ち止まった。家を出るにしても手順を踏まねばならない。

事実を告白したことでわずかなりとも得られると思っていた解放感は、今の秋夜には皆無だった。むしろ家族への負い目が増した。すぐには受け入れてもらえなくても――昨夜の珠子の反応に触れ、虚無感を抱いた後でも――なんとか関係を立て直したいと思った。いつかは事実を話すつもりだった。その時家族が自分を拒否するかもしれないことは承知の上で嫁いだ。これは自らが招いた事態なのだ。珠子たちの気持ちを思えば、今は頭を下げるしか方法がない。昨日も今朝も、夫婦の話し合いは持てなかった。清春が戻ってきたらふたりでよく話し合おう。特に、芳武の告白については清春にも聞いてもらった方がいいかもしれない。

背もたれと腰の間に置いていたポーチの中でスマホが震えた。慌てて取り出す。清春からだった。

「もしもし？」

電話の向こうが騒がしい。だが、耳を澄ませても清春の声は聞こえない。

「もしもし、清春さん？」

清春のものと思われる荒い息遣いが耳に届くが、返事はない。

「大丈夫？　どうしたの」

「秋夜――あ……あっ……」

清春の声は、か細く泣き出しそうに震えていた。漠とした不安が胸に渦巻く。

遠くで聞こえていた珠子の声が近くなる。

「秋夜さん？」

いつの間にか電話の相手は珠子にかわっている。

「すぐに帰って来てちょうだい」

怒気も嫌味も感じない冷たい声だった。怒鳴ることも詰《なじ》ることもしない珠子に、秋夜はいよいよ不安が形となっていくのを感じた。

「あの……お義母さん、なにかあったんですか。清春さんは大丈夫ですか」

珠子が押し黙る。その沈黙は、どんな言葉よりも雄弁に事態の深刻さを表していた。

「お義母さん――」

耳元で、息を吸い込む音が聞こえた。

「おじいちゃんが亡くなった」

第二章　散開

1

叩かれた右頬の内側が切れた。口をすすいでみたが、優真がショックを受けて呆然とする間にも、口腔内の細胞は組織の破壊を最小限に留めようと最大限の働きをしていたようだ。出血は止まり、すでに傷口は塞がりかけていた。

　話し合い――あれが話し合いと呼べるなら――が済むと、孝道はひとりで出かけて行った。痛みと恐怖を感じながらも、叩かれる以上のことがなかったことに優真は安堵していた。辞書を忘れた時は一日立たされた。今日の出来事は頬の内側を切られるより重い罰があってもおかしくなかった。これだけで済んだことに感謝しなければならないのかもしれない。

　レバーを押し下げる。水音が止んだ洗面所はひどく静かだ。水滴が付いた口元を拭うと、鏡に映る自分を見る。

頬と瞼《まぶた》が腫れているのを除けば、鏡の中の顔はこれまでとなんら変わりないように見える。優真の中で崩れたものがなんであれ、それは見た目にはわからない。

里実は結愛と寝室にこもったまま出てこない。さっきまで結愛の声が聞こえていたが、今は物音一つしない。眠ってしまったのだろう。

キッチンへ向かう。冷蔵庫を開け、目的の材料を探す。

よかった。大体揃ってる。料理はほとんどしたことがない。でも多分大丈夫だ。作り方は聞いたばかりだし、味もしっかり覚えている。なんとかなる。大丈夫。


孝道が帰って来たのはそれから四時間後。すっかり日は落ちて、表は暗い。優真は皿を並べたダイニングテーブルに着いていた。孝道は、席に着いた優真を見た後、キッチンへ目を向けた。

料理した後、シンクはピカピカに磨いた。ゴミもきちんと分別して捨てた。叱られることはなにもない。

孝道がぶらぶらとした足取りでＩＨヒーターの前へ向かう。玄関ドアが開く音を聞いた時、孝道の顔を見た時、いずれもヒリヒリするような恐怖を感じたが、今ほど強い戦慄ではなかった。足の運び方がおかしい。孝道は、常に姿勢を正しているような人物だ。ビジネスシューズの踵は左右均等に、わずかしか減っていない。そんな彼がだらしなく歩いている。この歩き方は息子にしつけをする前触れだった。優真の心臓が速いリズムを刻み出す。

孝道は鍋の蓋を取ると中身を覗き込み、しばし動きを止めた。

どどどど、どどど……。優真の薄い胸の中で心臓が痛いほど打っている。

鍋の中身は太陽に作り方を教えてもらった牛乳スープだ。孝道は蓋を持ったまま動かない。なにか言わないと。

優真は痛む頬と瞼を動かし、微笑もうと努力した。

「あの……それは、僕が――」

「僕が作った？　まさか、そんなことを言うつもりじゃないだろうね？」

突然の物音に、優真は驚きで飛び上がった。孝道が鍋蓋から手を離したのだ。落下した蓋が鍋の縁にあたり、その衝撃で白い液体が飛び散った。

「嘘つきが作ったものを食べろと言うのか？」

「……それは……」

「そんなもの、食べられるわけがないだろう」

絶句する優真の前に、孝道が蹬も立てずに近づく。

「今、徹底的に矯正しないと。二度と嘘を吐かないように。そのために駆けずり回ってきたんだから」

ダイニングテーブルの向こう側で機械的にしゃべる孝道。

「大森先生に会ってきた。さらしな塾は退塾する。明日からは新しい塾へ行く。そこは、さらしな塾ほど甘くない。時間も場所も――」

「あの、待ってください」

話を遮ることは許されていない。だが、訊き返さずにはいられなかった。

「退塾って、どうして――」

顔を近づけた孝道が、

「どうして？　どうしてか？　本当にわからない？」

捲《まく》し立てられ、優真は口を閉じた。

「君が招いた結果だ。新しい塾へ行けるのだからなんの問題もないだろう」

「でも、挨拶を――最後に挨拶をしたいです」

太陽に。

お世話になった塾の先生にじゃない、ノートを貸した塾生にでもない。学校も違う、お互いスマホも持っていない太陽とのつながりはさらしな塾だけだ。

孝道はうっすら笑みを浮かべ、

「それは許可できない」

と言った。そうして膝についていた手を離し、体を起こす。

「それに、挨拶ならもう済ませた。大森先生と……井出太陽君――だったかな？　二人には私から挨拶しておいたよ」

どうして。どうして――

「先生が言っていた。『優真君がやめると悲しむ塾生がいます』と。私が訊ねたら、先生は教えてくれたよ。彼と仲がよかったそうだね？　だから、お礼を兼ねて挨拶に行った。先生曰く、有名な旅館だからすぐにわかったよ」

親友。僕の、唯一の。

「昨日、君は塾へは行かず、彼の家へ行っていたそうだね。私がどんなに恥をかいたかわかるか？　息子に嘘を吐かれた父親。そんな目で見られた私の気持ちが？　もっときちんと確認すべきだった。嘘を吐いたことが問題で、なにをしていたかまでは追及しなかったから」

ニコニコ顔の太陽。一緒に風呂に入り、夕飯を食べた僕の友だち。

「彼と彼の両親には釘をさしておいた。息子は中学受験を控えた身で遊んでいる余裕はないと。もう二度と、会わないでほしいとね」

彼だけが、僕の。

「しかし、君はひとを見る目がないね。付き合う相手は選ばないと。太陽君はおせっかいが過ぎるし、彼の両親はひとの家のことに首を突っ込み過ぎる。親子揃ってどうかしている」

目の前の父親は、息子の唯一の友だちを切り捨てた。

「最近の君は『食事を与えられていないよう』に見えるそうだよ」

このひとはなにをいっているのだろう。なんのはなしをしているのだろう。いまだいじなのは太陽のこと。それだけなのに。

「水筒の水をがぶがぶ飲む癖は直さないと。寒くなってきたのにそんなことをするから余計な詮索をされる。私が一番ショックだったのがなんだったかわかるか？　君があの家の残り飯を恵んでもらっていたことだよ。そんなことは、物乞いがすることだ。君は嘘つきの上に物乞いなのか？」

なぜいまそんなはなしを。

なぜ。どうして。

「返事もしないが、塾を替えられたことへの反抗か？　だとしたら今すぐ改めるべきだ。そうでないと」

そうでないと。

理性を保ったまま、利き手とは逆の手で。

僕の父親は、僕を痛めつける。

そうだよね？

「そうか、わかった」

振り上げられた手は拳を作り、優真の頬を一撃した。

優真の顔の腫れは、孝道の予想通りきれいに引いていた。

それでも今、洗面所の鏡に映るのは、小学五年生とは思えない少年の姿だった。

太陽と一緒に夕飯を食べた優真はいない。浜のおじさんの話で笑った優真もいない。以前の優真はもうどこにもいない。

無表情を通り越すと、人間はこんな顔になるのだ。優真は冷えた胸で思う。感情がなくなった顔。昔の僕はもうどこにもいない。

まるでロボットだ。手足を動かし、エネルギー補給のためだけに食事を摂るが、なんの味もしない。太陽と一緒に食べた夕食がどんな味だったのか、もう思い出せない。そもそも、なんのために食事をする？　生きるため？　なんのために。だれのために？

ワンプレートに盛り付けられた朝食を優真は機械的に口へ運ぶ。はす向かいに座る孝道はすでに食事を終えている。朝のメニューは曜日ごとに決まっていて今朝は固ゆでにしたゆで卵、ハム、付け合わせの野菜とトーストの日だ。孝道は焼き目の薄い食パンしか食べない。焼け過ぎも、焼けな過ぎも許されず、自分の希望通りの出来でないと他の料理にも手を付けない。今朝は好みの焼き加減だったらしく――あたりまえだ、里実がトースターに付きっきりだったのだから――完食している。

孝道が、読んでいた回覧板をテーブルに置いた。開いたままの回覧板には、今季は降雪量が多く予想されるので雪下ろし中の転落・除雪機の事故に注意するよう太字で書かれている。優真はなんとも言えない不思議な気持ちになる。

雪？　雪が降るまで僕は生きているんだろうか？

「里実」

孝道がコーヒーカップを持ち上げる。優真は、その手を見つめた。細い指、艶々とした爪。手の甲のごつごつした盛り上がりが山脈を作っている。どんなに細くてきれいな手でも、それはやはり大人の手だ。男の手だ。

そばにやってきた里実がカップを受け取る。彼女はあの一件以来、小さな物音で飛び上がるほど気を張り詰め、常になにかに怯えていた。

優真と孝道の視線がぶつかる。優真は視線を逸らさない。虚《うつ》ろな目をじっと孝道に注ぐ。

孝道の、眼鏡の奥の瞳が変化していく。いじめっ子がするような好奇の目に警戒の色が差し、やがて驚きに染まった。怯えて目を逸らすのが当然の獲物が、挑発的にも目を逸らさないことへの怒りだった。緩やかなカーブを描いていた目尻がきりきりと上がる。それを見ても優真に感情は生まれない。

「あ」

里実が短く声を上げた。

ガッ、と鈍い音に続いて瀬戸物が砕ける音。

孝道は、優真に値踏みするような目を向けたまま、

「手が滑った」

そう言った。里実は口元にあてがっていた手を離し、

「すぐに、すぐに片付けます」

孝道は未だ優真に目を向けたままだ。

慌てふためいた様子の里実がその場を去っても、二人の視線は絡まったままだった。やがて孝道が先に目を伏せおかしくもないのに微笑む時の要領で笑うと、両手をテーブルについて立

ち上がった。そして優真に吐き捨てるように言った。

「たいした奴だ」


いつもの横断歩道に、ベストを着たおばさんはいない。黄色い横断旗を持った優真は、左右を確認して数人の班員を渡らせた。

僕を見て満開の笑顔を咲かせたひと。そのひとはいない。

世界に翳《かじ》りつきながら、その世界から見捨てられたような気持ちになって、優真はとぼとぼと歩き出した。


その日、学校での優真は「いつもよりもっと異質」な存在だった。みんな怯えたように優真を避けた。感情が消えた目の児童を、教師も気味悪そうに見るだけで声をかけてはこなかった。

だが、さすがに放っておけないと思ったのか、翌日優真は職員室に呼び出された。

「なにかあったのか」「先生には言えないことか」「お家のひとと話してもいいか」

いいわけがない。

絶対に「お家のひとと話して」もらっては困る。

急に饒舌《じょうぜつ》になって否定したり話し出すことは賢いやり方ではない、というのは優真の短い人生経験で悟ったのではなく、本能で感じたことだった。だから優真は、極力自然に振る舞った。

「新しい塾に慣れなくて」「やり方がちがうし、進みも速いので」「でもすぐに慣れると思うし、大丈夫です」

教師は笑顔になって言った。「なにかあったらいつでも言いなさい」。言葉とは裏腹に、その目はこう語っている。「厄介ごとに巻き込まれずに済んでよかった」

それからの優真は、これまで以上に熱心に授業を聞いているふり。歌をうたって音楽を楽しんでいるふり。体育で張り切るふり。孝道の目の前で朝も晩も大盛り飯を食べさせられていても、昼前にはお腹が減ったふり。吐き気を抑え、美味しく食べるふり。じゃあじゃあ水を流しながらトイレにこもるのは吐いている音をかき消すためだが、そもそもトイレに行く前におどけて大便に行くふり。クラスメイトと友だちのふり。ランドセルを背負い楽しく学校へ通うふり。歩いて走って生きているふり。

どうやら偽者の方が教師にもクラスメイトにも評判がよいことに気付いて、ほんものの優真は偽者の中で益々小さくなっていった。

2

清春と秋夜が出て行って、おじいちゃんはずいぶん気落ちしていたと珠子は言った。食欲がないからと朝食も摂らず「しばらく横になりたい」と言ったそうだ。糖尿病のため普段は甘いものを制限していたが、栗饅頭なら好物だから口にしてくれるかもしれないと、珠子は朝香を和菓子店へ走らせた。

十一時過ぎ、買い物を済ませた朝香が家へ戻ると祖父はすでに亡くなっていた。

その時の状況を、珠子は涙ぐみながら秋夜に話した。

「おむつを替えようと思って部屋へ行ったの。そしたら、掛布団が乱れて、おじいちゃんがうつ伏せになってた。慌てて仰向けにしたけれど、おじいちゃんは息をしてなくて——どうしたらいいのかわからなくて、わたし、パニックだった。その時、清春が帰って来てくれて。清春に言われて１１９番通報した。清春は懸命に心臓マッサージをしたのよ。でも、おじいちゃんはとうとう目を開けなかった」

——秋夜さんにやってもらうと一番気持ちがいいなあ
おじいちゃんはそう言っていたのに。
——朝香に頼むのは気が重いなあ……珠子さんにやってもらうのは気が張って仕方ない
——ありがとう。ありがとう、秋夜さん
秋夜は泣き崩れた。
芳武の笑顔、笑い声。唯一の拠りどころ。
家を出なければよかった。今朝、すぐに戻っていたらわたしが気付けただろうか。最近のおじいちゃんは腕の筋力が弱って、寝返りを打てなくなるかもしれないと思っていた。でもそれはまだ先のことだと考えて——

もっとできることがあったはずだ。

こんなに急にいなくなってしまうなんて、そんな——思いもしない。まるで思いもしなかった。

秋夜は、清春以外の味方と居場所をいっぺんに失った。

葬儀後のお斎《とき》の席で、秋夜は料理に手を付けていない木崎に声をかけた。

「木崎さん」

顔を上げた木崎は秋夜を認めると気丈に笑顔を見せた。

「おお、秋夜さん」

「昨日も来ていただいたのに、きちんとご挨拶もできずに失礼しました」

「昨日も今日も、秋夜さんは一番忙しそうだったから」

気にしてないよ。そう言うと、木崎は視線を上座に向けた。黒い額の中で芳武が微笑んでいる。

「俺の記憶の中のよっちゃんだ。いい顔してる」

寝たきりになってから写真を撮る機会がなかった芳武の遺影は、デイサービスを利用している頃秋夜が撮ったものだ。

「もう何年も会ってないのに変わってない。さては若い頃の写真を使ったな」

顔を正面に戻した木崎は、

「こんなに突然いなくなるなんて思いもしなかったよ」

と、さみしそうに呟いた。

「ぴんぴんころり、なんて言うけどさ、本人はさて置き心構えもなく残される側はたまったもんじゃないないな」

薄くなった髪に手をやると、木崎は苦笑いする。

「でも……もう、長い一日をベッドで過ごさなくていいし、食事制限も、山ほど薬を飲む必要もない。今頃、杏月庵の栗饅頭片手にあの世でスキップしてるかな」

その通りであればいい、と秋夜は思った。願わくは妻の八重の手を取って。

「返事を書いて待ってたのに、もう手紙のやり取りもできないんだなあ」

木崎は胸の辺りをトントンと叩いた。内ポケットに手紙が入っているのだろうと秋夜は思った。

「昨日わたしがお話を伺えていれば、納棺の時に納められたのに」

とんでもないというように木崎は顔の前で手を振った。

「いくら俺でも、そこまで厚かましくはなれないよ」

「でも、木崎さんはおじいちゃんにとって家族同然で――」

「いくら家族同然でも家族じゃない」

木崎の視線が流れた。その先にいるのは珠子だ。彼女は悲しみの場に合ったささやかな笑みを見せているが、その笑顔には痛みの片鱗さえ見えない。痛みを伴った笑顔はそうとわかるものだ。

木崎はビールが入ったグラスを手に取ると、

「家族のだれかよりは、余程よっちゃんのことを大事に想っていたんだけどな」

そう言って、なにかを堪えるようにビールを喉に流し込んだ。一回り小さくなったように見える木崎は目の縁を赤くしている。

わたしたちは同じ喪失感、悲しみを背負っている、と秋夜は思った。

「秋夜さん。時々は顔を見せてくれよな。よっちゃんの代わりにはならないけど、いつでも待ってるから」

秋夜は礼を言った。

木崎が親友の思い出話を始める。傾聴しつつ、秋夜は思う。

木崎は緊急避難場所を提供してくれるだろう。吐露する家族への想いも我がことのように受け止めてくれるだろう。同じ悲しみを持つ者同士、慰め合えるかもしれない。でも――

かさぶたになった左手にそっと目を落とす。秋夜は、あの少年のことを思い浮かべていた。

頬についた涙の痕。肩を落として歩く姿。

わたしが拠りどころになることはできるだろうか？　緊急避難場所を提供することは？　おじいちゃんがしてくれたように。

そっと遺影に目を向けると、秋夜の背中を押すように芳武が微笑んでいた。

3

そのひとは嬉しそうに、安心したように笑った。

西に傾き始めた太陽が彼女を照らして、笑顔をひときわ大きく輝かせている。

心と相反する動きを体に強いて数日、頭が誤作動を起こしかけていたから、優真は見えているものが錯覚かと思った。それを否定するように、彼女がこちらに向かって手を振る。

横断歩道に近づくと、そのひとはまた、

「おかえり」

と言った。これまでの優真なら「こんにちは」と返事をするところだが、

「ただいま」

そう言って少しだけ、ほんの少しだけ微笑んだ。

彼女はささやかに目を瞠った後、また笑顔を咲かせた。ふたりの間に会話はない。数メートルの横断歩道を渡る間だけ、優真は世界に居場所を見つけたような安心感に包まれる。それは、彼女が掲げる旗が――彼女が――危険なものから自分を守ってくれるから。

「気を付けて帰ってね」

優真にとっての安全地帯を渡り切った時、彼女に声をかけられる。振り返った優真は会釈してその場を離れた。

彼女を見てから、なぜか太陽のことばかり頭に浮かぶ。きっと、あの女性の笑顔が太陽の母に似ていたからだ。顔立ちは太陽の母親の方がきれいだが、優し気な瞳は同じだった。まるで我が子に向けるような慈しみに満ちた瞳——

太陽はどうしているだろう。挨拶もないまま塾をやめてしまった僕を、太陽はどう思っているだろう。

家の近くまで来た時、優真は見えているものが信じられなくて目をこすった。

太陽だ。電柱の向こう、小さなお稲荷さんの祠の前で、目が覚めるようなオレンジ色のブルゾンを着た太陽が座っている。太陽は拾った小石を祠の向こうの用水路に投げている。

「どうして——」

漏れた呟きが届いたのか気配に気付いたのか、太陽がこちらに顔を向けた。

優真の姿を認めた太陽は満面の笑みを浮かべる。立ち上がった太陽は、片足を引きずりながら電柱のかげから出て来る。

「よかった。なかなか来ないから、もう塾へ行っちゃったかと思った」

「なんで——」

「新しい塾へ行ってるんでしょ？　どう、そこの先生。大森先生みたいに優しい？」

「いや、だからなんで」

「だって優真のお父さんがそう言ってたから。どこの塾かまでは聞いてないけど」

「父さんて、なんで——」

——もう二度と、会わないでほしい

「父さんがひどいこと言ってごめん」

「なんで優真が謝るのさ。それに、ひどいことなんて言われてないよ。大丈夫」

嘘だ。二度と会いたくなくなるようなことを、お父さんは表情のない顔で淡々と言ったはずだ。それなのに——

「太陽、どうして——」

「ちゃんとサヨナラしたくて」

太陽はお日さまみたいに笑った。その笑顔は、その陽射しは、偽者の優真を焼き尽くす。嘘を吐かなくていい。だれからも気に入られる態度、言葉で振る舞わなくてもいい。太陽の前では我慢しなくていいんだ。

胸の大きな痞えがなくなって、優真はやっと息ができるようになる。

「……上山田から歩いて来たの？」

辺りを見回すが、浜のおじさんが乗った車も太陽の自転車も見当たらない。

顔をくしゃくしゃにした太陽は、

「自転車で来ようとしたんだけど、自転車置き場がマイクロバスの駐車場の近くでさ。浜のおじさんがバスにいて、取りに行けなかった。家族には内緒で来たから」

そう言って、なにかに気付いたように目を細め笑う。

「前に言われた通り五時間はかからなかった。ほんと優真ってすごいな」

来る途中で転んだのか、太陽の膝にある擦り傷からは血が滲んでいる。

「バカだな、ほんとに歩いて来るなんて。ケガしてるじゃないか。学校は？」

「今日、半日休みだったんだ」

「お昼は？　ちゃんと食べて——」

「やだなあ、優真。母ちゃんみたい。ちゃんと食べたよ」

太陽が、背負っていたリュックを肩から下ろす。中から取り出したのは、いつか優真の空腹を満たしてくれたあのおにぎりだった。

「今日、母ちゃんと父ちゃん、旅館の会合？　とかで、家にいなくてさ。だから内緒で出かけるのにちょうどよかったんだ。ほら、これ。母ちゃんが出かける前に作ってくれた」

「うん」

「優真、お腹減ってない？　僕、お腹いっぱいでさ」

優真は大きなおにぎりを見つめた。あの日も、太陽は今と同じように真っ黒なおにぎりを差し出した。黒いおにぎりが揺らぐ。泣き出しそうなことに気付き、ふるふると首を振った。

「大丈夫。苦しいくらい、お腹いっぱいだから」

「ほんとに？　でも——」

太陽の腹がぐうと鳴る。切ないけれどおかしくて、悲しいけれど嬉しくて、優真は笑った。

太陽も笑う。

「膝のケガ、消毒しないと」

家を振り仰いだ優真は思い直す。

お母さんが告げ口したら、お父さんはまた太陽の家へ行くだろう。そのせいで太陽や太陽の両親が傷付く。それは嫌だ。

「ごめん、今、家にだれもいなくて」

太陽の視線が優真の家へ流れる。一瞬だが、優真は、目の前の親友が自分の嘘を見抜き、激しい悲しみに襲われているように見えた。

「大丈夫だって。こんなの、全然平気」

太陽はそう言って怪我をした方の脚でケンケンしてみせる。

「あたっ」

痛みに顔を顰めた太陽が傷を見下ろす。その隙に、優真は零れそうになる涙を拭った。

「バカだな」

言いながら、家と反対方向に顔を向けた。

「そうだ。とりあえず、公園の水道で傷を洗おう」

ふたりは高台にある公園へ向かう。太陽はケンケンしたのが響いたのか、いつにも増して歩くのが遅い。

横断歩道が見えてくる。先ほどの女性がまだ立っている。道の反対側にいた彼女は左右を確認して道路の真ん中に進むと、ふたりが横断するのを見守ってくれる。

ふたりは礼を言いながら女性の前を通過する。道路を渡り切ったその時、

「ちょっと待って！」

ふたりのもとに駆け寄って来た女性は息を弾ませながら言った。

「膝の怪我、見せて」


公園のベンチに座った太陽は、こわごわした様子で女性のポーチを覗き込んでいる。

女性が顔を上げる。太陽を安心させるように、斜め掛けの肩掛けポーチの中身を広げて見せてくれる。ずいぶんくたびれたポーチだった。

「なにが入ってるんですか？」

「スマホとハンカチ、それと消毒液にガーゼ、絆創膏、あとは……虫刺されの薬、かな」

「いつも持ち歩いてるんですか？」

太陽が訊ねる。

「最近はね。自分が怪我をしてから、必要だなと思って」

女性が意味ありげに優真を見上げる。太陽は深く考えたとは思えない声で、

「なるほどー」

と言った後、すぐに、

「でも、虫刺されの薬って」

そう言って少し笑った。

「たしかに。いらなかったかもしれないわね」

女性も笑い、ポーチの中からガーゼと消毒液を取り出した。消毒液を浸したガーゼが傷口に近づくと、太陽は固く目を瞑った。青いスニーカーのすり減った踵が地団太を踏んでいる。

「動いちゃだめだろ」

優真の注意で太陽は足を動かすのを止めた。

女性の処置は手早く、しかも的確のように優真には思えた。当の太陽も、予想していたほどの痛みではなかったのか呆気に取られている。

「はい、おしまい」

女性はにっこりして立ち上がると、太陽の頭をぽんと撫でた。

「あ、ありがとうございます」

頭に手をやり、太陽は照れたように礼を言う。

「お家は近くなの？」

女性の問いに即座に答えたのは太陽だ。

「いいえっ！」

言ってからまずいと思ったのか、すぐに、

「はい！」

返事を変えた。女性は不思議そうな顔をしている。

「さらしなの丘小学校……よね？」

見守りの対象である学校の名を出し、女性は訊ねる。太陽はしどろもどろだ。

「ていうか、僕は、その……」

「さらしなの丘小学校です。ふたりとも。な」

答えてから、優真は太陽の肩に手を置いた。太陽はほっとしたように頷く。

「……お家には連絡した方がいい？　お迎えに来てもらうか――」

「大丈夫です！」

ふっくらした手を突き出した太陽は、「ほんとに大丈夫なんで」と繰り返す。

「そう？　わたし旗振りを始めてまだ少しだから、どうしたらいいのかわからなくて」

「いつものおばあさんの代わりですか？」

話を逸らしたくて、優真は訊いた。一瞬、女性の顔が翳って見えた。

「ええ、そうなの。これから旗振りをするのはわたしになりそう」

「……おばあさん、具合が悪いんですか？」

女性の顔が益々暗くなったのを見て、おばあさんは具合が悪い以上のことになったのかもしれない、と優真は訊いたことを後悔した。

「すみません」

「え？　謝らないで。あの、わたしこそごめんなさい。いつも旗振りしていたのはわたしの義理の母なの。義母は元気よ。ただ、ちょっと家でいろいろあって――」

彼女は、ほぼ初対面の人間に話すべき内容なのか躊躇って――子ども相手に話すべき内容なのか躊躇って――いるように優真には見えた。

「義母には休んでほしくて、だからわたしが代わりに」

子ども相手には話せない。彼女はそう判断したのだろう。

あの日、大きな柿の木の家で老人は彼女のことを「あの女」と呼んでいた。彼女があの家でどんな扱いを受けているか、それだけでもわかりそうなものだ。

「そうですか」

優真は、それ以上訊ねるのを止めた。

「義母はいつもどんな様子だった——?」

義母を案じてというより、優真が被害に遭っていないか確認するような顔つきで、女性は訊いてくる。

「……いつも優しくしてくれました。挨拶しか、したことはないですけど」

——渋柿よ
とげとげしい口調で。

——親の顔が見てみたいわ
あの日のことを話す気には、到底なれなかった。

女性は優真の答えに安堵したように見えた。

「僕、井出太陽です。おばさんは?」

唐突に、太陽が自己紹介をした。優真は驚いて親友を見た。

「あ、すみません。おねえさんの名前は?」

神妙な面持ちをしていた女性が吹き出した。

「いいのよ、おばさんで」

被っていたベージュの帽子を取ると、女性は姿勢を正した。

「わたしは善財秋夜」

——もうじき秋夜さんのお給料日だから
彼女が柿の木の家の嫁だとはっきりしたのに胸がモヤモヤするのは、老人たちの会話を聞いてしまったせいだ。バッグがどうの、あの女がどうの。

なにより——文句を言いながらも愉悦に満ちた老人の顔。

「太陽さんて、とてもいい名前ね」

「そうでしょ。母ちゃんが、生まれた僕を見て『この子はわたしの太陽だ』って、つけてくれた名前」

誇らし気に言う太陽を見て優真は思う。この前「母ちゃんの子じゃないのかも」なんて言ってたのはどこのどいつだ、と。

二人の視線を受け、優真は、

「田中優真です。優しい、に真実の真です」

と自己紹介した。言ってから、知らないひとに名前を教えてよかったのだろうかと疑問が浮かぶ。お父さんに知られたら怒られるかもしれない。でも——

危険なのはお父さんの方で、このひとじゃない。

秋夜は太陽の名前を聞いた時にはなかった、噛みしめるような間を置いて、

「優真さんも、いい名前ね」

と言った。優真は曖昧に頷いた。太陽のように胸を張って名付けの由来を語るには、今の優真には支えになるものが少な過ぎた。だから、

「ありがとうございます」

お礼を言うだけに留めた。

「ぜんざいって――おしるこ？」

太陽が首を傾げる。秋夜は笑って、

「おしるこのぜんざいじゃなくて――」

足元を見回し、落ちていた短い枝を手に取った。太陽と優真の前でしゃがむと、「善財」と漢字で書いてみせた。

「わたしが住んでいる地区には多い名字なんだけど――」

太陽は、砂に書かれた文字を食い入るように見ていたが、観念したように、

「わかんない！　ひらがなでおしるこのぜんざいでいいのに」

と、空を仰いだ。秋夜は声を上げて笑う。

「だから、なんでも食べ物に変換するなよ」

優真は小声で太陽に注意した。太陽が気にする様子はない。彼は続けて、

「ぜんざいさんの家は、やっぱりおしるこ屋？」

などと訊ねる。

「なんでだよ！」

すかさず優真は突っ込む。

「だって他に考えられないもん」

「太陽の頭の中は食べ物のことばっかりだから――」

「ちゃんと魔人学園のカードのことも考えてるよ」

「結局食べ物じゃないか」

「なんで！　カードだって！」

「だってあれ、一応ウエハースがメインだろ」

「そりゃそうだよ。カードだけであの値段は高過ぎるからね！　ウエハース一枚とカード一枚でも高いと思ってるのに。せめてウエハースは二枚入れてくれないと」

「ほら、やっぱり。結局食べ物のことが脳内を占領してるんだ」

「……脳内千両？　千両って、昔のお金？　僕の頭はものすごい価値があるってこと？」

「せっかく食べ物から離れたと思ったら、なんでそうなるんだよ！」

なにか言いかけた太陽がふいに視線を落とした。視線の先にはうずくまった姿勢の秋夜が。

機敏な動きで、太陽が秋夜の横に膝をつく。

「おしるこさん！　大丈夫?!」

ぜんざい＝おしるこに変換されたらしい太陽の言い間違いを指摘する余裕もなく、優真は親友と同じように秋夜の脇に屈んだ。

秋夜の背中が忙しなく上下している。えずいているのかもしれない。そう思った優真が彼女の背中に手を置こうとした時。

たまらずというように、秋夜が笑いだした。息をするのもやっとといった様子で、目からは大粒の涙が零れている。

優真と太陽は呆然として秋夜を見つめた。彼女の笑いはなかなか収まらず、上体を折ったり顔を仰向けたり、とにかく長い間笑っていた。

「ごめんなさい」

やっと落ち着いた秋夜が言った。目尻に溜まった笑いの残液を拭うと、

「あんまりおかしなことを言うから」

と、言った。優真と太陽はお互い顔を見合わせた。

「だってさ、優真」

「なんで俺なんだよ！　太陽が変なこと言うからだろ」

くくく、と、秋夜が肩を震わす。

「もうやめて。お腹が痛い」

笑いを堪えた秋夜は、

「はあ。明日筋肉痛になりそう」

そう言ってぺたんこのお腹をさすった。優真の隣でなにやらガサゴソやっていた太陽が、

「おしるこさん。これ、食べる？」

差し出したのは爆弾おにぎりだ。

「僕の母ちゃんが作ったおにぎり。美味しいよ」

すっかり笑みを引っ込めた秋夜はおにぎりとニコニコ顔の太陽を交互に見た。

「どうして――？」

秋夜の問いに、

「腹が減ってはイグサは食えぬって言うから」

ちょっと待て。優真は考える。脳内変換が追いつかない。

「え、イグサって言った？　戦じゃなくて？　しかも食えぬ？」

太陽はなにが？　といった顔で優真を見返す。

「だから、なんで食べ物――いや、イグサは食べ物じゃないか？　でも、イグサも食べられるように加工したものがあるって――」

「優真、なにぶつぶつ言ってるのさ」

太陽はすでに優真を見ていない。例の笑顔で秋夜を見ている。

「はい」

差し出されたおにぎりに、秋夜は手を伸ばした。秋夜の骨ばった手に具沢山の爆弾おにぎりが載せられる。

「僕の母ちゃんの口ぐせ。お腹が空いてるとろくなこと考えないって。とりあえずお腹がいっぱいなら眠れるし働けるし、考えるのは後回しにもできるって」

秋夜の脳内で、太陽の母の言葉がぐるぐると巡っているのが優真にはわかった。

「こっちに座って」

太陽に促されるまま、秋夜は太陽が座っていた場所へ腰を下ろした。太陽は、怪我した方の膝をついて、反対の膝にリュックを載せた。

「こんな時期は蚊も出ないんだから、虫刺されの薬なんて持ち歩かないでおにぎりかサンドイッチでも入れとかないと。そんなに小さいポーチじゃ一口サイズのおにぎりしか入らないだろうから、これからはもっと大きなバッグを持ってね」

滔々《とうとう》と語る太陽。

「喉に詰まるといけないからお茶も――」

水筒を取り出した太陽は、耳の近くでそれを振る。

「空だった！」

ちょっと待ってて。そう言うと、傷口を洗うのに利用した水道へ向かい走り出す。

ぽてぽて走る太陽の後ろ姿を、優真と秋夜は見つめる。隣の秋夜に視線を移した優真は驚いた。

彼女は泣いていた。なにか声をかけようと思うが、なんと言ったらいいのかわからない。こういう時はハンカチを貸すのかな？　でも、使用済みの湿ったハンカチなんか渡されても迷惑かもしれない。やっぱりハンカチを貸すのはやめて、声をかける？「大丈夫ですか？」。大丈夫じゃないから泣いてる。ああ、もうどうしたらいいんだろう?

優真があれこれ考えていると、戻って来た太陽が、

「優真、なんでおしるこさん泣かせたんだよ」

と言った。


おしるこさん――善財秋夜は、ふたりに何度も礼を言った。

お礼を言うのは僕たちなのに。

秋夜が去った公園で、優真と太陽はベンチに腰かけていた。だれも公園に遊びに来ない。

「あのひと――」

太陽が呟いた。

「元気になるといいね」

優真は、そのことについて話そうかと考える。でも結局、

「そうだね」

と答えるだけにした。

風が冷たい。優真はハーフパンツから伸びる太陽の脚を見る。膝のガーゼはうっすらと血が滲んでいる。長めのソックスを履いているが、それでも剝き出しの脚は寒いだろう。

「――そろそろ帰らないと」

優真が言うと、太陽は、

「もう？」

と、縋《すが》るような目を向けてくる。

本心を振り切るように、優真は立ち上がった。

「新しい塾へ行く時間だから」

ぐずぐずしていると泣いてしまいそうだった。

「僕さ、今、勉強すごく頑張ってるんだ！」

正面を向いたままの優真に、立ち上がった太陽が言う。

「父ちゃんも母ちゃんもびっくりするくらい、毎日勉強してるんだ」

「うん」

「今の成績じゃさくら中学に合格できないけど、あと一年あるからさ！　一年あれば、僕も、もしかしたら」

「うん」

「優真も、時々は上山田温泉においでよ！　僕ん家はだめかもしれないけど、ほら、まめの湯とかさ。あと、城山とか足湯とか。僕も行くよ。そしたら、偶然会えるかも」

「うん」

「あとは、学校行事とかさ。遠足とか、なんかほら、あるでしょ。学校以外の場所に行くこと。そういう時にバッタリ」

「うん」

「僕、塾の前は必ず『家ヤス』に寄るようにするよ。優真も、新しい塾へ行く前に寄ってくれればその時会えるかもしれないし。あとは――」

太陽が涙声になっている。

「あとは、そうだな、えっと――えっと――」

「太陽」

優真は太陽を振り返った。優真の大切な親友は、顔をくしゃくしゃにしている。

「もう、いいよ」

その言葉を聞くと、太陽は堰《せき》を切ったように泣き出した。

「だって――だって」

「一生の別れじゃあるまいし、大袈裟だよ」

言いながら、きっとこれが最後になるだろうと優真は予感していた。太陽も心の底ではそう思っているからこそ今日会いに来たのだろう。

「いつかまた会えるよ。だから、泣くな」

泣くな、僕。

今、僕が泣いたら太陽はもっと悲しくなる。

「今日するのは、とりあえずのサヨナラだ。ほんとのサヨナラじゃない」

わかってる。そう言うように、太陽は頷く。

「だから、ほら」

優真はポケットに入れていた星柄のハンカチを太陽に差し出す。

最後に見る顔が泣き顔なんてさみし過ぎるから。

太陽は湿ったハンカチを受け取ると、盛大に洟《はな》をかんだ。

「それ、返すなよ。あげるから」

優真が言うと、太陽はニヤリと笑った。

「絶対いつか返す」

そう言って泣き笑いする。泣き出したくなるのを我慢して優真も笑った。

「あーあ、泣きたくないのに涙が出てくる不思議」

洟をかんだハンカチをポケットに突っ込むと、太陽は言った。

ベンチに置いていたリュックを背負い、

「優真。約束だよ。いつかまた会おうね」

赤くなった目を三日月みたいに細くして、太陽は笑った。

「うん。約束」

「絶対ね」

「うん、絶対」

「忘れないでよ」

「太陽もな」

「――どうかな。僕、最近クラスでちょっと人気者なんだ」

「人気者って……太陽――」

「大丈夫！　とりあえずお腹いっぱいならなんとかなるから」

「たいよ――」

「優真！　元気でね」

「――」

「元気でね！」

「――太陽も。絶対、絶対、元気でな！」

太陽はちょっと真顔になった後、おなじみの笑顔を咲かせた。

「もちろん！」

第三章　萌芽

1

両手で掲げたおにぎりを、満たされた気持ちで秋夜は見つめる。

空腹を満たしてくれるのは食物だ。じゃあ、心の空腹を満たしてくれるのは？

これが置物ならいいのに。秋夜は想像する。ずっと腐らず飾っておけたなら。見る度優しい気持ちになって、そうしたらきっと、きっと頑張れるのに。

面白い子たちだった。特に、おにぎりをくれた太陽君。明るい笑顔に、思わず笑ってしまうような言い間違え。もうひとりの子。あの子、あの子は――

朝、登校班を率いている時と太陽君といる時。彼は別人のように見えた。朝やひとりの時、彼はものすごく大人びた顔をしていた。まるで疲れ切った大人のような。太陽君と一緒の彼は年相応に見えた。

でも、年相応って？　小学五年生が、初めて会った大人を気遣っておにぎりをくれることは？　彼らには、わたしがどんな風に見えただろう？

子どものいない秋夜には想像することしかできない。自らの幼い頃を思い出そうとしても、それは遠すぎて形を成さない。

芳武の葬儀が済むとすぐに、珠子は秋夜の勤務先へ赴き、「家の事情で嫁は退職する」と告げた。秋夜はパートを辞める気など毛頭なかった。自宅介護の必要がなくなったのだからむしろパート時間を増やそうと考えていた秋夜に「また清春と出て行かれたら困るもの」と、珠子は鋭い一言を放った。

押し切られた秋夜は、結局退職することになった。あとは引き継ぎを済ませるだけだ。

「秋夜さんが痩せ過ぎなのは家でのストレスなんて、二度と言わせない」と、家事を一切させなくなった。その代わり、珠子がやっていた朝夕の子どもの見守りなど、地域のボランティア活動に参加することになった。体力的にはずいぶん楽になったが、家以外の居場所がないこと、家にいると感じる珠子からの無言の圧力によって、以前に増して追い詰められるようなプレッシャーを感じるようになった。一番気になっていた、家を出るきっかけになった秋夜の身体の問題はだれも口にしなかった。芳武の死後間もないからなのか、珠子が箝口令を敷いたのか秋夜にはわからなかった。

「秋夜。ぼうっとしてどうした？　なに持ってるの？」

寝室にやって来た清春が、おにぎりを指さした。

「これは――」

隣にしゃがみ込んだ清春がにこやかな顔を向ける。

彼は、祖父を亡くしたショックのせいか家族とも必要最低限の会話しかしなかった。秋夜は、夜中に布団の中で震えて泣く清春を見た。祖父への想いに、秋夜は胸を打たれた。

今日の彼はよく笑う。無理して笑っているのが秋夜にはわかるが、それでも前を向こうとしている証しだろう。

「すごく大きいね。作ったの？」

「もらったの」

「おにぎりを？」

「ええ。おじいちゃんのことがあってから久しぶりに旗振り当番へ行ったんだけどね――そこで会った男の子にもらったの。清春さんの学校の児童よ。面白い子たちだった」

「だれだろう。俺の知っている児童かな？」

秋夜は今日の出来事を語った。話を聞いている間、清春はずっと笑顔だった。彼のクラスの児童ではないようだが、気持ちを共有できたことが嬉しかった。

その後、清春は受け持っているクラスの子どもたちとの面白いエピソードを聞かせてくれた。楽しかった。ふたりきりで、家族以外の話ができることを特別に感じた。

「でも、秋夜」

清春は、ちょっと残念そうな顔をする。

「相手が子どもとはいえ、他人からもらったものを口に入れるのはちょっと……」

手の中のおにぎりが重さを増す。どんどん重くなる。

「え、でも――」

「いや、もちろん大丈夫だと思うよ。でも」

清春は、優しい手つきで――いささか慎重過ぎるとも思える手つきで――秋夜の癒しの塊を軽々と持ち上げる。おにぎりが手から離れても感じる重みは変わらない。これを他者に渡してしまうことは子どもの真心を踏みにじる行為だと理解しているからだ。

「子どもには知らないひとからもらったものは食べちゃいけないって指導してるし、それにやっぱり口に入れるものには警戒心を持たないと」

指導すべき子どもはここにはいないのに。秋夜はそう思ったが、せっかくの夫婦の時間を台無しにしたくなくて、口にはしなかった。


翌日の夕方、旗振りを終えた秋夜は軽トラックに乗り込んだ。

実家へ行くのは約一年ぶりだった。正月に清春と短時間挨拶に訪れたのが最後だ。嫁に来たのだから姑と夫の許可なく実家へは帰らない。世間体を気にする珠子からきつく言われていたし、それが当然と秋夜も思っていた。嫁なのだから。

だが。パートがなくなり芳武もいなくなってしまった今、秋夜には逃げ場がなかった。みかげは仕事で会えそうにない。木崎は「いつでもおいで」と言ってくれたが、芳武が亡くなってまだ日が浅い。彼を頼るには早過ぎる気がしていた。

秋夜が逃げる場所は実家しかなかった。

善財の家とは車で二十分。たったそれだけの距離なのに、同じ市に暮らしているのに、実家は遥か遠かった。

久々に見る居酒屋は寂れて見えた。灯の消えた置き看板はなんとも侘しく、夜の賑やかさは夢に思えるほど遠い。店の二階が住居になっているが、建物は年季が入って補修が必要なように見える。入り口横に置かれたプランターの花だけがやけに活き活きと咲いている。おぼろげに見えてくるのは、そこに屈みこんでいる少女。過去の自分だ。

※※※

高校一年の秋夜はグラスの水をあけて、花に話しかけている。いい言葉をたくさんかけてあげると花はきれいに咲くと聞いてから実践している。手に持つじょうろ代わりの空のグラスに、置き看板の赤色が映し出されている。たった今灯がともったところだ。街が賑わい始める夜の始まりのこの時間が、秋夜は好きだった。両親と顔を合わせるのも難しくなる時間だが、やりがいを持って楽しそうに働くふたりを応援したい気持ちがあったし、なにより感謝していた。両親がいないさみしさを感じる時もあったが、そういう夜はみかげと一緒に乗り越えた。街を行きかう人々の声もさみしさを和らげてくれた。

後ろから声をかけられ秋夜は振り返る。すらりとした男性が立っていた。数年ぶりに会う彼のことを秋夜は覚えていたし、彼も同じだった。

秋夜が小学六年の時、教育実習に来た清春は児童から人気だった。短い期間で特別印象的な出来事があったわけではないのだが、他の児童と同じく秋夜は「善財先生」のことが好きだった。だから、数年ぶりに再会できたことが心から嬉しかった。

それ以来彼は居酒屋に通うようになり、秋夜はプランターの花に水をやりながら彼の来店を待つこともあった。秋夜の成長と共にふたりが言葉を交わす機会は減ったが、清春はずっと秋夜のことを気にかけてくれた。両親も、秋夜とみかげの進学のことなどで相談にのってもらっていたらしかった。

尊との結婚が決まった時、清春は店に結婚祝いを置いていった。ふたりが再会した時秋夜が手にしていたのとよく似たペアのグラスだった。

尊のことがあった時、清春はやはり店に香典を置いて行った。その時両親から秋夜が妊娠中であること、夫を亡くしたショックで食事を充分摂れていないことを聞いた清春は再度店を訪れ、果物やゼリー、数種類のサプリメントを置いて行った。その当時、秋夜は自分のことで精いっぱいで、周囲に支えられていることは実感していたが、その後すぐに流産したこともあり、だれがなにをしてくれたかまでは細かく覚えていなかった。だいぶ時間が経って気持ちが落ち着いた頃に両親から改めて聞いたのだ。

流産の話を聞いた時、清春は持参していた二度目の見舞いの品を落とした――両親はそう言った。宝石箱のような箱に詰められた色とりどりのフルーツが床に散らばった。萌黄色の葡萄の粒が転がり、一口大の柿の実が落下の衝撃で潰れた。

その後も清春は度々店を訪れたが、二度とフルーツを手土産にすることはなかった。


昔ながらのドアベルが鳴ると、店の奥で仕込み中だった両親が顔を出した。ふたりの顔が混じり気のない喜びに染まる。それを見た途端、秋夜は子どもに戻ったような気がする。

「突然来てごめん」

隣に座る母に、秋夜は言った。母、文子《ふみこ》は下げた目尻もそのままに、

「どうして謝るの。いつでもおいで」

と言った。カウンター席に座るふたりを見ている父、修一《しゅういち》も同じ顔をしている。

「おじいちゃんのお葬式、来てくれてありがとう」

「脚の具合がよくないって話は聞いていたけど……急だったわね」

「うん……」

文子と修一が目を見交わす。その不穏な空気に、秋夜は、

「どうかした？」

と思わず訊ねた。修一は気まずそうに頭をぽりぽり掻いている。文子が、

「わたしたちが気にし過ぎなのよ。なんでもない」

と、娘を気遣うように答えた。

善財の家となにかあった。秋夜は直感した。


両家の顔合わせはさらしな市唯一の高級料亭煌美良亭で行われた。

善財側は脚の悪い芳武を除く全員が出席し、秋夜の家は両親と妹夫婦、姪の紬が出席した。

会場に入る前の待合室で二歳の紬がぐずり出したため、みかげは持って来た麦茶を飲ませた。機嫌の悪かった紬はそれを吐き出し、着ていた服を汚した。車に着替えはあったが、会場に入る時間が迫っていた。幸いワンピースには汚れがなかったから、羽織っていたボレロだけを脱がせた。春だが、肌寒い日だった。会場で紬を見るなり、珠子がみかげに言った。「あらあら。いくら部屋が暖かいからって、そんな格好じゃ風邪をひくわよ。子どもがかわいそうよ」。事情も知らない珠子はそう言って憐みの目を紬に向けた。みかげはなにも言い返さなかった。事情を知っていた秋夜も、なにも言えなかった。

　両家の紹介が始まったが、紬の機嫌は直らなかった。ちょうど珠子の紹介が行われている最中、紬が奇声を上げた。妹夫婦は懸命に娘を宥め、清春たちに頭を下げた。珠子は理解あるような笑顔で、「元気があっていいじゃない。でも——そのくらいになれば、一度言い聞かせればわかるものだけど。うちの子はそんなんじゃなかったわ」と言った。

　その後すぐに紬の機嫌は直り、挨拶が進んだ。

紬には小麦アレルギーがあり、特別メニューを用意してもらっていた。それを知った朝香が、

「つむぎがこむぎアレルギー」

と皮肉気に呟いた。一瞬場が凍ったが、諫《いさ》める者も問い詰める者もいなかった。

「アレルギーがあるなんて大変ね。保育園や小学校で、普通の子と同じものを食べられないんでしょ？　かわいそうに」

すると、それまで黙っていた清春が、

「紬ちゃんはかわいそうじゃないよ」

と言った。珠子は驚いたように目を瞠った。

「かわいそうよ。みんなと同じものが食べられないなんて、こんなにかわいそうなことある？」

「母さんが言う『みんな』ってだれ？　それに『普通』って？　どうして他の子と比べる必要があるの？　それに、紬ちゃん本人が『自分はかわいそうだ』って言うなら別だけど、紬ちゃん以外の第三者が勝手に彼女の気持ちを決めつけるのは間違ってるし、その方がよっぽどかわいそうだよ」

珠子は小さな目をしばたたかせ、呆気に取られている。妹夫婦は安堵したような表情だ。

「それにしても」

突然、珠子が声を上げた。

「秋夜さんのご両親には末永くお元気でいてもらわないと」

「母さん……なに、突然」

清春が訝し気に訊ねる。意図が摑めない修一たちは、返事ができない。珠子はじれったそう

に、

「秋夜さんのお宅は姉妹で、おふたりとも嫁いでしまったら跡を継ぐ方がいなくて大変でしょう」

と言った。清春が間に入ろうとするのを、修一が手で制した。

「わたしどものことはご心配なく。夫婦ふたりでなんとかやっていきますから」

「そうは言っても、歳をとったら困りますでしょ？　働けなくなったり介護が必要になったり――」

「いざとなったら施設へ入りますよ。それに、うちは善財さん家と違って跡を継ぐようなものはなにもありませんし」

あっけらかんと言い放つ修一に、珠子は、

「それでも、秋夜さんのご両親には末永くお元気でいてもらわないと。夫婦仲良く、仲良く、ね」

と言い、食事を頬張った。

皮肉を言ったあと黙っていた朝香が、突然口を開いた。

「秋夜さんて、貯金いくらあるの？」

善財の家へのなにがしかの違和感を、秋夜側の人間は察知していた。それは明らかな不審ではなく、「わたしたちが気にし過ぎなのかもしれない」と思わせる、許容の臨界点すれすれのものだったため、その違和感も自身で消化せざるを得ないものだった。

「おじいちゃんのお葬式で、なにかあった？——なにか言われたの？」

訊かれた文子は困ったように、

「清春さんのお母さんと妹さんがね——」

と口火を切った。

文子の話では、秋夜がいない時を見計らうようにふたりが近づいて来たという。その時、「秋夜が出て行ったせいで」「秋夜が清春をたきつけたせいで」「ショックを与えたせいで」「介護のプロである秋夜が家にいさえすれば」——

「——おじいちゃんは死なずに済んだって……？」

自分のものとは思えない、低い声だった。感情を押し殺すのに必死だった。

「そうは言ってないの。でも——」

朝香ははっきりとそう言ったのだろうし、珠子はオブラートに包みながらそう言ったのだろう。ふたりはそう思っていて、しかもそれを口にするほど本気で思っていて、さらに秋夜の両親にまでそれを知らしめたかった。

ふたりに言われなくとも充分過ぎるほど責任と後悔を感じているのに。そのせいで芳武の部屋の整理も手につかない。

丸めた背中に文子の手が添えられる。

「こんなこと話してごめん」

「お母さんが謝ることじゃないよ。お父さんも……嫌な気分にさせてごめん」

娘に謝られたのが気まずいのか、修一は店の奥に引っ込んだ。

「そうだ」

文子はかけていたエプロンのポケットからスマホを取り出した。

「みかげたちにもずいぶん会ってないでしょ？　紬、大きくなったのよ」

見せてくれた写真には、みかげと紬が写っていた。シャボン玉を飛ばす紬。泣き顔の紬。紬の寝顔、笑顔。

秋夜はそっと母を見た。文子は目尻を下げ微笑んでいる。

こんなに幸福な顔を、わたしはさせてあげられない。


「いつでも帰っておいで。待ってるから」

文子は言った。その後ろで修一が微笑んでいる。

その言葉を噛みしめながら、秋夜は店を後にする。

清春との再婚に際し、秋夜の両親は諸手を挙げて賛成したわけではなかった。清春は店の常連だったから、彼のひととなりを両親はよく知っていた。清春との結婚になにごとか思うところがあったのではなく、五年前の死別と流産のショックを案じているようだった。

大腿骨骨折後に介助が必要になった芳武が、秋夜の勤務先の施設を利用したことで清春との距離が縮まった。何度か話すうちに、秋夜は自然と清春に惹かれていった。だから交際を申し込まれた時は嬉しかった。しかし、一歩を踏み出すことがなかなかできなかった。時が癒すという言葉があるが、どれだけ時が経とうとも塞がらない創《きず》もあるのだ。

秋夜は経験したこと、自分の正直な想いを清春に話した。

彼は泣いた。秋夜の痛みを想い、泣いた。母の手の温もりを感じることなく逝った命を想い、泣いた。秋夜の創が塞がることはなかったが、彼の涙は手当てになった。創に温もりを感じた時、秋夜は数年ぶりにひと前で泣いた。生きていてもいいのだと。こんな自分でも存在していていいのだと思わせてくれた。彼が求めるのは自分だけなのかもしれない。その想いが交際へと背中を押した。

半年の交際期間で再婚を決めるのは性急との想いもあったし、死別経験のせいで慎重にもなっていた。そんな秋夜の気持ちを尊重し、清春はいつまでも待つと言ってくれた。だが当時の彼の年齢は三十八。未婚＝未熟とレッテルを貼りたがる人間の呪縛から逃れたがっているのが傍目《はため》からもわかった。同じ田舎で生まれ育った秋夜にはその気持ちが痛いくらいよくわかった。最初の結婚の時決め手になったのは「好き」という感情と「勢い」だったが、清春との結婚は「信頼」と「安心」、なにより「縁」を感じたからだった。

結婚後は家族と同居してほしいと言われた時、秋夜はなんの疑問も持たず受け入れた。秋夜自身、祖父と祖母が他界するまでは三世代で暮らしていたし、この土地で同居は自然な形だった。尊との結婚生活は一年にも満たなかったが、彼が生きていたら遠くない将来同居の話が出たはずだ。

荷台に両親が持たせてくれた総菜を置くと、秋夜は運転席のドアを開けた。サイドミラーが陽光を受けきらりと光る。細めた目を空へ向ける。

そこにいますか、おじいちゃん。

芳武との最後の日。彼が囁いた言葉を思い返す。内容が事実なら重大な問題の告白を。

おじいちゃんは、あれが最後になると予感してわたしに告白したのだろうか。

これまで芳武の死のショックで行動を起こすまでには至らなかったが、秋夜は澄んだ空を見上げ、心を決めた。

2

偽者の優真が消えた後、本物の優真は何度も何度も考えた。

太陽は言った。「毎日勉強を頑張ってる」

孝道に阻害されて会う手立てもない。永遠のサヨナラ——確信に近かったその想いは、太陽に会った後徐々に氷解していった。

——もしかしたら

もしかしたら同じ中学校へ行けるかもしれない。

胸にともったかそけき光が力強く燃え出し、優真の中心で鼓動を刻み始めた。

――こうしちゃいられない

優真は塾から帰った後も参考書を広げる。

目が覚めたように優真は思う。太陽が合格したのに僕は不合格なんて、泣いても泣ききれないじゃないか。

優真を生き返らせてくれたのは太陽だ。彼は道しるべになってくれた。生きる意味を与えてくれた。それを無駄にはできない。親友がくれた希望にしがみつくようにして優真は毎日を過ごした。胸の灯りがあれば、どんなに緊迫した場面も孝道の理不尽な要求も呑めた。ただ、自分以外を気遣う余裕はなかった。

生きるだけで精いっぱいだった。

だから。

母親が壊れかけていることに、優真は気付いてあげられなかった。

塾へ行く前、優真は閉め切られた和室の前で足を止める。リビングから続きになっている和室の襖《ふすま》は普段開け放してあるが、今日は優真の帰宅後ずっと閉まったままだ。中から子守歌が聞こえる。

「いってきます」

いつもは玄関で挨拶していくのだが、今日は週の始まりの月曜だ。決まり事のように優真の夕飯はない。

月曜。もしかしたら、一週間分の夜食代をもらえるかもしれない――

「いってきます」

返事はない。子守歌が続いている。聞こえなかったのかもしれないと思い、優真は襖を引いた。

「お母さん？」

部屋を覗く。

六畳の和室に置かれた仏壇の前で、里実は座り込んでいた。子守歌をうたいながら結愛を寝かしつけているのか上体がゆらゆらと揺れている。

「お母さ――」

部屋に入ろうと、優真は襖を大きく開けた。

ぎくりとして動きが止まる。襖のすぐ向こうで結愛が寝かされている。ばんざいの姿勢で、掛布団から小さな手を出し気持ちよさそうに眠っている。

じゃあ、あれは――？　お母さんが抱っこしているのは――

優真の全身が総毛立った。

「骨になったひとはお墓へ入るんじゃないの？」いつまでも祖父母の遺骨を納骨しようとしない里実に、優真は訊いたことがある。

里実の両親は駆け落ちをして一緒になった。そのせいで親子の縁を切られ、ふたりは親類の援助なしに生きてきた。ふたりが決断を後悔したことはなかったようだが、どうしても忘れられなかったのが故郷の景色だった。だからふたりは、帰れないふるさと「里田村」の一文字を娘に与えた。つましく暮らし、ひとり娘を育て上げた。ふたりは余生に思いを馳せる間もなく優真の誕生前に亡くなった。峠のカーブを曲がり損ねたのが原因だった。ふたりは、当時里実が住んでいた団地へ向かう途中だった。

彼らを迎えてくれる故郷はなく、菩提寺もない。納骨堂へ納めるのもしのびなく、結局里実は家で供養することにした。

孝道がそのことについてあれこれ言うのを、優真は聞いたことがない。孝道が仏壇に手を合わせたのは一度きり。結婚の報告をした時だけだ。どのような取り決めがあったのか子どもの優真に知る由もなかったが、その際里実は自分名義の通帳と優真の通帳を孝道に預けている。

妻の両親を敬う気持ちは微塵もないのだろう。かといって妻の唯一の拠りどころを取り上げる気もないようだった。

仏壇の前に座り込んだ里実は、両親の骨壺を抱いていた。真っ白な骨壺二つを膝に載せ、我が子をあやすように上体を揺らしている。

気配に気付いたらしい里実が歌うのを止めた。優真の喉元がごくりと音を立てる。里実がこちらを向こうと体を捩《よじ》らせると、紫色の座布団カバーがかすれた声で鳴く。

「優真」

振り返った里実は笑顔を咲かせる。しばらくして、ハッとしたように、

「塾ね。そうだわ、今日は月曜だった」

と言って、片方の骨壺を大事そうに座布団の脇へ置いた。

「はい」

里実が差し出したのは膝に置かれていた骨壺だ。いつもはきれいな色のカバーで覆われている骨壺が、今は剝き出しだ。

優真は声も出せない。

「どうしたの？」

里実の微笑みが、困ったように歪んでいく。骨壺に向けられている優真の視線に気付いたのか、慌てたように、

「いけない」

と笑った。もう一度膝の上に骨壺を載せ、里実は蓋を開けた。躊躇なくその中へ手を突っ込む。優真は息を吞んだ。

なにしてるの、いったいなにをして——

「はい。夜食代」

骨壺から抜き出した手には、千円札が握られていた。

——夜食代
——お父さんには内緒だから

息子が手を伸ばさないのを不思議に思ったのか、里実は笑顔のまま小首を傾げる。指先とお札に白いものが付いている。

優真は咄嗟に息を止めた。骨の粉を吸い込んでしまったかもしれないと思ったからだった。酸素の行き渡らない頭にこんな考えが浮かぶ。

お金の管理はお父さんがしている。ここ最近は特にチェックが細かい。お母さんは厳しく指導されている。それをわかっていても、「お父さんには内緒」、そう言われてもらっていた千円札の出どころを考えたこともなかった。

優真の脚はガクガクと震えた。

いつから？　母さんはいつからこんな――

優真の母親は、ずっと笑っているだけだった。

翌朝、テーブルに着いた優真はのろのろと箸を運びながら母親の様子を窺った。

里実はいつも通りに見える。いつもの朝と同じく、孝道の機嫌を損ねないよう彼の動きに気を配っている。

昨日の里実は明らかに常軌を逸していた。でも小学五年生の優真には解決法などわからなかったし、適切な相談相手も思いつかなかった。

――なにかあったらいつでも言いなさい

担任？　きっとだめだ。確認か解決のために家に電話するだろう。お父さんに話されたら大変なことになる。

塾の先生？　実績だけを重要視している先生が個人的な話を聞いてくれるとは思えない。おじいちゃんとおばあちゃん？　ふたりが暮らしているのはずっと遠くだし、僕が言うことなんてとても信じてはくれないだろう。おじいちゃんたちの前にいる時と家にいる時のお父さんは別人だ。お母さんのことはお父さんに相談しなさい。そう言われるに決まってる。

僕のほんとのお父さん……

里実と孝道の結婚が決まった時、里実が友人から「前のひととは正反対の、誠実そうなひとで安心した。あのひとなら妊娠した恋人を捨てるような真似はしないだろう」と言われているのを優真は聞いてしまった。

僕とお母さんから逃げてしまうようなひとだ。たとえ居場所がわかっても、そんなひとには頼れない。じゃあ、だれが？

真っ先に浮かんだのは、頼りになりそうな太陽の父と優しい母。

太陽のお父さんたちなら――

優真は首を振った。これ以上、太陽やその家族を巻き込むわけにはいかない。太陽は大事な親友だ。親友を失くすわけにも、唯一の希望を失うわけにもいかない。

他にだれが？

優真の脳裏に笑顔の女性が浮かびかけた時、

「結愛。お父さんたちにいってらっしゃいしましょうね」

里実が結愛の小さな手を持ち上げ、左右に振った。仏壇の前で骨壺を抱いていた人物とは思えない。今の里実はどう見ても『まとも』に見える。

「里実」

靴を履き終えた孝道に名前を呼ばれた瞬間、里実がぎくりと体を強張らせた。おそらく孝道はそれに気付いていない。それほど微弱な変化だった。だが優真は気付いた。

「今日の帰りは遅くなる」

里実の瞳がぱっと明るくなる。孝道が振り返る。母親が目を伏せたのを見て、優真は安堵する。

「わかりました」

落ち着いた様子で里実は答える。優真は孝道に続きドアを潜る。父親に気付かれないよう、そっと肩越しに振り返る。

焦点が移る。

小さな女の子が母親の腕に抱かれ、ニコニコと笑っている。

妹は？　妹は大丈夫だろうか？

3

『秋夜さんも知ってると思うけど、ケアマネージャーを通して施設へ通所される方が多いよね。

でも、善財さんは直接連絡をくれたよ』

車の中から、秋夜は職場へ電話をかけた。芳武がデイサービスに通うようになった経緯を施設側から聞きたかったのだ。

電話の相手は施設で一番信頼のおける職員の遠野《とおの》だ。彼は秋夜より長く施設に勤務していて、芳武のこともよく看てくれていた。

「連絡があった日付はわかりますか」

遠野は、芳武の死後間もなくだったせいか特別理由を訊ねることなく調べ、答えてくれた。

『問い合わせの電話に出たのは仁保《じんぼ》だよ』

数カ月で辞めてしまった介護士のことは秋夜も覚えていた。相手の要求になんでも応えてしまう、真面目過ぎる女性だった。それが自らを追い込む結果となり、仕事を続けることができなくなった。

「どんなことを訊かれたんでしょうか」

『そちらの施設に茂木《もぎ》秋夜さんはいますか、って』

「——え？　わたしのことを訊いたんですか」

『うん。俺が聞いたのは仁保の声だけど、茂木秋夜ですか？　はい、いますけどって。善財さんの質問になんでも答えて、当時の秋夜さんの勤務日程まで話し始めたから慌てて電話取り上げたんだよ』

「電話の相手は夫でしたか？　それとも——」

『珠子さんだよ。用件を訊ねたら、芳武さんをデイに通わせたいって言うからいろいろ確認したら、通所させたいのはまだ先だけど、空きがあるうちにおさえておきたかったって。茂木とはどういったご関係ですかって訊いたら、知人からいい介護士さんだと聞いたって。通所するならぜひここをとすすめられたって言ってたなあ』

秋夜は、胸が冷えていくのを感じた。凍えそうに冷たく、感情が沈んでいく。

秋夜は礼を述べ、電話を切る。

今の話だけでも、芳武の告白が限りなく事実に近いことがわかった。芳武に特別な不調もないのに、空きがあるうちに施設をおさえておきたかった。まるで、芳武の身になにかが起こるのを予知していたかのように。

――俺の脚を折ったのは珠子さんだ

畑から戻った秋夜が洗面所で手を洗っていると、どこからか朝香の苛立った声が聞こえた。秋夜は水を止めると、手を拭くのもそこそこに声の方へと向かった。

珠子は地域の婦人会に出かけている。パートの仕事が入っていない日は珠子とふたり顔を突き合わせるのが苦痛で、秋夜は畑に出かけるのが習慣になっていた。

朝香の声は芳武の部屋からだった。扉がだらしなく開いている。朝香は大抵いつもこうで、自室のドアも閉めないことが多かった。秋夜が気を利かせて閉めようとすると、なにを覗いているのかと怒鳴られた。清春と家を出た日、あの一度を除いて部屋の様子や彼女のことなど気にしたことはなかったが、今回だけは違った。芳武の部屋に入ると糞尿にまみれた気分になると言って必要に迫られなければ足を踏み入れることのなかった朝香が、芳武亡き今、なんの必要に迫られてこの部屋にいるのか、秋夜は知りたかった。

薄く開いたドアに片目を近づける。脱臭機の作動音が静かに響いている。秋夜はまだ部屋の整理をする気持ちにはなれず、ベッドを整え電化製品のプラグを抜く以外はほとんど芳武が過ごしていた時のままにしてあった。

「くさっ――あー、最悪」

朝香は片腕で鼻を覆い、もう片方の手で壁際に置かれた箪笥の中身を漁っていた。介護に必要な品はベッド脇のチェストにしまってあったから、秋夜が箪笥に触るのは芳武の服を取り出す時くらいで、祖父の着替えを手伝ったこともない朝香が今さらなんの用事があって箪笥を漁っているのか？

秋夜は強くドアノブを引いた。ぎくりとしたように朝香が振り返る。鼻を覆っていた腕が中途半端に宙に浮く。一瞬、いたずらがバレた子どものような顔をした朝香だったが、すぐにいつもの皮肉っぽい、ひとを見下した笑みを浮かべた。

「なんで勝手に入って来んの？　秋夜さん趣味悪ッ」

今度は浮かせていた手も使い、朝香は箪笥を漁り出す。

「なにを探しているの？」

秋夜の問いかけに応じるつもりはないらしく、朝香は無視を決め込んでいる。引き出しは衣類同士が絡み合い、靴下などの小物は転がり落ちている。朝香は上の段から捜索を始めたらしく、今は最下段をひっかき回しているところだ。引き出しの隅から明るい色のパッチワークキルトが顔を出している。

「朝香さん」

秋夜の呼びかけを無視した朝香は、イライラしたように箪笥の中のキルトを引っ張った。力任せに引いたせいで引き出しと箪笥に挟まれたキルトが音を立てて裂けた。

秋夜は部屋に入ると朝香に近づいた。

「なによ。またお兄ちゃんに言いつける？」

挑発的に顎を上げた朝香が歪んだ笑みを口角に浮かべる。

「告げ口するのはお得意だもんね。これで益々あたしとママは憎まれるってわけね」

朝香は鼻で笑う。

「やってるのは暇なパートと朝夕の旗振りだけ。そのパートもじきに辞めるんでしょ？　面倒な食事の用意はあたしたちにさせて、三食昼寝付きのいいご身分だね。大体、家のことを嫁以外がやるなんて聞いたことないわ。近所で噂らしいよ、『善財の嫁は鬼嫁だ』って」

「……たしかに」

秋夜はぽつりと呟く。

「仕事はもうすぐ辞めます。でも、わたしの意思で辞めるわけじゃありません。お義母さんがそう望まれたからです」

朝香は鳩が豆鉄砲を食ったような顔をしている。

「は？　はあ？」

「それから、朝香さんのママも嫁ですよ。嫁が家のことをするのが当然で、そうしないとご近所に噂されるというなら、その鬼嫁は朝香さんのママもということになりますね」

呆気に取られていた朝香の顔が、内側から溢れ出る憤怒で変形していく。

「ママは子どもをふたりも産んだ。秋夜さんは？　これから何人産む予定？」

彼女の口から吐き出されるグロテスクな毒は秋夜を傷付けはしたが、挫《くじ》けさせはしなかった。

「話をすり替えるのは止めて」

秋夜の指摘は、朝香の吊り上がり気味の目を益々きつくさせた。

「子どもも産めないくせになんなのえらそうに。ママが口止めしなかったら今頃近所で噂の的だよ？　追い出されたっておかしくない」

窓から差し込む日の光で、朝香の尻の辺りが一瞬煌めいた。パンツの尻ポケットからはみ出しているものを見て、秋夜は頭に血が上るのを覚えた。ポケットのものをひったくると、朝香が目を剝いた。

「なにすんの」

秋夜は手の中のものに目を落とした。芳武が妻に贈り、彼女の死後も大事にしていた腕時計だ。

「どうして朝香さんがこれを？」

怒りで、秋夜の手は震えた。

「秋夜さんに関係ないでしょ」

詰め寄ろうと秋夜が一歩を踏み出した時、玄関から珠子の声がした。朝香は慌てて引き出しを閉めた。裂けたキルトが助けを求めるようにだらりと床に垂れた。

「朝香ちゃん、いるの？」

部屋を覗いた珠子は目をぱちくりさせている。

「秋夜さん――あなた、なにしてるの？」

「ママぁ」

朝香が子どもじみた声を上げ、立ち上がった。彼女は秋夜の前を素通りし、入り口に立つ母のもとへ向かった。

「おじいちゃん、あたし名義で貯金してくれてたでしょ？　そう言ってたもん」

珠子が警戒するような目を素早く秋夜に向けた。朝香が続ける。

「ママも知ってるでしょ？　あたしがお嫁に行く時くれるって言ってたやつ。まだ結婚はしないけど、おじいちゃん死んじゃったし、あたし、もらう権利あるよね」

「もちろんよ」

珠子の答えを聞いた朝香は、鬼の首を取ったような顔で秋夜を振り返った。

「それなのに、秋夜さんが文句を言うの」

珠子の顔にさっと嫌悪のようなものが走る。

「文句？　なにを」

「世話したんだから自分にももらう権利があるとか言って。おじいちゃんが生きてる時、お金もらってたくせに」

珠子が忌々し気に頰を引き攣らせ、

「なんのこと」

と、秋夜に訊いた。

「知りません。わたし、おじいちゃんからお金なんてもらってません」

「よく言うよ。あたし見たんだから。おじいちゃんが秋夜さんにお金を渡してるとこ」

朝香がなにを言っているのか秋夜にはさっぱりわからなかった。芳武からお金をもらったことなどない。

「時計の電池交換代のこと？」

秋夜が言うと、そっくりな顔をした母子は同じタイミングで眉を顰めた。朝香から取り返した時計をふたりに見せる。

朝香が慌てたように、

「そんなの言い訳でしょ。ママ見てよ。秋夜さん、おじいちゃんの時計持ってくつもりだよ」

と、隣の珠子に言う。

「秋夜さん。あなたにはもちろん感謝してる。でも、おじいちゃんの財産を欲しがるなんてあまりにも無礼じゃない？」

言い返そうとする秋夜を制するように、珠子は手のひらを向けた。

「お世話代としていくらかはあげてもいい。でも、今じゃない。まだ四十九日も済んでないのに不謹慎でしょう」

珠子の咎めるような目が、秋夜の弁解の意思を挫いた。

「朝香ちゃんの通帳はわたしが預かってるから安心しなさい」

「ホント？」

珠子は娘を落ち着かせるように背中に手を置いた。それから目尻を吊り上げ、

「時計は元に戻しておいて」

秋夜に鋭く言い置いた。

住人のいない部屋にひとり、秋夜は取り残された。


「おじいちゃんが死んで間もないのにまた泊まりで家を空けるなんていい気なものね」

庭で清春の見送りを受けている時だった。わざわざ家から出て来た朝香は胸の前で腕を組んでいる。

「朝香！」

清春が咎める先から、

「実家はすぐそこなのに、こんなに朝早くから出かけるの？」

玄関から出て来た珠子が嫌味を言う。

「まさか昨日のことが原因じゃないでしょうね。そんなにあの時計が欲しいならどうぞ、あげるわよ」

「ちょっとママ！　あれビンテージ物ですごい値段が付いて――」

窘める視線を母親に向けられ、朝香は口を噤んだ。珠子は気を取り直したように続ける。

「こんなに頻繁に家を空けられたら体裁も悪いし、わたしも困るもの。秋夜さんにはずっと家にいてもらわないと」

「母さん、やめてよ」

「秋夜さんの身体のことだって話し合ってないのに。ねえ？」

珠子は、秋夜ではなく仲裁に入った息子に言った。清春の顔色が変わる。その変化に満足したように、

「まあいいわ。そのことはまたゆっくり話し合いましょう」

と言うと、朝香を伴い家へ戻って行った。

「ごめん。気持ちよく送り出したかったのに――」

「清春さんが賛成してくれただけで充分よ。ありがとう。いってきます」

行動を起こすには今しかない。どんなに嫌味を言われようと、秋夜には再び実家に戻らねばならない理由があるのだ。

4

チャイムが鳴る。帰りの会を終えた優真のクラスメイトたちは、我先にと教室を飛び出していく。優真は重いランドセルを背負い、教室の出口へ向かう。

「元気がないけど、なにかあった？」

振り返ると、担任の高岡《たかおか》が腰に手をあて立っていた。優真は慌てて首を横に振った。

「なにもありません」

「まだ馴染めない？」

彼がなにを言っているのか、優真はわからなかった。

クラスに？　馴染めないのははじめから。先生、今さらなにを言っているんだろう？

「前の塾とそんなに違う？」

――新しい塾に慣れなくて
優真は、以前口にした言い訳を思い出した。

「いえ、あの――はい」

口ごもりながら、これじゃあいつかの太陽みたいだ、と思う。

高岡はいたずらっぽい笑みを浮かべ、手招きする。

「ちょっと話そう」

だれもいなくなった教室の片隅で、優真は高岡と向かい合った。

担任が熱心にしゃべり続ける間、優真がしたのは相槌を打つことだけ。彼の過去――本人は心に傷を負った出来事だと思い込んでいる――なんて、今の優真にはどうでもいいことだった。

先生には血のつながらないお父さんがいる？　拳を振り上げられたことはある？　お母さんと妹が暴力を振るわれるんじゃないかと毎日心配したことは？

先生のお母さんは骨壺を抱いて子守歌をうたった？

高岡は両手を忙しく動かしながら、十数年前の体験を語る。クラスのいじめっ子に立ち向かった話。受験勉強に嫌気が差して投げ出した話、塾をやめてひとりで勉強した方が性に合っていた話、だから優真ももしかしたらそうした方がいいのではないかという余計なお節介。

先生はきっと純粋過ぎるのだ。いったい、世の中のどのくらいの子どもが自発的に将来を見据え、本心から毎日長時間塾へ通いたいと願うというのか？

先生には世界がキラキラ輝いて見えるに違いない。

面倒事に巻き込まれずに済んだ安堵は、彼に罪悪感をもたらしたのだろうか。自らの過去を引き合いに、「辛いことはだれにでもある」「だからおまえも頑張れ」――？

――先生と僕では味わった辛さの程度が違う
生易しい試練を荒波だと信じて疑わない担任は、まだ話を続ける。

僕はなにを聞かされているんだろう？

高岡は、優真に聞かせるために過去の出来事をわざわざ掘り起こしたのだろう。本当に辛い過去だったらそんなことはできないはずだ。なぜなら振り返る余裕はないから。全力疾走し続けなければ、常に牙を剝いて追いかけてくる過去に喰い殺されてしまうから。

長々と続いた思い出話がようやく終了の気配を見せる。

「もし困ってることがあれば、いつでも話を聞くから」

優真は苦々しく思う。たしかに今、僕は猛烈に困っている。でも、自分に酔っているような大人には相談できない。

頭を下げる。高岡が微笑んだが、優真には自己満足に浸る笑顔にしか見えなかった。「児童を救ってやった」という偽善者面に。

自分のことはいい。

高岡の一方的な会話を終えた優真は、考え考え歩く。

問題はお母さんと結愛だ。お母さんはだれかの助けが必要だ。今のお母さんとずっと一緒にいる結愛も心配だ。お母さんが結愛におかしなことをするはずはないだろうけど——

なにかにぶつかった衝撃で、優真は尻もちをついた。ランドセルを背負っていたおかげでひっくり返らずに済んだ。

「ごめんごめん、大丈夫？」

声をかけたのは優真がぶつかった相手、教師の善財だ。

「大丈夫です」

差し出された手を握り、優真は立ち上がる。善財が、

「怪我はない？」

と心配そうに言う。

「大丈夫だと思います、どこも痛くないし――」

「あ！」

善財が上げた声にびっくりして、優真は口を噤んだ。

「血が出てる」

指されたところ、手のひらが擦り剝けていた。


保健室は鍵がかかっていた。たいした怪我ではないから大丈夫だと言う優真を、善財は職員室まで引っ張って行った。

優真は職員室が苦手だ。大人がたくさんいるところはどこも苦手だ。

「こっちに座って」

優真は言われた通り椅子に腰を下ろす。

「高岡先生、救急箱どこでしたっけ」

一足遅れで職員室にやって来た高岡に声をかけ、善財は教えられた場所から救急箱を取り出した。高岡と善財は優真の怪我について短い会話を交わしたが、結局手当ては善財が行うことになったようだ。

「悪かったね」

「いえ、ぼうっとしていた僕が悪いので」

善財は手際よく準備を進めながら、

「めずらしいね、田中さんがぼうっとするなんて」

と言った。六年の担任である善財と直接の接点はないが、優真の学校は、ひと学年二クラスの小さな学校だから教師側も全児童の顔と名前は把握しているようだった。善財は朗らかな性格で他学年の児童からも好かれていた。

「お家に連絡した方がいいかな」

善財の言葉に、

「いいえ！」

優真は即座に反応してしまい、後悔する。

善財は不思議そうな顔をしている。

「あの……大丈夫です」

「でも怪我をさせたのはぼくだからね、謝罪しないと」

「父は仕事で留守ですし、母は妹の世話で忙しいので——それに僕が悪いので、先生に謝ってもらうなんて、そんな——」

怪我をした左手を、善財が取る。

「いっ」

心構えもなしに消毒の綿を押し付けられた手のひらがじんじんと痛む。

「ごめん、痛かった？」

「……大丈夫です」

大きめの絆創膏が手のひらに貼られ、救急箱がばたんと閉まる。

優真は頭を下げた。

「ありがとうございました。失礼しま――」

「ぼくの奥さんに会った？」

腰を浮かしかけていた優真は動きを止めた。顔を上げると、にこやかな表情の善財と目が合った。

「あの――？」

「妻は、田中さんの通学路で見守りボランティアをしているんだけど」

――おしるこさん
優しい目をしたおばさん。あのひとが善財先生の奥さん……？

善財は優真の顔に答えを見つけたようで、大きく笑みを広げた。

「彼女、ぼくの奥さんなんだ」

自転車を捜した時に見かけた蔵のある家はどこも「善財」だった。さらしな市ではめずらしくない名字なのだ。だからそんなつながりを考えたこともなかったけれど――

善財先生、善財秋夜。

ということは、あの柿の木の家のおばあさんは先生のお母さんで、一緒にいた女のひとは先生の……妹？　顔も性格も、全然似ていない――

「ぼくたち夫婦は怪我の手当てをする役回りみたいだ」

「あ、あの時はありがとうございました」

「妻から聞いたよ。怪我をしたのは田中さんじゃないよね？　脚を引きずってる様子もないし。ああ、膝の怪我だったたって妻が言っていたから。怪我をしたのはだれかな？」

優真は言葉に詰まる。太陽の名前は出せない。

「……他の学校の友だちです」

「怪我の治りはどうかな？　病院へ行くほどの怪我ではなかった……？」

善財の問いに、優真は勢いよく頷いた。

「それならよかった。妻もぼくも、心配していたから」

善財は微笑んでいる。

「田中さんの友だち、いつもおにぎりを持っているの？　妻が、怪我をした子から大きなおにぎりをもらって帰ってきたけれど」

「ああ……はい」

――腹が減ってはイグサは食えぬ
太陽の「迷言」を思い出し、優真の緊張が解けた。

「爆弾みたいに真っ黒で、大きなおにぎりですよね」

「そうそう」

「違う種類の具がたくさん入っていて、すごく美味しいんです」

「それは美味しそうだなあ」

善財は、子どもみたいに笑った。それを見て、優真はどんどん気持ちが和んでいくのを感じる。

「さっき妹がいるって言っていたけど、妹さんはいくつ？」

「一歳です」

「一歳か。かわいい時期なんだろうね。ぼくたち夫婦には子どもがいないからわからないけれど」

優真は目を伏せた。理由はわからないが、そうした方がいいと感じたからだ。

「妻は再婚でね。再婚、ってわかるかな？」

優真は俯いたまま頷いた。

「はじめの結婚の時、妻はお腹の赤ちゃんを亡くしてしまってね。そんなこともあったから子どものことは――」

唐突に言葉を切った善財を見つめながら、優真は思う。

先生はどうしてこんな話を僕にするんだろう？

「ぼくたちに子どもがいたら幸せだろうな。子どもがいたらずっと家族でいられるだろうし、夫婦をつなぐ要素があればぼくも安心できる」

善財は独り言のように呟いた。それから、

「さあ、手当てはおしまい」

と言って救急箱を抱えた。

「プライベートな話を聞かせて悪かったね。田中さんが聞き上手だからつい話してしまった」

「あの……はい、僕でよければいつでも聞きます」

善財が声を上げて笑う。離れた席にいた高岡がちらりとふたりを見る。

「笑ったりしてごめん。ありがとう」

優真は席を立った。礼を言いながら頭を下げる。

「ぼくも」

踵を返したところで優真は声の主を振り仰いだ。

「いつでも話を聞くよ」

どきりとして、優真は動きが止まった。一拍後、もう一度頭を下げる。

職員室を後にした優真は、胸を押さえた。うるさいほどに心臓が打っている。

もしかしたら、先生なら——

洗いざらい話したくなる衝動が込み上げてくる。それを抑えつけるには、この場から逃げるしかなかった。

5

秋夜は、意図せず最近よく利用するようになったカフェへ向かった。珠子の言う通り「すぐそこ」の実家へ帰るには早過ぎる時間だった。深夜まで働いている両親はまだ休んでいる時間だし、実家へは夕方行けば充分間に合う。

時間の使い方を考える贅沢な悩みを、秋夜はコーヒーと共に心ゆくまで楽しんだ。

百貨店のビルに入ると正面に化粧品売り場が見えた。ショッピング。この一年半、秋夜には縁のないものだった。

善財の家に嫁いでから秋夜がしたのは食材と生活用品の買い出しだけだ。しかも財布は珠子がしっかりと握っていたから、秋夜が自由にできるお金は一円もなかった。自分名義の預金があったし、芳武からお金を渡されそうになったこともある。義祖父は世話になっているお礼だからとか、時計の修理代だとか負担にならない理由で援助を申し出たが、秋夜はすべて断った。自分の預貯金にしろ芳武のお金にしろ、レシートに記載のない品物を身に着けたり部屋に置いておくと珠子の誤解を招く恐れがあった。珠子の観察眼は鋭かった。たとえレシートを捨てても気付いただろう。だから秋夜はこの一年半、下着一枚買っていない。

久しぶりに化粧品でも買おうか?

家を出る時、清春が「好きなものを買うといい」と言って現金を多めに持たせてくれた。『持たせてくれた』。自然とそう思ってしまった自分に気付き、秋夜は苦笑する。これまで無給で働いてきたことを考えれば少な過ぎる額なのに。これからは働いた分は対価をもらう。金銭であれ時間であれ。

「よくお似合いですよ」

塗ってもらったピンク色のリップは、乾燥した肌をかえって強調し、疲れた印象を濃くした。リップは諦め、肌に負担の少ないファンデーションだけ購入する。

深々と頭を下げる美容部員に見送られながら、一年半しか経っていないのに、と秋夜は思う。二十代の頃ずっと愛用していたリップは、ひと塗りするだけで唇が潤って瞳まで輝かせて見えた。ところが今では何度塗っても血色の悪い唇の色を隠すことはできず、あの頃のみずみずしさは取り戻せなかった。あのリップをずっと使っていた理由は、尊が褒めてくれたから。すごくかわいい、似合うよ、と。

この一年半は忙殺されて気持ちに余裕がなかったこともあるが、尊のことをなつかしむのは清春に対し申し訳ないことのように思えてわざと考えないようにしてきた。特に幸せだった思い出は。再婚するまでは尊と子どもに毎日手を合わせていたが、今では命日とお盆の間だけしか供養できていない。それも、清春と善財の家に気を遣ってこっそりと行っている。

リップは肌の調子がよくなったらゆっくり時間をかけて似合う色を選ぼう。メイク落としやコットン、パックや基礎化粧品。これまでなおざりにしてきた肌の手入れを見直し、またメイクを始めよう。家にいても化粧をしよう。畑に出かけることしかしなくても、家族以外に会うひとがいなくても。メイク一つで気分が違う。そう、気分を上げていこう。そのうち仕事を再開できるかもしれないし——

尊と子どもの供養もしっかりやろう。義母たちになにを言われても。今のわたしがあるのは尊と結婚した過去、彼と子どもの死を経験したからだ。そのことがなければ清春と一緒にはなっていないのだから。

「——秋夜……」

世界に声が落ちてくる。

秋夜は長い一本道に立っていた。ピンクと白のハナミズキが道路を挟むように立っていて、だれかを歓迎するようにサワサワと枝を揺すっている。やがて向こうに黒のRV車が見えてくる。尊の車だ。秋夜はこれが夢だとわかっている。これから起こるのが繰り返される残酷な過去だとわかっている。どうやっても変えられないことだとわかっている。それでも声を限りに叫ぶ。尊に危険を知らせるために、両手を頭の上で交差しながら走り出す。車は蛇行運転からスピードを上げたところだ。運転席にいる尊がハンドルに突っ伏しているのが見える。ぐんぐん近づく車に秋夜はさらに走り寄る。大きな鉄の塊が秋夜の身体を押しやり、ハナミズキとの間で潰す。大きなお腹が破裂音と共に萎《しぼ》む。ぺたんこの腹をさすり、秋夜は泣き叫ぶ。車の上にのしかかっていた巨大なハナミズキが、むくむくと起き上がる。十字の形になったハナミズキに手と足を打ちつけられた尊は全身血まみれだ。秋夜は、太腿に熱さを覚える。身体を見下ろすと、大量の血液が足元で水たまりを作っている。

「秋夜」

再び落ちてきた声に秋夜が天を仰ぐと、心配そうな顔をした実母の文子が覗き込んでいた。

「大丈夫？」

馴染み深い天井をバックに、文子が見える。秋夜は上体を起こす。

実家へ戻った秋夜はかつて使っていた二階の部屋で少しのつもりで床に寝転がったのだった。

「寝ちゃった。わたし、うなされてた？」

「ううん」

文子がそっと手を伸ばす。

「泣いてた」

カサついた指が秋夜の頬の涙を拭った。

「……久しぶりにあの夢を見たの。善財の家にいる間は一度も見なかったのに。実家へ帰って気持ちが緩んだのかな」

頬に触れていた手が今度は頭を撫でる。子どもの痛みを取るような手つきだった。

「ありがとう、お母さん」

ホッとしたように文子が微笑む。

「みかげが来たよ。職場の方と一緒に」

文子は、先に下りてるね、と言って部屋を出て行った。

生姜《しょうが》と醤油のいい匂いが二階の住居まで漂っている。

実家に住んでいた頃みかげと一緒に使っていた部屋はなにも変わっていない。カーペットはちっとも汚れていないし、埃臭さも空気の淀みもない。当時使っていた机や棚もピカピカに磨き上げられている。秋夜の帰省を知って慌てて手を入れたというよりも、両親が定期的に掃除を行っている印象だった。

——いつでも帰っておいで
先日かけられた言葉だ。それが言葉だけではなかったこと、おそらくは自分とみかげが家を出てからずっとふたりの見ていないところで行動でも示されていたのだと知り、秋夜は胸が詰まった。

秋夜は手首にはめていたゴムで髪をまとめると階下へ向かった。

カウンター七席と小上がり二卓の店はまだ開店したばかりで、みかげと連れが小上がりにいる他は空席だ。カウンターの奥から現れた秋夜に気付いたみかげが手を振った。みかげの向かいに座っているのは四十代前半の女性だ。縁なし眼鏡をかけた彼女は硬い表情で背筋を伸ばし、秋夜に会釈した。秋夜も会釈を返し、みかげの隣に座った。

「貴子《たかこ》さん、こちらがわたしの姉です」

「秋夜です。いつも妹がお世話になっております」

「こちらこそ。みかげちゃんは明るくて仕事覚えも速くてわたしの方がお世話になってます。

あ、わたし、飯島《いいじま》貴子です」

「今日はお越しいただきありがとうございます」

貴子はどこか痛いところでもあるような表情で、

「堅苦しいのは苦手なので……まずは足を崩してもいいですか」

と訊いた。返事を待つことなく足を崩すと、貴子は表情を緩めた。

「ああ、楽になった」

晴れやかな顔で貴子は笑う。秋夜は彼女のことがいっぺんで気に入った。

「さてと。秋夜さんがお聞きになりたいのは、茂木尊さんのことですか」

朗らかな表情で、貴子は言った。

6

いつもの横断歩道におしるこさんはいない。今朝はだれも立っていなかった。具合でも悪いのかな？　先生に訊いてみればよかった。

優真が横断歩道に近づくと、柿の木の家で見かけた女性が、持っていた旗をバサバサと振った。風を切る黄色い旗まで気怠《けだる》そうに見える。

女性の前を通り過ぎる時、優真は顔を上げた。

力なく下がった口角や眉、緩んだ頬と対照的に、彼女の眼差しは優真をぞっとさせた。当たり散らす時の目。世の中すべてを恨むような目。「なんでわたしが」その目はそう言っている。

優真は顔を前に向けると、残りの半分を足早に渡り切った。

善財秋夜、善財――善財先生の名前はなんだっけ？　まさかふたりが夫婦だなんて。

優真は善財夫婦のことを考える。案外似ている夫婦のことを。そして、思う。

あのふたりになら、話せるかもしれない。


孝道に利き手ではない方の拳で殴られたあの日から自転車は見つかっていなかったので、塾までは歩いて行くしかない。新しい塾は、さらしな塾より遥かに遠くなった。優真は少しでも長く家にいて里実の様子を「見張って」いたかったが、もう家を出ないと塾に遅刻してしまう。

リビングで妹をあやしていた優真は、閉め切られた和室を見つめた。声は聞こえない。

「お母さん？」

返事はない。どくどくと大きな音で心臓が鳴り出す。

「お母さん」

結愛を抱き上げ、襖の前に立つ。ふいに骨壺を抱いた里実を思い出して、優真は引手にかけた手を止めた。

どうしよう。またあんなことをしていたら？

「あーあ、あー」

腕の中の結愛が身を捩る。

「あぶないよ、結愛」

優真は体を上下に揺すり、結愛の機嫌を取った。と、突然、勢いよく目の前の襖が開かれた。

結愛に落としていた視線を、ゆっくりと正面に向ける。耳の近くで拍動しているんじゃないかと思うくらい、心臓が煩《うるさ》い。ああ、神さまどうか——

「いってらっしゃい」

見上げた母親の顔はいたって普通だ。骨壺も抱いていない。

「塾へ行くんでしょ？」

言いながら、優真の腕から結愛を抱き上げた。

「うん……」

消え入りそうな声で、優真は返事をする。

よかった。いつものお母さんだ。

「どうしたの。あ、もしかして、お金が足りない？」

「違う！」

首を後方へ——骨壺の方へ——向けていた里実が、優真を見て首を傾げた。

「違うよ、あの……大丈夫、もらったのがまだ残ってる」

実際、前回もらったお金は手付かずで残っていた。お札に付着した白いものがなんなのか知らなかった時とは違い、祖父か祖母の一部だと知ってしまった今、とてもそれを使う気にはなれなかった。

「いってきます」

優真がソファー横に置いていたリュックに手をかけた時、

「優真」

里実が呼んだ。

「ごめんね」

そう言って、里実は悲しそうに微笑んだ。


優真はじりじりしながら講義を受けた。新しい塾の教室には時計がない。隣の席の生徒が腕時計を着けていたので何度か覗き込もうとしたが、嫌な顔をされたので諦めた。

二コマ目が始まって間もなく、優真は耐えきれず席を立った。

「具合が悪いので帰ります」

講師の返事を待たず、優真は教室を飛び出した。

走るのに疲れると、優真は歩きと駆け足の中間のスピードで進んだ。頭にあるのは骨壺を抱いて子守歌をうたう里実の姿。そして。
――ごめんね
どうしてあんなこと言ったの。
家に近づくにつれ不安が膨らむ。

たまらず再び駆け足になる。飛ぶように走れたらと優真は思う。家までの道のりがこんなに遠く感じるのは初めてだ。ひどく胸が冷たいのは夜の空気のせいだ。嫌な予感のせいなんかじゃない。それに、角を曲がればもう家が見えてくる。

優真は足を止め、息を整える。早退した理由をなんて言おう？　今は理由を考える余裕もない。大きく息をする。額の汗を拭う。息を吸い込み、優真は足を踏み出した。

ピーン、ポーン……

角を曲がった途端、大音量のチャイム音が辺りに響いた。防災無線だ。優真は思わず立ち止まる。

『さらしなー消防ー、――よりー、行方不明のーお知らせー』

一瞬で優真の胸が凍った。

――優真。ごめんね

まさか。まさか。まさか――？

『――上山田に住むー』

安堵のあまり、優真はその場にしゃがみ込んでしまう。

お母さんじゃない。きっと認知症のお年寄りが――

『十一歳のー男児がー午後五時頃よりー』

澄んだ秋の空気に、谺《こだま》が響く。

普段は耳を澄ましても谺のせいでよく聞き取れない防災無線の声が、今日は無情なほどにはっきりと届く。それは夜気を切り裂いて、優真の胸に飛び込んでくる。

まさか。

『――オレンジ色の上着』

ネクタイを買いに行った時、振り返った先にいた太陽は派手な色のブルゾンを着て。お稲荷さんの前に座って優真を待っていた時も、太陽は同じものを着ていた。

『――アニメ柄のトレーナー』

魔人学園の柄に決まってる。

『――黒色のハーフパンツ』

もう寒いのに。こんなに寒いのに。膝を怪我した時も。なんでハーフパンツなんか。

『――青色のスニーカー』

膝の手当てしてもらう時、地団太を踏んでいたのは……青色のスニーカーだ。

『井出太陽君がー』

優真は走り出した。

だれかとぶつかりそうになる。隣家の塩谷だった。

「優真君、おかえり」

そのまま過ぎようとした優真に塩谷が声をかける。

「今日の塾はもう終わったの？」

塾の話なんてしている場合じゃない。気持ちを抑えるが、じれったさで足が駆け出しそうになる。

「この前までは自転車だったでしょ？　どうして歩きなの？」

「失くしたんです。多分盗まれた」

塩谷が眉を顰め、視線を優真の家へ流す。

「あの、僕――」

塩谷はちょっと怖いくらい真剣な表情で、

「お友だちとは話せた？」

と訊いた。

「友だちって……」

「さっき、お友だちが来てたでしょ？」

優真は頭をフル回転させるが、塩谷が言うような出来事はなかった。そもそも友だちがいないのだから――友だち？　太陽？　でも、太陽が来たのはもっと前で――

「田中さんが厳しいことを言ってるのが聞こえて。あの、盗み聞きとかじゃないのよ。玄関の外で、割と大きな声で話しているのが聞こえただけ。それに、二階の窓からはお宅がよく見えるし」

言い訳するように言うと、塩谷は上半身だけ考えるひとのポーズになった。

「優真君は塾に出かけたばかりで、田中さんもいつもより早い時間の帰宅だったからどうしたのかと――」

「なんて言っていましたか」

「え？」

「お父さん──父は、なんて言っていましたか」

塩谷は困ったような顔になり、唇を強く横に引いた。それから思い切ったように言った。

「優真は会いたくないと言っている、家に来られて迷惑だ──とか」

優真はぎゅっと目を瞑った。足元がぐらぐらして、世界にひとり取り残された気分になる。

「優真君、大丈夫？」

目を開けると、心配そうに覗き込む塩谷の顔があった。

「ごめんね、こんな話聞かせて。ただ、お友だちのことが心配だったものだから」

「他にはなにか言っていませんでしたか」

「──あまりしつこくするようだと親と学校に連絡すると言っていたわ。それに……」

塩谷は結んだ唇をもぞもぞ動かした。その様子から、これまで以上に言いにくいことを口にするつもりなのが優真にはわかった。

「息子に不衛生なものを食べさせたらしいけれど、ひとのことを気にする前に自分の身体をなんとかしたらどうか──って」

胸の前で忙しなく手を組み替えながら、塩谷は言った。彼女が手になにも持っていないことにその時初めて優真は気付いた。太陽の話をするために塩谷は慌てて出て来たのだろう。

「その後、大人でもこたえるようなことをたくさん言われて、泣きながら帰って行ったの。お稲荷さんの前で、ひいていた自転車ごと倒れたんだけど……その時は泣かずに。彼、大丈夫だったかしら。優真君――」

「帰ります」

塩谷の声が追いかけてくる。

「こんなこと聞かせてごめんね。それと、自転車のことお父さんに訊いてみたらどうかしら」

よろよろと足を進める。自分の足じゃないみたいだ。お稲荷さんが見える。箱型の祠が、今日は仏壇みたいに見える。真っ暗で底なしの四角い闇夜みたいに。

第四章　剪定

1

「茂木さんのことはよく覚えてる」

貴子は同じ歯科医院に二十年近く勤務していた。長い年月の中で数えきれないほどの患者がいただろうに、記憶に残るほど尊は印象深い患者だったということだ。

「子どもみたいに治療を怖がるひとだった。診療前は必ず待合室のティーサーバーで熱いお茶を飲んでいた。わたしは、若い男性が熱いものを飲むイメージがあまりなくて理由を訊いたの。そしたら、冷たい飲み物だと心の準備が間に合わないんだって話してくれた。うちの医院は担当制で、茂木さんの担当はわたしだったの」

尊は治療と並行して貴子に歯石除去をしてもらっていたそうだ。

「まさか、みかげちゃんが茂木さんの義理の妹さんだったなんて」

それまで朗らかだった貴子の顔が、初めて悲し気に歪んだ。

「あの――今さらですが……」

貴子は座布団をずらすと、せっかく崩した足を再び正座の体勢にした。

「お悔やみ申し上げます」

深々と頭を下げられ、秋夜も同じように返した。顔を上げた貴子は、さらに沈痛な面持ちで、

「あと――ごめんなさい、わたし知らなくて、みかげちゃんに訊いてしまったの」

みかげを見ると、身の置きどころがないと言った様子で、

「赤ちゃんのこと……」

と言った。貴子が慌てた様子で、

「わたしに訊かれてみかげちゃんは仕方なく答えたの。本当にごめんなさい」

「いいえ。でも、どうしてご存じなんですか？」

街の噂話が遠く離れた歯科医院にまで及ぶとは考えにくかった。

「最後に茂木さんが来院した時、『俺、父親になるんです』って、とっても嬉しそうに誇らし気に話していたの。未婚で子どものいないわたしへのあてつけかしらって冗談で言ったら、彼、慌ててフォローしてくれたっけ」

つい昨日のことのように、貴子は話した。

「治療が終わったら奥さんと一緒に病院へ行くって言ってた。時間を気にしていたから、充分

間に合いますよって何度も言った」

尊がどれほど子どものことを喜んでくれていたかを数年ぶりに聞いて、秋夜は胸の奥が熱くなった。

「診察を始める前はご機嫌で時間を気にしてソワソワしていたのに、スケーリング中はウトウトしたり急に汗をかき始めたり。茂木さんはスケーリングの音も苦手だったから、いつも汗はかいていたけど――」

「あの日は夜勤明けで、相当眠かったんだと思います」

秋夜が言うと、貴子は同意するように、

「そうだったわね。茂木さんもそう言ってた」

と答えた。

「警察から茂木さんのことを聞いた時はまさかって。医院でも、注意すればよかったって話になったの」

「……注意というのは？」

「診察室を出て行く時、相当眠そうだった。医院側がタクシーを呼ぶなり対応していたら――」

「それはわたしの役目でした。妻であるわたしが止めるべきだったんです」

しんとなった三人のテーブルへ、厨房からやって来た文子が何品か並べていった。

三人はひとしきり料理を楽しんだ。その間は他愛のない話で盛り上がった。貴子はハイペースでグラスを空けていった。秋夜は頭をクリアにしておきたかったのでアルコールは口にしなかった。

店内は徐々に客が増えてきた。修一と文子は忙しそうに立ち働いている。秋夜は頃合いを見計らい、隣のみかげに、

「悪いけど、ウーロン茶持ってきてくれる？」

と頼んだ。みかげが席を立つタイミングで、さらに、

「ごめん、もつ煮もお願い」

と頼んだ。みかげが卓を離れると、秋夜は、

「そう言えば、わたしの義母が以前そちらの歯科医院でお世話になっていたそうで」

と、貴子に訊いた。

「おかあさん……？」

「ええ。善財珠子です」

酔いが回り始めた貴子は記憶を辿るように視線を動かした。

「ぜんざいたまこ？」

貴子はうーんと唸っている。

「美容整形外科へも通っていて、審美歯科の治療を受けるために今は別の歯科医院に通院しているようなんですが」

唸っていた貴子が、なにかが喉に詰まったように「ん！」と言った。

「たまごちゃん」

「たまご？」

「そ。たまごちゃん。長くは通わなかったと思うけどインパクト大だったから。スタッフの間でたまごちゃんて呼んでたの」

貴子は、しまったというように目を開くと、

「ごめんごめん、お義母さんのことたまごちゃんなんて呼んで。でも、いい意味なのよ。ほら、あのひと肌がつるっつるだったから。結構なお歳なのに肌だけはきれいで——あ、ごめんなさい、だけ、なんて失礼よね」

厳粛な顔を無理して作った後、貴子は破顔した。

「スタッフが美肌の秘訣を訊いたら『なにもしてないわ』って。そんなわけないでしょー、ねえ。お金をかけていろいろやってるひとほどなにもしてないって言うのよね。んなわけないのに」

酒のおかげで明け透けに話し出した貴子に、秋夜はさらに訊ねる。

「尊が最後に歯科医院に伺った日『たまごちゃん』も受診していませんでしたか」

秋夜はこれを訊くために貴子と引き合わせてもらったのだ。

きっかけはみかげから聞いた「定期検診のお知らせハガキ」だった。みかげが勤務する歯科医院は地域でも評判がよかったから、多少遠くても車で通える距離ならば珠子が通っていたとしても不思議はない。だが、尊が死亡した日、事故を起こす直前に珠子が同じ空間にいたとし

たら？

貴子は考え込むように眉を寄せ、手のひらを顎にあてた。じりじりして、秋夜はみかげの様子を窺った。なにやら楽し気に父親と話している。

「来て――」

貴子は首をひねりながら語尾を呑み込んだ。それからパッと顔を輝かせる。

「来てた！」

「尊と同じ時間帯じゃありませんでしたか」

貴子は渋い顔で再び唸り出す。みかげはまだカウンターの向こうだ。

「貴子さん――」

「いた！」

貴子が目を開けた。縁なし眼鏡の奥で瞳が輝いている。

「間違いないですか」

「間違いない。ティーサーバーが動かないって文句言ってたもん。受付スタッフに直せって、急かして。ちょっとしたクレーマーだったわね」

すっきりしたような顔で貴子は言った。

「たまごちゃんは相当喉が渇いてたらしい」

そう言ってグラスのハイボールを一気に喉に流し込んだ。清々しささえ漂わせ、貴子は、

「ひとのこと言えない。わたしも喉が渇いてたらしい！」

と笑った。

秋夜は、エンジンを切った車内から善財の家を見つめた。いつもは真っ暗な玄関に灯りがともっていて、重たそうに枝を下げる柿の木を浮かび上がらせている。シートに身体を沈めた秋夜は目を閉じた。

玄関扉が開く。秋夜が目を開けると、外に出てきた珠子と目が合った。

車から降りた秋夜が前に立つと、珠子は驚きと不快さを露わにした。

「ただいま帰りました」

「今日は泊まってくるんじゃなかった？」

言うだけ言って珠子は踵を返す。秋夜はその後について行き、居間へ入った。珠子は腕を組み、話を始める。

「どうして携帯がつながらないの？　何度も電話したのに」

実家への帰省を邪魔するのが目的なのか、珠子は執拗にスマホを鳴らした。秋夜は一度も出なかった。

「なにか用事でもあったんですか。急用なら実家へ連絡してきたはずでしょうから、急ぎではないですよね」

「なにその言い方――」

「清春さんは」

「え？　なに？」

「清春さんはどこへ行ったんですか」

　珠子の不機嫌な顔に険が浮かぶ。

「車がないし、玄関の灯りが点いているので。さっきお義母さんが玄関に出たのも清春さんが帰ったと思ったからじゃないんですか。お仕事ですか。学校でなにか問題でも起きたんですか」

　珠子の顔に動揺が走る。なぜ秋夜がそれを知っているのかわからないという表情だった。

「清春と連絡を取ったの？　わたしからの連絡は無視して――」

「清春さんとも一切連絡は取っていません。以前にも同じようなことがありました。学校で不審火があった時です。今度はなんですか、学校の窓ガラスでも割られましたか」

「――子どもが行方不明だって……清春の学校の児童じゃないし、捜索も強制じゃないのに――」

「清春さんなら捜しに行くでしょう。そういうひとですから」

　息子の性格を理解している人物が自分以外にいる……その驚きを、珠子は清春の妻に向けた。珠子の全身が言っている。『清春のことを正しく理解しているのはわたしだけだと思っていたのに』

「お風呂に入りたいので、もういいですか。あがったら先に休みます」

　咎める散弾銃のような口撃を覚悟し、秋夜は背を向けた。しかし、詰まってしまったのか言葉の弾丸は飛んでこない。

肩越しに振り返った秋夜は、狼狽した様子の姑を見つめ確信する。詰まったわけじゃない。そもそも弾を込めなかったのだ、と。

2

両親の了解を得ること。電話をかわること。それが浜の出した太陽捜索のための条件だった。

あの後優真は、家へは帰らず公衆電話に走った。ワンコール鳴り切る前に浜が電話に出た。迎えに来てくれた浜の携帯を受け取り、優真は孝道の番号にかける。コンビニ正面に停めた車の助手席からは店内がよく見える。

『はい』

「お父さん、僕です、優真です」

ひどく重苦しい沈黙。優真は携帯を握る手に力を込めた。

「僕の親友が行方不明です。お父さんも知っている井出太陽君です」

太陽が行方不明であることを知っているのか知らないのか、孝道は黙ったままだ。

「僕、太陽を捜したいです。今、太陽の旅館のひとと一緒です。僕が無理を言ってお願いしました。一緒に捜してくれるそうです」

孝道の返事はない。

「お父さん。僕、太陽を捜したい」

『それが最善だと思っているのか？　子どもが大人に交じって捜索するなんて、迷惑をかけるだけだ。なぜわからない？』

「最善じゃなくても構いません。今の僕にできるのは、それだけだから」

『結果を考えての決断なのかな？　私や里実、結愛にもたらす最悪の結果は考慮したか？』

――最悪の結果
光を反射する眼鏡。振り上げられる拳。

瞬時に浮かんだ光景を、優真は頭から振り払う。

「今は親友のことだけが心配です。お願いします」

ため息とも鼻息ともつかぬ漏れた息。

『こんなことを許したら、私の立場がなくなる。里実も同じだ。職場でも――』

「どうかお願いします。太陽を捜すのを許してもらえるのなら、僕は、考えを改めます。行こうと思っていたところには行かないし、話そうと思っていることも話しません」

口を衝いて出た交換条件は孝道を黙らせた。彼が条件を呑まざるを得ないのはわかっていたから、優真は返事を待たなかった。

「おじさんに電話をかわります」

ふたりが会話を交わす間、優真はコンビニに目を向けた。別世界を眺めているようだった。

通話を終えた浜が、意味深な目を優真に向ける。訊きたいことがあるが、言うか言うまいか迷っている表情だ。優真は身構えた。だが――

「行くか」

浜はそう言ったきり、なにも訊かなかった。


優真の家の周辺は夜になると暗くて怖いほどだが、温泉の大通りは旅館が軒を連ねているので街灯が必要ないくらい明るかった。飲食店が建ち並ぶ路地に浴衣姿の三人組が入ってゆく。彼らの足取りは昼間のように軽い。

――上山田温泉はさ――今、踏ん張りどころなんだ
太陽が言っていたことを思い出す。たしかに、ざっと見ただけでも営業していないと思われる店舗が多く、廃業したらしい旅館も数軒あった。そんな中にあって、老舗とは言え集客を図るのは並大抵の苦労ではないだろう。日の出や信州の幼い後継者が案じた温泉街の衰退を、優真は今初めて実感を伴い見つめた。

「消防や旅館のひとたちが土手や学校方面を中心に捜している。旦那さんとおかみさんは家で待つよう警察に言われて――」

「城山へ」

「え？」

「城山へ行ってもらえませんか」

ここまでの道のりで、浜はゆっくりと車を走らせながら車道の脇に目をやっていたが、優真

が窓にかじりついて親友を捜さなかったのは確信めいた想いがあったからだ。

太陽は城山にいる。

「城山？　なんだってそんな――」

「太陽と話した時、城山の話をしたことがあって。もしかしたら――」

「わかった」

浜は、優真を乗せているためか焦りを感じさせない運転で車を走らせた。

観光客を歓迎するアーチ状の看板が城山の登り口を告げる。

太陽の話から優真が想像したのは公道並みに整備された道だったが、実際は経年劣化でコンクリートの地面が盛り上がった舗装状態の悪い道路で、しかも旅館のマイクロバス一台通るのがせいぜいの道幅しかなかった。山の斜面には落石防止ネットが張られているが、長らく剪定されていない木々たちが道を覆うように身を乗り出し、通過の代金とばかりに車の屋根を乱暴に撫でた。

優真は、太陽を見つけられないかとカーブが連続する山道に目を走らせたが、人影はなかった。

坂道を登り切ったところで、浜が開けた土地に車を寄せる。助手席側の窓から見えるのは灯りがともっていない大きなカステラ形の建物が一つと、廃墟らしき建物が一つ。手前に進入禁止の伸縮式ゲートが張られている。運転席側の窓に目をやると、長い石階段の上にお寺が建っているのが見えた。

浜がエンジンを切るより早く、優真は車から降りた。ドアの開閉音に驚いたのか、ゲートの奥の方でバサバサと鳥が羽ばたく音がした。思わずそちらに顔をやるが、近くに立つ街灯は優真の足元から影を作っているだけだ。どこか苦しそうな鳥の声。姿は見えない。浜が車から降りたので、優真はそちらへ向かった。いくつもの懐中電灯の輪が山頂へ向かう道から降りてくるところだった。

「消防団だ」

浜が灯りに向かって駆け出した。後方でなにか大きな音がしたが、優真はもう振り返らなかった。

「どうだった？　坊ちゃんは」

浜の知り合いらしい消防団員は険しい顔で、

「山頂まで行って調べたが、ひと気はなかった」

と答えた。期待を打ち消された浜は、がっくりと肩を落とした。

「俺らは下って、河川敷へ向かう。浜さんは旅館へ戻った方がいい」

消防団員のひとりがちらりと優真を見遣ったが、声をかけてはこなかった。徒歩でやって来たらしい団員らは、太陽の名を呼びながら山道を下って行く。

「……優真君、家まで送るから――」

階段上のお寺を目指し、優真は一息に駆け上がった。太陽はいない。どこにもいない。大好きな上山田を一望できる特等席なのに、太陽はいない。

「優真君」

肩で息をした浜が優真の隣にやって来る。浜は、眼下に広がる夜景に顔を向けたまま、

「帰ろう。ここに坊ちゃんはいない」

「太陽が、嫌なことがあると城山に登って上山田の街を一望するって言ってました。そうすると気が晴れるからって」

浜が優真に顔を向ける。

「旅館に遊びに行った時、聞いたんです。太陽、上山田温泉と旅館のこれからのことを熱く語ってました。普段はおかしい言い間違えとかするくせに、旅館のこととなると突然賢くなって、真剣に一生懸命考えてるんだなって伝わってきて……」

優真は言葉に詰まる。太陽が言っていたことや考え、行きそうなところ。なんだってわかるのに、見つけられない。

優真は両手の拳を固く握った。

浜が、躊躇い気味に、

「坊ちゃん、学校で上手くいってなかったみたいだ」

と言った。

「学校――？」

優真の脳裏に浮かんだのは、最後に会った時に太陽が言った言葉だ。

――僕、最近クラスでちょっと人気者なんだ

「太陽……学校でいじめられていたんですか」

浜が押し黙った。

──僕、好かれてないから
思い切ったように浜が口を開く。

「おかみさんはずいぶん前から気にかけてらした。いつもひとりで帰ってくることや、遊びに行かず家にこもってることとか。話をしても特定の子の名前が挙がってこないことなんかもずっと、気にして。だけど、坊ちゃんはいつもニコニコしてるから」

優真の記憶の中の太陽も笑顔だ。お日さまみたいな笑顔は「問題なんかなにもない」と言っているかのようで。

だから。太陽が会いに来てくれた時、僕は見逃した。なにかおかしいと思ったのに。

「みんな気にはかけていたが深刻に考えはしなかった。それは、坊ちゃんが特別悩んでる様子がなかったから。でも──」

眼下に広がる街並み。太陽が衰退を懸念し、再起を願う街。

「夕方、坊ちゃんが出かけたきり帰らないんでおかみさんが方々に電話すると、クラスメイトのひとりが『学校でのことを気にしたんじゃないか』って教えてくれたみたいだ。その子の話じゃ、空気のように扱われていた坊ちゃんが急にいじめの標的になったって。ノートに『死ね』とか『デブ』とかひどいことを書かれたり、服で隠れるところを蹴ったり殴られたり……」

優真は手摺りを強く握った。そうしないと倒れてしまいそうだった。

家に遊びに行った時、太陽は優真の手からノートをひったくった。

——落書きだらけだからさ
太陽の臀部の青痣。モウコハンなんかじゃない、あれは——

「急にそんなことになった理由は、その子にもわからないって」

小学五年生の優真にはその理由がわかる。

理由などないのだ。被害者側に「いじめられる相当の理由」などない。それがだれであっても。加害者の「いじめる理由」は、気分とか勢いなんていうちっぽけなものから家庭環境や自己肯定感の低さなど多岐にわたってあるのだろうが、その不満をぶつけられる側にはなんの非も、理由もない。

「どんなにいじめられてもやり返さないし、坊ちゃんが笑っているから、相手はどんどんエスカレートしていったようで。大人はだれも気付かなかったはずだってその子は言ってた。それだけ手口が狡猾だったらしい。担任や大人の目があるところでは絶対にいじめをやらなかったそうだ。しかも、いじめを目撃した子たちに『口外したら同じ目に遭わせる』って脅していたって言うんだから——」

浜は、絞り出すように言った。

「大人の目をかいくぐって、相手が一番ダメージを受ける言葉と方法で……しかも暴力まで使って追い詰めるなんて」

お稲荷さんの前で、太陽と優真は中学になるまで――もしかしたらもう二度と――会えないと覚悟してサヨナラした。その太陽が今日家へ来たのは、学校でのことを相談したかったからではないか。唯一の友だちで親友の優真に、話を聞いてもらいたかったのではないか。塩谷は言った。

――優真君は塾に出かけたばかりで、田中さんもいつもより早い時間の帰宅だった

太陽は学校から帰った後、自転車を飛ばして優真に会いに来た。塾へ行く前につかまえられるかもしれないと思ったのだろう。それなのに。

――今日の帰りは遅くなる

優真が握る手摺りがギリギリと音を立てた。

お父さんは今朝、はっきりと言った。その言葉を聞いて瞳を輝かせたお母さんを見たから間違いない。遅くなる。そう言って油断させ早い時間に帰宅する。隠し事がないか探るため。コソコソと動き回るネズミを捕まえるため。

親友を頼って来た小学生を、立ち上がれないほど強烈な言葉で批難し打ちのめす必要があったのか？　小学生の太陽が、お父さんにとっていったいどれほどの脅威になるというのか？

卑怯だ。コソコソと動き回っているネズミはお父さんの方だ。

優真がなにも言えずにいると、浜は口調を和らげた。

「電話の子が言っていた。坊ちゃんが、嬉しそうに優真君のことを話していたって。通っている塾に親友がいるんだって。授業の内容はさっぱりわからないけど、それでもいいんだって。

塾へ来れば僕に会える。それが大事なんだって」

「塾へ来れば『僕に会える』」

それは優真のために。優真を想って。

腕で涙を拭う優真に、浜は気付かぬふりをしてくれる。

「僕なら太陽を見つけられると思ったのに」

「……帰ろう。家のひとが心配してる」

皮肉な考えが浮かぶ。家のひとはたしかに心配しているだろう。父親は世間体を。母親は夫の変化を。

浜に続き、長い階段を下りる。口の端から漏れる白い呼気が薄闇にとけるのを見て、優真は今さらのように寒さを感じる。

こんなに寒いのに、太陽はいったいどこにいるんだろう？

優真は階段の途中で足を止め、木々の隙間で光る街の灯りを見つめた。夜とは思えないほど街は明るい。

せめて。こんな暗がりじゃなく、あの灯りの中にいるといい。

「どうした？　さあ、帰ろう」

すでに階段を下った浜が優真を見上げ、声をかける。優真が視線を灯りから足元へ向けようとした時、風が吹きつけた。山の木々がざわざわと葉を揺らす。視界の端に映ったものが優真の動きを止めた。

なにか、いる。

「なにか」を視界に捉えようと、優真は目を凝らす。

駐車してある日の出や信州の車。伸縮式ゲートの向こう側。車から降りた時は見えなかった、廃墟らしき建物の奥。劣化したコンクリートの塊のかげになっている木。

眼下に広がる夜景が木々の間からキラキラと輝いている。しかしそこに、灯りとは違うなにかが色づいていた。風が吹く度ちらりと見える。

鳥？

それは普段見かける野鳥にはない色合いだ。

あんな色をしてたら敵に襲われちゃうんじゃないか？　天敵がいない鳥なのかな？　それにしても派手な――

――目立つ色だな
――かっこいいでしょ。売り切れたら大変だから、急かして買ってもらったの
胸をドンと突かれたような衝撃だった。直後、つま先から怖気が這い上がってくる。

まさか。

階段を下ろうとするが、膝に力が入らない。中央に設置された手摺りに摑まり、なんとか一段、足を下ろす。口の中が干上がって、喉が塞がったように感じる。目がチカチカして頭も痛い。腹の中に百キロの重石があるようで走りたいのに走れない。

「どうした……？」

階段下にやってきた優真を浜は狼狽気味に迎える。高低差がなくなった今、「カラフルな鳥」はもう見えない。おぼつかない足取りでゲートへ向かう。浜が優真の腕に手をかける。優真はそれを振り払う。駆け出す。よろよろの脚で駆け出す。

後方で浜が制止しようと声を上げるが優真の耳には入らない。

ゲートによじ登る。二、三度足を進ませただけで登り切れる。ゲートを飛び降り向こう側に着地した時、浜が野太い声を張り上げた。

優真は建物の横を通り抜けようと街灯の仄《ほの》かな灯りを頼りに進む。スニーカー越しに感じていたコンクリートの硬い感触が、柔らかな土へと変化する。その途端体が傾ぎ、優真は坂道を転げ落ちた。

落ち葉だらけの土の上で、優真は意図せず大の字になっていた。急な斜面をでんぐり返しで下ったようだ。そっと目を開く。星空が眼前に広がっている。

束の間、優真は秋の夜空に圧倒された。ちりばめられた星々は降るように瞬く。優真を包み込むように。輝きで守るように。

そんな光を遮る物体。建物の向こう側で夜空に向かい手を広げている存在。

――ロープウェイがかかってて、安い料金で往復できたんだってさ

建物の屋根から突き出したように見える鉄骨はロープウェイの残骸だ。ケーブルを支える滑車も見える。

体を起こそうと手をつくと、肩に痛みを覚えた。なんとか立ち上がると、今度は右の足首に

激痛が走る。よろめいた優真を支えてくれたのは浜だった。

「なにをやってるんだ！　危ないだろう！」

優真は足を引きずり坂道を下る。浜が慌てて優真の腕を掴む。

「どこへ行くつもりだ！　怪我してるのに、まだ懲りないのか！」

頭から湯気を上げる浜に、優真は説明より行動で理由を示す。

「こんなところに坊ちゃんはいない！　さあ、一緒に帰るんだ」

腕を引かれても優真は頑として動かない。

「なんだって言うんだ？　こんな場所に――」

優真は、掴まれていない方の腕を伸ばし、人差し指をロープウェイ下へ向けた。

浜は優真が指し示すものへ視線を移した。

暗がりに慣れた優真の目が「なにか」をはっきりと映し出す。暗闇で、それは異彩を放っている。オレンジ色の物体が木の枝にぶら下がっている。風もないのに右に左に揺れている。

「……なんだ、あれ」

痛いほどに握られていた腕が自由になる。立ち尽くす浜をその場に残し、優真はその木に向かう。突如、ライトが照らされる。浜が、持っていた懐中電灯の灯りを向けたようだ。

オレンジ色のブルゾンは、しなった小枝の先に引っ掛かっていた。

優真の視線が他の枝へ移る。同時に懐中電灯の小さな光も移動する。ブルゾンのすぐ近くでライトに照らし出されている枝は大人の二の腕ほどの太さがある。幹から伸びたその枝はごく最近折られたかのように、ささくれ立った樹皮下の生白い肌が露わになっている。

胸の底で恐ろしい予感が立ち上がる。浜が一歩踏み出したのか、背後で枝の折れる乾いた音が弾ける。光が揺れ動く。優真は湿った土に足を取られながら進む。オレンジ色の上着は動きを止めている。

木の根に躓《つまず》いた優真は咄嗟に右足を出したが、痛めた足では体を支えきれず転倒した。鼻先に漂う土の匂い。顔を上げる。地面すれすれの視点が、これまで見なかったものを捉える。

数メートル先の地面に大きな膨らみができている。土の盛り上がりにしては大き過ぎる。

折れた枝の下。黒々とした物体。

ゲート前で降車した時に聞こえた鳥の羽ばたき、苦しそうな鳥の声、なにか大きな音。

「大丈夫か？」

駆け寄って来た浜の腕に無意識に縋り、優真は立ち上がる。

「優真君、いったい――」

「……太陽」

浜から手を離した優真はつんのめりながら前進する。飛ぶように駆けたいのに思うように進めない。

「太陽！」

土の上の盛り上がりに飛びつく。ぐにゃりとした感触。両手で揺する。必死に揺する。

「太陽、太陽！」

浜が優真の下にライトを向ける。

「――大変だ」

ライトを取り落とした浜が駆け寄る。

「坊ちゃん！」

突き飛ばされた優真は、浜がぐったりした太陽の首から輪になったロープを外すのを呆然と見つめた。

3

子どもの捜索に出かけていた清春が帰宅したのは深夜のようだった。秋夜はすでに就寝していたから、正確な時間は知らない。ただ、寝室にやって来た清春が枕元に立ち、長い間こちらを覗き込んでいる気配には気付いた。朝、目を覚ますと、清春のベッドは空だった。

支度を終え階下へ向かう。珠子の声が響いている。

「家のことはしなくていいと言ったけど、それにしたって――外出した翌朝くらい気を遣ってくれてもいいのに」

「たまにはいいじゃないか」

清春の声だ。キッチンの入り口のかげで、秋夜はふたりの会話に耳をそばだてる。

「『たまに』が『また』になって、そのうち『今日も』になるのよ」

「秋夜はそんなことしない」

乱暴に引き開けられたグリルががちゃがちゃと音を鳴らす。

「学もない、家柄もよくない秋夜さんを迎えたのは清春、あなたのためなのよ。あなたがどうしてもって言うから仕方なく。それなのにふたりでわたしを騙すなんて」

「騙すって——そんな言い方ないだろ。それに、はじめはふたりで暮らしてそれから同居するつもりでいたのに、母さんがどうしても一緒に暮らしたいって言うから秋夜を説得したんだ。まだいろいろ言うつもりなら、今度こそ本気で出て行くよ」

「待って。そういう意味じゃないのよ。ただ——」

珠子は小さな声で、素早く、

「あんなことまでして手に入れた嫁なのに」

と、呟いた。

「ただ、ちょっと期待外れだっただけ。秋夜さんは、もっと謙虚でわたしの言うことを素直に聞いてくれるひとだと思っていたから」

「充分謙虚だよ。それに、家のこともよくやってくれてる。秋夜みたいないい嫁、他を探したっていないよ。母さんはもっと感謝すべきだよ」

「感謝？……昨日、わたしがなにを言われたか知ったら清春だって驚くわよ。あのひとったらすごい剣幕で姑のわたしに喰ってかかったんだから」

「なに言って——」

「おはようございます」

グリルに魚を入れていた珠子の肩がびくりと跳ねる。肩越しに振り返った珠子の顔には、純粋な驚きと少しの恐怖が混じっている。

「足音も立てずに、なんなの。びっくりするじゃない」

「驚かせたならすみません。でも……なんだか楽しそうな話をされていたみたいですね」

珠子が眉を顰める。

「盗み聞きしてたの？」

「まさか。なんの話だったんですか？」

言葉に詰まった珠子に背を向け、秋夜は清春を見つめた。

「昨日は先に休んでしまってごめんなさい。久しぶりに出かけたら疲れてしまって」

ほっとしたように、清春が表情を緩める。

「お義父さんたちは元気だった？　ゆっくり泊まってくればよかったのに」

「そうするつもりだったけど、なんだか早く帰りたくなって。だめね。どこにいてもわたしはこの家の嫁なんだわ」

清春が複雑な表情で微笑む。

「おかげさまでとても有意義な時間を過ごせたわ。行って、本当によかった」

珠子は面白くないという顔をしている。

「そうだ、これ」

秋夜は冷蔵庫から取り出した総菜を珠子に差し出した。両親が持たせてくれた清春の好物だ。珠子が受け取らないので、秋夜はタッパーをテーブルに置いた。

「あとで召し上がってください。それで――見つかったの？」

清春に振り返る。彼はなんのことかわからないという顔をしている。

「子どもよ。清春さん、捜しに行ったでしょう？」

合点《がてん》がいったのか、清春の顔に理解が広がる。

「ああ、見つかった。見つかったけど――」

嬉しそうにも見えた理解の色が、急激に翳った。

「首吊り自殺を図ったみたいで――」

「首吊り！」

皺の寄った手を口元にあてがい、珠子が声を上げた。

「帰った時はそんなこと言ってなかったじゃない」

「遅い時間だったし心配をかけたくなかったから」

「別の学校の児童なんでしょ？」

「自殺を図ったのは他校の児童だけど、彼を見つけたのはうちの学校の児童なんだ。二人は塾で知り合った友人らしい。友人が見つからないと知って、居ても立ってもいられなくなったらしく、大人と一緒に捜していたようなんだ」

「なんてこと……まだ五年生でしょう？　それなのに自殺なんて大それたこと。親はなにをしてたのよ」

「学校でいじめがあったらしい。詳しい原因は、これから第三者が介入して明らかにしていくだろうけど」

「その子は無事なの？」

二人が一斉に秋夜に顔を向ける。

「自殺を図った子は、無事なの？」

秋夜の問いに、清春は、

「無事だよ。首を吊ったのが古い柿の木の枝で折れやすかったのと、その子が大柄だったのが幸いしたみたいだ。足場がなくて木によじ登ったらしいけど……飛び降りた時に首の骨が折れなくて本当によかったよ」

「そう……」

その子の恐怖や苦しみを思うと、秋夜は胸が痛んだ。

「大人が見つけられなかったのに、よく子どもが発見できたわね」

呆れた様子で珠子は言った。

「その子の着ていた上着が木の枝に引っ掛かっていたそうなんだ。派手な色だったおかげで、どうやら遠くからでも見えたらしい」

「子どもは遠目が利くから」

訳知り顔で、珠子は言う。

「枝から飛び降りる時に引っ掛かったのか、それとも苦しさで暴れて引っ掛かったのか——前者であることを祈るけど」

「発見した子もショックだったでしょうね」

秋夜は言った。

「ああ。ご両親も心配して、しばらく学校を休ませると言っているらしい」

「わたしに言わせれば、自殺をするような子を育てた親も夜中に外出を許す親も、どっちもどっちだわ」

珠子の発言を聞いても、秋夜はショックを感じない。

こういうひとなのだ。彼女をひとと言えるなら。

「そんな言い方ないよ。自殺を考えるくらい追い詰められてたんだし、そのことに周りが気付いていれば——」

「自殺をするなんて弱い人間がすることよ。強い子に育てるのは親の役目。わたしはそうやってあなたと朝香を育てた。どう？　今まで自殺を考えたことなんてなかったでしょ？　周りのせいにするなんてお門違いもいいとこよ。ああ、もう、朝から暗い話は止めてちょうだい」

この話はもうおしまい。そう言うと、珠子は二人に背を向けた。清春に気遣わし気な目を向けられた秋夜は、

「とにかくその子が無事でよかった。発見した子も心のケアが必要でしょうし、このことを知った他の児童にも動揺が広がっているかもしれない。学校もしばらく大変でしょうけど、清春

さん、よく見てあげて」
と言った。清春は自信ありげに頷く。
「でも……清春さんの体も心配。無理しないでね」
清春が嬉しそうに微笑むのを見ながら、秋夜は耳に後れ毛をかけた。

4

太陽がどうなったのかだれも教えてくれない。

浜の腕に抱かれた太陽は真っ白な顔をしていた。浜は、「生きている」「息もしている」と言っていたが、救急車に乗せられる時も太陽は目を覚まさなかった。浜から連絡を受けた太陽の両親がだれよりも早く到着し、やってきた救急車に同乗した。浜と一緒に行った警察署で太陽のことを訊いても、警官たちは言葉を濁すばかりで答えてくれなかった。しばらくして担任の高岡がやってきたが、彼は動揺を隠せないようだった。

頼りないが大人には違いない高岡に優真があることを話そうと一歩近づいた時、肩で息をした孝道が駆け込んで来た。瞳に涙さえ浮かべている。

眩暈がした。よろけた愛息子を、孝道は大勢の前でひしと抱きしめた。父子《おやこ》愛を目の当たりにした大人たちが感動しているのが筋肉質な細い腕の中からでもわかった。

それ以上にはっきりとわかったことがある。

孝道はこれからもいい父親を演じ抜くだろう。優真がどんなに必死に真実を叫んでも、だれも信じてはくれないだろう。

孝道に殴られた時、母親に見放された時、優真は足元の闇から伸びる手からなんとか逃れてきた。だが、今度ばかりは振り払えそうになかった。


朝陽が昇ったらしい。金属製の物置小屋の隙間から、うっすらと日が差し込んでくる。

歯の根が合わないほどの寒さに震えながらも優真は親友を想う。体を揺すった時、手のひらから伝わってきたぐったりした感触、色のない顔。救急車が到着するまでの長い永い時間。胸を掻きむしるような苦しみと息苦しさは、まるで覚めない悪夢の中にいるようだった。浜は、己の無力さを呪っているかのような形相で太陽を抱きしめ続けた。

太陽は、もしかしてあのまま――

霜を踏みつける足音。ひとの気配。優真はこれ以上ないほど体を小さくし、訪問者に備えた。

扉が開かれる。差し込む光に射られ、優真は目を瞑った。

すぐそばにいるはずの孝道はなにもしゃべらない。明るさに慣れた目をやっと開けた時、優真は戦慄した。見上げた先にいたのは、隠しきれない愉悦の笑みを漏らす継父だった。

――このひとは、僕が苦しむ姿を見て悦んでいる
「反省したか？」

数時間前に警察署から帰宅した時、孝道は優真を家へは入れなかった。代わりに、庭の物置に優真を閉じ込めた。扉を閉める時、孝道は言った。

「鍵はかけないから、出ようと思えばいつでも出られる。もしくは声を上げて近所に助けを求めることも、もちろんできる」

そこでたっぷりと間を取り、孝道は続けた。

「だが、そうした行為が及ぼす影響は考えた方がいいね。影響を受けるのは私だけじゃない。父親に交換条件を突き付けるくらい賢い君なら、これ以上は言わなくてもわかるだろう」

優真は今、はっきりと理解する。これは罰でも躾でもない。調教なのだ。もしかすると、警察署で高岡に話そうとしていたことに気付いたのかもしれない。

孝道はさも心配そうに眉根を寄せた。

「寒いのか？　さらしな市の今朝の最低気温はマイナス三度らしい。それじゃあ、寒さを凌ぐには頼りないな」

寒さで凍える優真を指し、孝道は言った。

優真が体に巻き付けているのは薄いフリース素材の毛布だった。

孝道は薄ら笑いを浮かべ、毛布がかけられていたものへ目を向けた。それは優真が失くしたと思っていた自転車だ。

「お父さんに訊いてみたら」隣の塩谷はそう言った。自転車の鍵のスペアは孝道が持っている。

「――か」

優真の凍えた喉から出たのは、かすれ声だ。聞き取れなかったらしい孝道は上体を折り、片耳を優真に近づけた。

「なんだって？」

「たい……ようは、無事ですか」

体を起こした孝道は、まじまじと優真を見つめた。片眉を上げた表情は、わざとらしく驚いているようにしか見えない。

「こんな時になにを言うかと思えば。今、君がしなくちゃならないのは他人の心配じゃない、反省だ、猛省だ。態度によっては出してやろうと思ったが、まだ反省の時間が必要なようだな。食事は里実に運ばせる。君はしばらくの間、周囲から注視されるだろう。『食べさせていないように見える』といけないからね」

背中を向けた孝道が振り返る。

「期待させるといけないから言っておくが、今日、私はずっと家にいる予定だ。大事な息子が大変なショックを受けたのだから、仕事になんて行っている場合じゃないからね」

その言葉を聞いても優真にはなんの感情も起こらなかった。

お父さんならそうするだろう。

扉が閉められる時、そう思っただけだった。

優真に負けず劣らず白い顔をした里実は——鏡で見ずとも自分がどんな顔をしているか優真

にはわかった——小刻みに震えるトレーを優真の前に置いた。

ジャケットの袖口から覗く手首に、紫色の痣が浮いている。打たれたような、痛々しい色だ。胸元の赤味を帯びた広がりが、ジッパーの向こうに見える。里実はうなじの辺りで髪を一つにくくっていたが、額の辺りから艶のない髪が束になってこけた頬にかかっている。その顔の印象はやつれているというより老け込んでしまったかに見える。

「残さず食べてね。そうでないと——」

抑揚なく話していた里実が突然言葉を切った。

「そうでないと……？」

呆けた顔になった里実が口の中で呟いた。虚空に彷徨《さまよ》うなにかを目で追うような仕草をしている。その瞳は、優真に切れかかった電球を連想させた。

「痛いことが」

電球の真ん中で弱々しく揺れていた炎が急速に眩しさを増した。

里実が束になった髪をかき上げた。額の髪の生え際が露わになる。切手大の、点状に広がる小さな穴を優真は視界にとらえた。

僕のせいだ。

僕のせいだ。お母さんが手首を捩《ね》じり上げられたのも胸元を蹴り飛ばされたのも髪を摑まれて引き抜かれたのも、全部。

お父さんが僕を調教するためにしたことだ。

これまで優真は、里実が暴力を振るわれるのを目の当たりにしたことはない。骨壺を抱いていた時など、もしかしたらそういうことがあったかもしれないと思わせるくらいだった。だが今日、孝道ははっきりと示した。勝手な行動を取ると、自分だけでなく家族が痛い目に遭うということを。里実はそのための犠牲になったのだ。

「しっかり食べて」

里実がにこりと笑った。骨壺を抱いていた時の壊れた笑みではない。孝道を気にした遠慮がちの笑顔でもない。ふたりで暮らしていた頃の、あたたかい笑顔だった。

「優真の好きなものばかり作ったんだから」

そう言うと、着ていた真っ白なダウンジャケットを脱ぎ、優真に着せた。優真の顎の下までしっかりとジッパーを引き上げると、耳元に唇を寄せた。

「お友だちは無事よ。大丈夫」

里実が言い終えるや否や、叫ぶような結愛の泣き声が家から響いた。里実は弾かれたように優真から体を離すと素早く立ち上がった。結愛は火をつけられたように泣いている。

閉まりかけた扉の向こうで里実の口が何度か動いた。

「ごめんね」

そう言っているように見えた。

5

勤務最終日、秋夜は通所者に退職の挨拶をした。中には秋夜の手を取り、涙を流す高齢者もいて、秋夜は申し訳なさと心苦しさを隠せなかった。

「復帰する時は必ず声をかけてよ。待ってるから」

別れ際、ひとのよさそうな顔で遠野が言った。

軽トラックに乗り込んだ秋夜は、ルームミラーに映る建物を見つめた。

自由になれる場所。職場をそんな風に思うのは自分くらいのものだろう。自宅から「正当な理由」で抜け出せ、自分を必要としてくれる人々がいる。職場は秋夜の大事な居場所だった。

——もう、戻れない

職場を後にした秋夜は、そのまま夕方の見守りに向かった。

気がかりなことがあった。

さらしなの丘小学校は、自由下校だが朝は集団登校と決まっている。秋夜は、太陽を手当てして以来、優真のことをさらに気にかけるようになっていた。彼の様子が一日ごとに変化しているようで心配だった。下校時に声をかけてみようと思ったこともあるが、彼は声をかけられるのを避けるかのように足早に去って行った。

昨日は一日彼を見かけなかった。そして、今朝も、今も。まるで最初から存在しなかったかのように、彼はいなくなった。

胸がざわついた。


「会えないって、それ、どういうこと？」

秋夜は思わず声を上げた。

「いや、だから、児童には会えないらしい」

寒空の下わざわざ玄関前で待っていたのはそんな答えを聞くためではない。

「校長先生と担任が家へ通っているんでしょう？　それなのにどうして――」

「体調が優れなくて休んでいると言われるようだ。無理矢理起こすのもかわいそうだしね」

「でも」

「父親から様子を訊いた校長が、食事は摂れているそうだからそんなに心配ないだろうって」

本気？　秋夜は訊き返そうと思ったが言わなかった。知りたいのは校長の考えでも清春の考えでもないからだ。

寒そうに背中を丸めた清春が両手をコートのポケットに突っ込む。中へ入ろうと言わないのは、彼も珠子の詮索を面倒に思っているからかもしれない。

「もう数日様子を見て登校させるらしい。俺もそれがいいと思うよ。なにせ、あんなに辛い経験をしたんだから」

「清春さん。あなたが取り上げたおにぎり……覚えてる？　爆弾みたいに大きな、真っ黒なおにぎり」

「なんで今そんな話――」

「おにぎりをくれた子の名前は井出太陽君。彼の怪我の手当てをしてあげた時、さらしなの丘小学校の児童だって言っていたけど、嘘を吐いているのは態度でわかった。学区外に遊びに来たのを誤魔化すためだと思ったけれど、今思うともっと深刻な問題があったのかもしれない。あの時、彼は派手な色のブルゾンを着ていた。清春さん、言ってたわよね。自殺を図った子は大柄で、着ていた上着が目立つ色だったから発見されたって」

「秋夜、いったい――」

「太陽君と一緒にいたのが田中優真君。彼がさらしなの丘小学校の児童なのは間違いない。ほぼ毎日、見守りボランティアで見かけるから。でも、昨日も今日も彼の姿が見えなかった。ねえ、一昨日の件……あのふたりなの？　あの子たちなの？」

清春は自分のつま先に目線を落としたまま、観念したように頷いた。

ショックで足元がふらついた。すかさず伸びた清春の手を静かに払い、秋夜は自分を抱くように腕を回した。

「……わたしがなにかできるわけじゃない。それはわかってる。わかってるけど――」

肩に回された手を、今度は振り払わなかった。耳に髪をかけようと無意識に右手が伸びかける。さりげなさを装って、その手で清春の胸に触れた。そして口角すら上げて、秋夜は言う。

「ありがとう、清春さん」

「彼らのことを気にかけてるんだね。特に田中さんは――」

清春が小さく笑う。秋夜は驚いて彼を見上げた。

「ああ、いや。この前、学校の廊下で田中さんとぶつかってね。その時、ちょっとした怪我をさせてしまったんだ。それが、秋夜と同じ左の手のひらだったから。なんだかふたり、似てるなと思って」

秋夜は微笑みで応えた。それだけで充分だった。その通りだったからだ。

「田中さんはすごく大人びた児童だけど、だからこそしっかりケアしてあげないと」

秋夜は視線を落とした。その先で、清春の革のブーツのつま先がコツコツと地面を叩く。

「秋夜」

清春に呼ばれ、秋夜は目を上げた。

「他にも、俺になにか言いたいことがあるんじゃないか？」

彼は、緊張と予感を抱いているように見えた。

「実家から戻って以来、様子が違うから。向こうでなにかあった？」

ああ、今なのか。秋夜は思った。

運命を拗《こじ》らせ、ここへ辿り着かせた者とその所業を彼に伝えるべき時が訪れたのだ。それにしても、彼はそのことに気付いていなかったのだろうか？　まったく、これっぽっちも？

目に見えて狼狽え始めている清春に、秋夜はさらに追い打ちをかける。

「お義母さんがしたこと、清春さんは知っていたの？」

仔細な変化を見逃さないよう注視していた秋夜にとって、彼の変化は拍子抜けするほど大きなものだった。その表情が答えだった。秋夜に知られたことの衝撃が、情けないまでに彼の面を変えてしまっていた。それでもなんとか誤魔化そうと焦ったのか、動揺に満ちた瞳が忙しなく秋夜に向けられている。正解とは言えずとも、なんとか及第点の答えを口にしようとしているのが傍目にもわかった。


「違うんだ、秋夜。俺が望んだことじゃない。たしかに母さんは突飛なところがあるけど、まさかあんなことまでするなんて思ってもみなかったんだ、母さんが勝手に――」

秋夜の冷ややかな視線に気付いたのか、清春は唐突に言葉を切った。

「清春さんはどこから知っていたの？　はじめから？　全部知っていた？」

揺れていた瞳が観念したかのように動きを止める。肩を落とした清春は、

「全部。でも、知ったのはつい最近で俺にはどうしようもできなかった」

と言った。

「お義母さんが自分から話したの？　なんのために？」

「……俺に見られてしまったから」

「見られたってなにを？」

清春は耐えられないというように俯いた。玄関の薄灯りのもとでも、彼の顔色が悪いことは見て取れた。秋夜は戸口の向こうに注意を向けたが、だれかがいる気配はなかった。しかし、

念を入れ移動することを決めた。

「蔵へ行きましょう」

6

優真は、隣に座る人物をそっと見上げた。

おしるこさんはなぜだか悲しそうな顔をして、正面を向いたままなにもしゃべらない。最初に座っていたのは彼女だから、こちらから声をかけるのが礼儀なような気もしたが、今はただ、こうしていたかった。


物置に閉じ込められた日、迎えに来た里実は優真をすぐにリビングへは入れず、玄関の上がり框《がまち》に一時間ほど座らせた。一気に体温を上げると、孝道にとって都合のよくないことが起こる可能性があるらしい。そのことは、暖かなリビングから漏れ聞こえる孝道の言葉から知れた。愛息子が低体温症により病院へ運ばれることのないよう、孝道はしっかり計算したのだろう。

優真の父は「物置で凍えさせる」調教をいたく気に入ったようで、それから何度か同じことが繰り返された。徐々に放置される時間が延びていった。孝道が登庁するようになっても、里実は決して優真を家へは入れてくれなかった。だが一度だけ、優真を助けようとしたことがある。それは優真がそう感じただけで、本当は違ったかもしれない。だが、食事を運ぶ以外で里実が物置を訪れたのはあの時一度だけだったし、なによりあの時の表情が、伸ばされた腕が——。優真の伸ばす手が、里実の指先に触れそうになったその時、玄関の方で物音がした。孝道だった。あり得ない時間の帰宅だった。

あの後、里実がどんな「お仕置き」を受けたのか優真にはわからない。ただ、母親が受けているであろう体罰と言葉の暴力を想像するのは、実際目の当たりにするより苦しく、寒さで震えるより辛かった。

ある時には玄関の方から話し声が聞こえた。校長と担任の高岡の声だった。彼らは通り一遍の見舞いの言葉を述べる。孝道が、さも息子を案ずる父のように振る舞う。大人たちがしているのは一方的な自己主張だ。高岡は憐憫に酔い、孝道はいい父親を演じる。

優真は薄暗闇で蹲《うずくま》りながら耳をそばだてる。本気で優真のことを心配する者はいない。自己保身に走る大人たちの一方的な会話は滑稽だった。

汚れが目立つようになった里実のジャケットに顎を埋め、優真は思う。

僕をいたぶるために、調教するために、時にはお父さんの中のなにかを満足させるために、これからもきっと同じようなことが起きるだろう。方法は違っても、その度お父さんは高々と腕を振り上げるのだ。利き手ではない左手を。

孝道と一緒に家を出る。痩せたゴミ袋を提げた隣人に声をかけられる。

「しばらく見かけなかったけれど、どうかしたの？」

彼女の目はしっかりと優真に向けられていた。優真が口を開きかけた時、背中に隠すように孝道が立った。

「風邪をこじらせてしまったんですよ。ご心配いただきありがとうございます。もうすっかり回復したので大丈夫です」

覗き込むように首を伸ばす彼女に、

「塩谷さんもお気を付けて。今年の風邪はたちが悪いようなので」

と、孝道は満面の笑みで言った。

学校では、みんなが望む受け答えをする。「孝道が気に入るような」受け答えをする。母にも妹にも害が及ばぬよう、優真ができる精いっぱいのことをする。それは、ひどく疲れる作業だった。孝道の愛息子を演じれば演じるほど、心も体もくたびれて、ゆっくりと沈んでいくような気がした。

おしるこさんはなにも言わない。ただ、一緒に座っている。その時間が貴く穏やかで、優真は目を閉じた。冬の風が頬に冷たい。指先はかじかむほど冷えて、丸くなるくらいでは寒さに対処できないと悟った足先はスニーカーの中で伸びている。

今日の冷え込みは格別で、公園を散歩するひとも遊びに来る子どももいない。ひと気のない公園の、太陽が怪我を手当てしてもらったベンチで、ふたりは会話もなく隣り合って座っていた。

微妙な距離感は、親子でもなく友だちでもない。他人ほど遠くはないが、知人ほど近くもない。でも、それもまた優真にとっては心地がよかった。

穏やかな時間が極限の寒さに取って代わられる頃、秋夜がなにやらごそごそ始めた。使い込まれたポーチの中に手を入れている。

ふいに、太陽がいた時の会話がよみがえる。

――虫刺されの薬なんて持ち歩かないで――

ほんとに、その通りだ。虫刺されの薬の代わりにホッカイロでも入れておかないと。

――朝香ちゃん、欲しがってたバッグがあるでしょ。あれ、買ってあげるから
色褪せたポーチを、秋夜は大事に扱っている。

不公平だ。優真は思う。僕もおしるこさんも。高級バッグが欲しいわけじゃない、特別扱いしてほしいわけでもない。ただ、居場所が欲しいだけなのに。

目の前になにかがにゅっと現れる。優真は驚いて身を退《ひ》いた。真ん丸な、真っ黒な物体が秋夜の手のひらに載っている。彼女は無言だ。にこりともしない。

差し出された爆弾おにぎりを、優真は受け取った。しばらくは膝の上に置いた手の中で持て余していたが、秋夜がまたごそごそやり出したのを機になにも言わずかじりついた。隣では秋夜も同じようにおにぎりをパクついている。

太陽の母が作ってくれたのよりも薄味の、具も真ん中に一つしか入っていない大きなおにぎ

りを二人は黙々と食べ進める。噛んでは飲み込み、噛んでは飲み込み。

頬がやけに冷たいと思ったら、いつの間にか涙で濡れていた。

7

あの日以降、秋夜は旗振りの後公園に行くのが習慣になった。お互いなにもしゃべらない。ただ隣り合って、黙っておにぎりを食べる。そうしてどちらからともなくベンチを後にする。

そんなことが続いたある時、優真が言った。

「具が一つなのはどうしてですか」

秋夜は驚いて優真を見た。

彼は至極真面目な顔で、食べかけのおにぎりを見つめている。

「え、と。おにぎりの具が真ん中に一つなのは普通だと思うんだけど」

優真が秋夜に顔を向ける。ちょっとだけ眉間に皺が寄っている。

「前に太陽があげたおにぎり、おしるこさん、食べたんですよね？」

唐突な問いで思い出されたのは清春に取り上げられた記憶だ。

「……ええ、まあ……」

優真は正面を向き、半分になったおにぎりをかじった。

「ごちそうになっておいてこんなことというのはしつれいだってわかってるんですけど」

喉元でごくりと大きな音を立て、優真は言う。

「できれば太陽の家のみたいにしてもらえると嬉しいです」

しかし、おにぎりがどんな味なのか、秋夜にはさっぱりわからない。だから、無難な質問をしてみることにした。

「優真君は、なんの具が好き？」

不思議そうな顔をした優真は、

「苦手な具を訊いた方がいいと思います」

と言った。曖昧な返事をしている秋夜に、

「何種類も具が入ってるじゃないですか、だからその方が効率的かと。ちなみに僕は梅干しが苦手です」

そういうことか。

「うん……うん、わかった。梅干しは入れないようにする」

「おしるこさん――いや、あの、なんて呼べばいいですか」

秋夜が首を傾げると、

「『おしるこさん』じゃ、失礼かなと思って」

優真は、大人と子どもの中間のような顔をして言った。

「別にそのままで構わないけど、そうね……秋夜さん、がいいかな」

名前を呼ぶのを躊躇うように優真が唇をすぼめる。

「どうしたの？　あ、わかった。暗い名前だと思ったんでしょ」

「そうじゃなくて。ここで会った時に名前は聞いていたし。ただ、大人のひとを下の名前で呼ぶことってほとんどないから」

なるほど。秋夜は自身の子どもの頃を思い出し、納得する。

「わたしね、善財さんとか奥さんとか、善財さん家のお嫁さんとか、いろんな呼び名があるんだけど、家族以外から名前で呼ばれないの。大人になると大抵みんなそうなんでしょうけど。でも、それがなんだか悲しくて。だから、できれば名前で呼んでほしいな」

わかりました。優真は恥ずかしそうにそう言った。

「わたしは優真君のこと、なんて呼べばいい？　田中さんの方がいい？」

優真が忙しく首を振る。

「今のままがいいです。名字で呼ばれるのは――すごく嫌です」

理由は訊ねない。優真の語調で訊かれたくないのがわかったからだ。

食べかけのおにぎりをラップに包み、秋夜は脇へ置いた。風が吹きつける。ふたり以外だれもいない公園は寒さが増して感じる。

風が痛い。

「初めて会った日のこと覚えてる？　あの時は優真君のおかげで助かったけど――前の夫が車の事故で亡くなったのだけど、その時夫の車に轢かれかけたの」

優真がこちらに顔を向けたのがわかった。

「夫は運転中に居眠りをしたの。夫を待っていたわたしは一本道をやって来る彼の車がスピードを上げるのを見ていた。数メートル手前の街路樹にぶつかって車は止まったけど……あと少し、なにか違っていたらわたしは轢かれていた。しかもその時、お腹には赤ちゃんがいてね」

優真を見ると、瞬きもせずこちらを見つめている。

なんて目だろう。なんて純粋で、残酷で。

微笑もうと思ったが、無理だった。

「その時は助かったのに――結局、守り切れないままお空に逝ってしまった」

※※※

尊が亡くなってからひと月が経っていた。彼の気配と匂いが残るアパートを出る気になれず、実家へ戻っておいでという両親のすすめも保留していた。日に一度、文子が料理を運んでくれた。子どものためにいくらか食べてはいたが、食欲はなかった。それでも必要な栄養素は摂るべきだとサプリメントは口にした。

尊の最期をこの目で見たはずなのに、日が経つほど彼の死を信じられなくなった。今にも玄関のドアを開けて帰って来そうな気がした。なにごともなかったかのように笑って。

突然の出血だった。トイレでショーツを下げる前から太腿にあたたかい感触があった。便器の水があっという間に真っ赤に染まった。慌てふためき立ち上がろうとした時、床に垂れた血液で足が滑った。便座に強く頭を打ちつけ、気を失った。完全に意識を失う直前、「実家へ戻っていれば」と考える間はあった。

意識を取り戻した時、すべては終わっていた。病院のベッドの上で、赤ちゃんと子宮を失ったことを知った。アパートを訪れた文子が救急車を呼んでくれたらしいが、出血が始まってからずいぶん時間が経っていた。出血を止めるため、母体の命を救うために子宮摘出はやむを得なかったと説明を受けた。

他人の赤ちゃんを見るのも、泣き声を聞くのも辛過ぎた。それなのに、入院中の病室には廊下を渡って赤ちゃんの泣き声が届く。いっそのこと、目も耳も塞がってしまえばいいと思った。元気な赤ちゃんも母親も——世界は輝いている。幸福のシャワーは遠過ぎて、とても秋夜がいる穴底までは降り注がない。

もっとしっかり子どもを守れていたら。

実家へ帰っていれば。

尊が死ななければ。

短期間で起こった不幸は連鎖しているように思えた。だが……不幸に原因などあるのか？　不幸をもたらす人物など存在しないのだから、すべては偶然が重なって自分に降りかかっただけなのだ。不運だった、どうしようもなかった。そう思おうとしても無理で、結局は自分を責めることしかできなかった。

「子どもを失ってからずっと——苦しかった。赤ちゃんだけじゃない、子どもを見る度苦しくて。でも、優真君に出逢ってからは苦しくないの。元気な赤ちゃんを見ても子どもを見ても」

優真が顔を前に向ける。太腿の下に両手を挟み、身体を前後に揺らしている。

「あの……僕、知ってました。善財先生から聞いて……」

「夫が、そんな話を？」

「いえ、あの……詳しいことは聞いてません。その——秋……秋夜さんが、前に赤ちゃんを亡くしてるってことを聞きました」

清春からその話を聞いたことはなかった。受け持っているクラスの児童でもない優真に——なぜ？

「夫とは、よく話すの？」

「先生とぶつかって手を擦り剝いちゃったことがあって。手当てをしてもらいながら話しました。長く話したのはその時だけです」

秋夜は自身の左の手のひらを見た。優真の手は腿の下だ。彼は身体を揺すりながら秋夜の様子を窺っている。この話を聞かせても大丈夫だろうか——そう悩んでいるようだ。

「わたしは平気だから話して」

それならと言うように優真が口を開いた。

「先生は、秋夜さんとの子どもがいたら幸せだろうなって言ってました。子どもがいたらずっと家族でいられるだろうし、あと……なんだったかな、夫婦をつなぐ要素があれば安心できるとかなんとか……」

ずっと家族で――

夫婦をつなぐ要素、子ども。

他でもないあのひとがそんなセリフを。

「夫は、他にどんな話を？」

「ええと……太陽の脚の具合はどうかとか、おにぎりの話とか。そのくらいです」

「……そう」

「あ、あと、いつでも話を聞くって言ってくれました」

「夫らしいわ。でも、話なら――ここでもできる」

優真は、意味を考えるように沈黙した。

秋夜もそれきり黙り込んだ。

静寂が落ちる。連なった屋根が薄日に照らされ、一瞬きらりと光る。

「雪……」

優真の声に、秋夜は顔を上げた。音もなく舞い降りてくる雪。

あおむけた手のひらで消えていく雪の結晶を、優真は子どもらしくない厳しい表情で見つめている。

「初雪ね」

優真を真似て、秋夜も手のひらを空に向けた。雪片は、手袋の上でしばらく留まった後、跡形もなく消えた。

「最初の雪は大雪になりやすいし、この辺りは特によく降るから、明日には屋根の雪下ろしが必要かもしれない」

優真が驚いた顔を向ける。

「古い家だから雪下ろしが必要なの」

多くの家は雪かきだけで済むが、古く、屋根の勾配も緩やかで融雪機能も付いていない善財の家は、降雪量が多い日は雪下ろしが欠かせなかった。

「善財の家は手がかかって大変」

秋夜は、指先が赤くなった優真の手に自分の手袋をはめてやる。手の甲に猫の足跡マークが付いた古い手袋だが、剝き出しでいるよりマシだろう。遠慮されたり拒絶されないことに安堵して、秋夜は優真の両手に手袋をはめた。

高台の公園からは家々がよく見える。そのくせ内情はだれにもわからない。その家でなにが起きているのか、だれが泣いているのか、苦しんでいるのか。「入れ物」を見下ろすだけでは知りようがない。だが、確実にそれは起きている。

秋夜は呟くように言った。

「たくさん積もるといい」

8

雪は夜通し降り続けた。

翌朝には止み、弱い陽射しが届いたが積雪量は大変なものだった。朝のローカルニュースでは昨年の雪下ろし中の事故と除雪作業中の怪我人・死者数が示され、転落・除雪機の巻き込み事故を防ぐための注意喚起が繰り返し流れていた。

家の前を雪かきしていた優真は雪の重みで何度もよろめいた。息を切らせて雪を運ぶ隣家の塩谷が優真に気遣わし気な視線を向けたが、近くに孝道がいるせいかこの前のように話しかけてくることはなかった。

家の前を流れる用水路には蓋がないので集めた雪を落とすこともできたが、水が溢れる原因になるため禁止されていた。いつもより水嵩《みずかさ》を増しているところを見ると、もしかすると上流の方では雪を流しているのかもしれない。

うずたかい雪の帽子を被ったお稲荷さんの前を通り、登校する。ここまでは優真たちと塩谷が雪かきして道を作ったが、民家の少ないこの辺りは道が細く除雪車が入れない。履いてきたスノーブーツが徐々に埋まる。通学路の大通りには除雪車が出て、雪はあらかたなくなっていた。

見守りボランティアがいる横断歩道も歩きやすくなっていて、秋夜が雪に埋もれていないことに優真は安堵した。笑顔で挨拶をする。

「おはようございます」

彼女は嬉しそうに笑顔を咲かせた。

「おはよう。気を付けていってらっしゃい」

秋夜が旗を掲げる。優真は、旗を持つ彼女の手が真っ赤なのに気付いて声を上げそうになる。すでに次の班の見守りを行っている秋夜は優真の視線に気付かない。

借りた手袋を持ってくるのを忘れた。今、家に戻ったら遅刻してしまう。お父さんに知られたら大変だ。学校が終わったら急いで家へ帰って、公園で返そう。

立ち止まっていた優真に気付いた秋夜が、旗を掲げていない方の手を振った。


下校時、横断歩道にいたのは秋夜ではなかった。一度だけここで当番をしていた、善財の家で朝香と呼ばれていた女性だった。優真は会釈し、彼女の前を通る。

「こんにちは」

聞こえないふりをしているのか挨拶する気がないのか朝香はこちらを見もしない。ただ乱暴に旗を振るだけだ。早く渡れ。急かされるように優真は小走りで横断歩道を渡った。何気なく振り返ると、歩道に戻った朝香は腕組みをし、暖かそうな手袋をはめた手を真っ白なダウンコートの脇に差し込んでいた。

この前見た時は短いコートを着ていた。秋夜さんはいつ見ても同じブルゾンを着ているのに。

寒さを紛らすように朝香が体を揺すっている。彼女の防寒対策は万全なように見える。不思議に思いよく見ると、耳にワイヤレスイヤホンをしていた。

旗振り当番なのに、車の音が聞こえなくて危ないな。秋夜さんは一度だってあんなことしていなかったけど。


家に着いた優真は、自室のクローゼットを開けた。万が一にも孝道に見つからないよう、衣類に挟んで隠しておいたのだ。セーターの隙間に手を差し入れた優真は安堵した。

手袋をブルゾンのポケットに入れ、部屋を出る。

「出かけるの？」

里実に声をかけられ、優真は足を止めた。

「塾には早いけど……どこへ行くの？」

里実は、骨ばった腕で結愛を抱いている。

「学校に忘れ物をしちゃって。あの……お父さんには言わないで」

虚ろな目で、里実は言った。

「あたりまえでしょう。でも、気を付けてね」


お稲荷さんの祠は、すっかり雪を払われてきれいになっていた。祠の中には数体の白狐像が並んでいる。屋根の雪がなくなって、白狐像の表情も心なしか清々したように見える。

ふいにこんな考えが浮かぶ。

さっきお母さんが言った「気を付けて」は、なにに対して？　車に気を付けて？

それとも――「お父さんに気を付けて」？


遠くからでも屋根にだれかいるのが見えた。秋夜の家以外でも一軒、ヘルメットを被った人物が屋根に上っている。あとの古い家屋はすでに雪下ろしを終えたようで、屋根が見えている。残りの家々は見るからに新しく屋根は勾配がきつかったから、自然に雪が落ちたものと思われた。

凍った雪道を進む。雪かきをしても日陰はなかなか雪が解けない。この道も家の近くのお稲荷さんの辺りも、気温がぐんと上がるまでこのままだろう。足の裏を平行にして地面に着ける。スパイク付きのスノーブーツでも、油断すると滑って転んでしまう。

秋夜の家の屋根にいるのは高齢の男性だ。青い帽子とカッパを身に着け、スコップで雪を落としている。白い衣装を纏った柿の木は、重さに耐えるように枝をしならせている。実はついていない。

渋柿だと言っていたけど、干し柿にでもしたのかな？

「お父さん、気を付けてくださいよ！」

あのおばあさんだ。両手を口元にあてがい、下から声を張り上げている。男性は一旦手を止め、

「危ないから下に来るなよ！」

と大声で言った。そうしてすぐにスコップを雪に突き立てる。おばあさんは、言われた通り身を退き、屋根の下に避難した。

「――き――からね！」

屋根から落ちる雪の音でかき消され、おばあさんの言葉は途切れ途切れだ。

「あ？　ああ、わかった。わかったから家に入ってろ！」

男性は疎ましそうに片手を振った。

おばあさんは屋根から蔵の方へ視線を移した。口元にはなにかを企むような笑みが浮かんでいて、見ている優真は不安な気持ちになった。玄関の引き戸が閉められ、おばあさんの姿が消える。

ぼすん、ぼすん、と、一定の間隔を置いて雪の塊が落ちて来る。そのせいで、柿の木の前には大量の雪が積もっている。

あんなにあったら大きな雪だるまが作れるな。二段の雪だるまじゃなく、外国の三段雪だるま。結愛に見せたら喜ぶだろう。

ぼすん――ぼすん！

音が大きくなる。柿の木が近くなる。足を止める。

恨めしそうに立っている柿の木が優真を見下ろしている。

柿の木の根元で膨らむ白い塊が、あの時の太陽と重なる。

ちがう、助かった。太陽は助かった。

落ちてきた雪の風圧で細い枝が揺れる。枝先の雪が輪になったロープに見える。

ちがう！　太陽は助かった！

ぞっとして、優真は棒立ちになった。太陽は今、どうしているだろう？　日の出や信州に電話をかけ、様子を訊きたかった。叶うなら太陽と話したかった。体の具合はどうか、ご飯は食べられているのか。どれほど怖かったか、どんな辛い目に遭ったのか。もう、辛くはないか。

どうして。なんで。それは訊けない。訊かなくても理由はわかっている。お父さんが禁じたからだ。僕と会うことを禁じたからだ。あの時、塾をやめなければ。お父さんが太陽の両親に文句を言ったりしなければ。お父さんがひどいことを言って太陽を追い返さなければ。太陽を傷付けなければ。

お父さんさえいなければ。

それは優真に、胸のすくような自由を感じさせた。これまで虐げられるしかなかった立場や環境が一気にひっくり返る。そう、
お父さんさえいなければ。

ぼすん！

間近に迫った落下音に、優真は我に返った。

脚が震えた。一瞬でもおそろしい望みを抱いた自分が怖かった。自分が自分じゃないようで恐ろしかった。

手袋を返して、早く帰ろう。

せかせかと足を動かす。転倒の心配など吹き飛んでいた。家の横にある蔵からエンジン音が響き始める。冬に聞き慣れた音だ。

優真が敷地に足を踏み入れた時、ちょうど家庭用除雪機が家屋の向こうから姿を現した。芝刈り機を一回り大きくしたような、手押し式の赤い除雪機を操作しているのは朝香だ。先ほど見かけた時とは違う、黒いブルゾン姿――秋夜がいつも着ているものに似ている――だ。すいすいと進んで来る様子から、使っているのは自走式タイプと思われた。小型のショベルカー然とした集雪口の中で、螺旋《らせん》状の真っ黒な刃のようなものが高速で回転し、取り崩された積雪が機体の突き出た煙突部分から勢いよく吐き出されている。

「だれだ。秋夜さんか？　危ないぞ！　家に入ってろ！」

優真は思わず後ろに下がり、屋根を見上げた。上にいる男性は返事を待っているのかスコップを持つ手を止め上体を起こした。朝香は止まることなく除雪機を動かしている。首がリズムを刻むように動いている。怖気が差して、優真の足は止まる。

「おわっ！」

声にハッとして顔を上げると、男性の体が庭に向かって傾いでいた。左手で腰に巻いたロープを握っている。右手でもロープを摑もうと、持っていたスコップを雪に突き立てる。両手で手繰《たぐ》ると、斜めになっていた男性の上体が元に戻る。優真は安心して息を吐き出した。

「――だッ！」

焦りを感じさせる発声と共に男性がバランスを崩した。足を滑らせたのか、肩を下にして倒れる。両手はしっかりとロープを摑んでいる。駆け足のように足を動かす。しかし、大きく滑った片足が空を切り、足先がスコップの柄に当たった。スコップが傾く。持ち手の三角の部分が横倒しになり、雪の上を滑っていく。優真は声も出せない。真下には朝香がいる。彼女が異変に気付いている様子はない。優真は、足が地面に張り付いたように動けない。

「おっ、おい――きっ」

男性がもがくように足を動かす。その拍子に、一度は庇《ひさし》の上で止まっていたスコップが押された。それは回転しながら落下した。ぶん、ぶおん、と空気を切る音がした。優真はぎゅっと目を瞑った。

金属同士がぶつかる音がした。朝香の短い悲鳴も聞こえた。おそるおそる目を開けると、硬直したように立ち尽くす朝香が目に入った。スコップは除雪機のボディーにあたり、跳ね返ったようだ。

「パパ？」

蒼白の朝香は除雪機のハンドルを握ったまま屋根を仰いだ。

音はなかった。声も聞こえなかった。声を出す間もなかったのかもしれない。

朝香が見上げていた屋根の上から「パパ」は落ちてきた。屋根から落ちて来た男性は腰の辺りを真下にいた朝香に、頭を除雪機のボディーに強打した後、除雪機の前に投げ出された。

下敷きになった朝香は同じ場所で立っているが、真っ直ぐに伸ばされていたはずの両腕がおかしな角度で折れている。肘が逆方向に曲がり、ブルゾンと皮膚を突き破った骨がはっきりと見える。骨を露出させた腕は血を流しているが、両手は未だハンドルを握っている。

除雪機が唸りを上げ進んでいく。真っ黒な剝き出しの歯に噛みつかれても「パパ」が悲鳴を上げることはなかった。引き裂かれた左手の肉片が刃に絡み、機械は喉を鳴らすように音を立てた。血に染まった雪が舞い上がり、純白の衣を纏った柿の木に深紅の橋をかけた。

腕がどんどん刃に巻き込まれて肩の辺りまで喰い尽くされた時、やっと朝香の手がハンドルから離れ、機械が停まった。白眼を剝いた朝香がどさりと倒れ込む。

嘘のような出来事はあっという間に起きて、優真は悲鳴を上げることも助けを求めることもできなかった。

雪の上に倒れている「パパ」は仰向けになっていて、あかんべえをするように舌を出している。

どうしてあんな風に舌が出ているんだろう？　あんなに長く舌が出るなんて普通じゃない。片腕がなくなったのに痛がらないなんて普通じゃないし、両目はおかしな方向を向いている。女のひとの両腕は骨が出ておかしな風に曲がり倒れたまま動かないし、柿の木はずっとこっちを見ているし。なんだこれ、なんだ――

気配を感じ、優真は反射的に屋根を仰いだ。

男性がいた勾配とは反対側の屋根から、ひとりの人物が庭の惨状を見下ろしていた。そのひとは片手に切れたロープを握っている。

「お父さん？」

玄関扉が引かれる。

優真の心臓がありえないほど大きく鼓動を打つ。心臓が口から飛び出しそうになる。

おばあさんが出て来る。こっちを見る。おばあさんと目が合う。全身に冷や汗が噴き出す。

おばあさんが視線を庭の方へ巡らす。

「――秋夜さん？」

優真は駆け出した。振り返らなかった。甲高い悲鳴が冷えた空気を切り裂いても、優真は足を止めなかった。

9

耳をつんざく悲鳴が辺り一帯に響き渡っている。珠子の慟哭じみた混乱の叫びは、秋夜の深部を震えさせた。

惨状を見た時、秋夜は「なにか」が満たされるのを――抉《えぐ》れた傷痕に治療薬を滴下されたような心持ちになるのを――感じた。

ロープを握りしめ、秋夜はしばらくその場に立ち尽くした。

第五章　開花

1

塾で講義を受けたはずだが、優真はどうやってその時間を過ごしたのか覚えていなかった。家に帰るとすぐさまベッドに潜り込んだ。布団を被って目を閉じる。長い舌を出した「パパ」と、あり得ない角度に両腕を曲げた朝香が浮かぶ。それに、屋根の上からこちらを見下ろしていた人物も。頭から追い出したくて強く目を瞑るが、それらの光景は益々鮮明に見えてくる。

優真はベッドから跳ね起きた。もつれる足で壁際へ行き、部屋の灯りを点ける。それでも足りない気がして机のライトのスイッチも入れた。ベッドへは戻らなかった。

部屋の隅で膝を抱え、結局ベッドへ入らないまま優真は夜を越した。

「雪下ろし中の事故か」

心臓がどくんと跳ねる。

事故を目撃した翌朝、地元新聞を読んでいた孝道が独り言を呟く。

「毎年起きているのになんで過去から学ばないかね」

小馬鹿にしたように言うと、孝道は几帳面に新聞を畳んだ。

「どうした」

声をかけられぎくりとする。孝道の顔を見たくなかったが、優真は仕方なく目を上げた。

「なぜ、食べていない」

目を見て話をしないこと、食事を残すこと、それらは自ら調教を乞うのと同義だった。そうとわかっていても、どうにも箸が進まなかった。

孝道の顔に、愉悦が浮かぶ。

「それ以上痩せると私や里実に迷惑がかかるだろう。どうしてわからない？」

テーブルに置かれた孝道の人差し指が何度か跳ねる。

トツ。トツ。

「君も、過去から学ばないと」

孝道はテーブルを回って近づいてくる。ゆっくりとした足取り。伸ばした指先が優真の肩に触れそうになったその時、里実が割って入った。

「優真は」

里実の声は震えている。

「優真は熱があるんです」

優真は驚いて母親を見上げた。

「ご飯が食べられないのは熱があるせいです。顔色もよくないし、今日は学校を休ませます」

この場にいるだれよりも顔色の悪い里実は、優真を庇うように立っている。

「このまま行かせても、すぐに学校から連絡が来るはずです。だから――」

「だから休ませる。それはわかったが、どうして熱があるとわかるんだ？　いつ、熱を測った？」

孝道の問いに、里実は自身を鼓舞するように体側につけた手を握りしめた。

「昔からそうでした。熱がある時は食欲がないんです。それに、顔色や顔つき、優真の様子から具合が悪いことはわかります」

孝道はなにか考えるように間を置いた。それから、

「『昔』というのは、私の知らない時代の話だね。その頃の話はしないと約束したじゃないか。里実は、昔のことは覚えているのに、私との約束は忘れてしまうのか？」

「そういうわけじゃ――」

「まあ、いい。この話は帰ってからしよう」

「あの――」

追い縋ろうとする里実の手を、孝道はさっと払った。

「遅れる」

そう言って背を向け、家を出るまで一度も里実の顔を見なかった。


優真は走る。凍った雪道を裸足で走る。纏っているシーツのような白い衣装がはためく。何度も転び尻と頭を打つが、すぐさま立ち上がる。冷気が喉を凍らせて、口の中は血の味が広がっている。それでも走る。なぜなら——

優真は肩越しに振り返る。ショベルカー並みに大きな除雪機が、真っ黒な刃を回転させ追って来る。優真の腕を喰い千切ろうとやって来る。

優真は悲鳴を上げる。その拍子に口から大量の血が噴き出す。白い衣装と手のひらが血に染まる。驚愕の悲鳴を上げながら背後を振り返ると、おそろしいヒト喰い機械は消えていた。代わりに、なにかがやって来る。二つの「もの」はヒタヒタと音を立て進んで来る。右に行ったり左に行ったり、ぶつかり合ったり。徐々に近くなる「もの」は、かつて人間だったらしい。一歩踏み出す度に両腕がもげそうに揺れるもの。左右の目がそれぞれあらぬ方向を向いているもの。優真を見ているはずはないのに、見られているに違いないと感じる。胸まで下がった紫色の舌が、体の動きに合わせ振り子時計のように揺れる。

捕まったら、きっと仲間にされる。だから、また走らないと。ずっと走り続けないと。

正面に顔を向けると、すぐ先にだれかが立っているのが目に入る。腰から上は闇に呑まれて見えない。左手にロープ、右手に刃渡りの短いナイフを持っている。ロープの先は輪になっていて、なにかが引っ掛かっている。重たいものを引きずるように、ずるずると音を立ててやって来る。そのひとの顔は見えない。だが、ロープの輪に首をかけられているのは太陽だとわかる。太陽は真っ白な顔で目を閉じている。ロープを持った手が素早く動くと、太陽の身体が高く宙に浮いた。途端に太陽が目を開けた。大きく見開かれた目は優真を見ている。助けに向かおうと、優真は駆け出す。ブレードがロープにあてられる。そのひとは一度だけナイフを引いた。切れ味鋭いナイフはロープを切断し、太陽を宙に泳がせた。


目を開けると、間近に里実の顔があった。不安そうな顔をしている。

「大丈夫？」

起き上がろうと頭を起こした優真に、激しい眩暈が襲った。里実が咄嗟に優真を受け止め、優しい手つきで枕に戻す。

「うなされていたから起こしちゃったけど、まだ横になっていた方がいいわ」

「うなされてた？　僕が？」

「とても苦しそうだった。怖い夢でも見たの？」

里実は、ひんやりした手を優真の額に押し当てた。

「……熱は下がったみたい。よかった。お腹減ったでしょう？　おかゆを作るね」

ベッドに腰かけていた里実が立ち上がる。

「お父さんは――?」

振り向いた里実は弱々しく微笑んだ。

「大丈夫、心配いらない」


数日後、優真は登校した。

家にいる間、孝道は優真になにもしなかったし、なにも言わなかった。優真は理由を考えてみた。答えは簡単だった。病気を長引かせたくないからだ。これ以上学校に行かないのは不自然だし、息子が不登校の烙印を押されたらいい父親の称号が剝奪されてしまう。それになによりーー

弱っている僕ではいじめ甲斐がないのだろう。

久しぶりの学校はひどく疲れた。前触れもなく事故のことがよみがえって、叫び出しそうになるのを何度も堪えねばならなかった。あのことはだれにも話していない。里実にすら話すことはできなかった。

朝はひと気のなかった横断歩道に、今、だれか立っているのが見える。その人物は頭以外真っ黒で、奇妙な動きをしていた。早足になったかと思うと急に立ち止まり、放心したように空を仰ぐ。だらりと下がった両腕は重たそうに見えるが、なにも持ってはいない。

見てはいけないものを見てしまったような気持ちになる。迂回できればいいが、あの横断歩道を渡らないと家へ帰れない。

優真は顔を伏せた。横断歩道では素早く左右を確認し、駆け足で渡った。向こう側にいた黒いひとは、俯いていてもわかるくらい強烈に優真を凝視している。前を通り過ぎた優真は歩調を緩めた。直後、左腕を摑まれる。驚いて見ると、黒いひとだった。そのひとは優真を凝視し続けている。

「あの、放してください」

摑まれた腕が痛かった。

「あの――」

「おまえだろう？」

黒いひとが口を開いた。と同時に、酸味と苦みが混じった口臭が鼻を突く。優真は思わず顔を背けた。

「やっぱり！」

手を引かれ、優真はよろめいた。今度は両肩を摑まれる。

「おまえだ！　まちがいない！」

知らない人に突然捕まり、優真は恐怖を覚える。

「知りません。僕じゃありません」

口を衝いて言葉が出た。とにかくここから逃げたかった。

再び迫る顔。優真は精いっぱい顔を背ける。

「嘘を言うんじゃないよ」

素早く伸びた手に頬を摑まれ、顔を向き合わされる。

「おまえだよ。あの時、目が合ったんだから」

「知りません、わかりません――」

『目が合った』――?

捩っていた体から力が抜けた。目の前の人物に、今度はきちんと向き合う。老婆は和装の喪服姿だ。袖を通してから時間が経っているのか、襟元が乱れている。ボサボサの白髪の隙間から落ち窪んだ目が覗いている。その目に見覚えがあるように思う。

「あの……?」

「見ただろう? あの時、家で起きたことを見ただろう?」

家で起きたこと。見た。なにを?

「そもそも家になんの用だった? だれを訪ねて来た?」

話が見えた。老婆の正体に思い至って、優真は後退《あとずさ》ったが、すぐさま引き戻される。

「はじめは清春だと思った。清春の学校の児童だもの、それもあり得る。でもおかしい。一度目は休みの日だったが、あの日は学校だった。たしかに清春は家にいたが、用事があるのなら学校で済ませたはずだ。どうして家に来た?」

旗振りをしていた時とは別人だ。娘に新しいバッグを買ってやると言っていた時、彼女の髪は黒かった。張りがあったはずの顔も、悲嘆と過労のせいかひどい有様だった。

「だれに会いに来た?」

老婆が詰め寄る。

「秋夜さんか？　秋夜さんじゃないのか？」

優真のわずかに膨らんだ鼻孔を肯定と受け取ったのか、老婆は、

「ほら！　そうだ！」

と喝采のような声を上げた。

「ここで知り合った？　わたしが秋夜さんと旗振りを交代してから。そうだろう？　どんな話をした？　いったい、あの女になんて言われた？」

優真がなにも言えずにいると、老婆は畳みかけるように言う。

「あの日、おまえはすべてを見ていた。なにを見た？　あの女がなにかするのを見たんじゃないのか？」

なにか。ひとりだと思っていたおじいさんの反対側にいた人物。切れたロープを持っていた人物。

「なにか――なにかってなんですか」

老婆は飛び出るほど目を剝いた。

「あの女がうちのひとと朝香ちゃんを殺そうとするところだよ！」

思いもよらない発言に、優真の思考は止まる。老婆の目尻が痙攣《けいれん》したようにひくつく。

「やっぱり。そうなんだね？　見たんだね？」

両肩に込められる力が強くて、優真は顔を顰めた。老婆はそんなことにはおかまいなしに続

ける。

「朝香ちゃんは部屋にいるはずで、あの女が作業をしているはずだったんだよ！　慣れた作業でうちのひとが落下するなんて、そんな偶然あるはずない。あの女が殺したんだ！」

あの女が殺した――？　秋夜さんがあの二人を殺した？

「――まさか」

優真の口から零れた呟きを、老婆は聞き逃さなかった。

「まさかって、どうして？　やっぱりあの女のこと知ってるんだろう？　だから訪ねて来たんだ！」

あまりの迫力に優真は顎を引いた。喉元でごくりと大きな音が鳴った。

「――ここで、見守りボランティアをされてましたから。知ってます。でも、それだけです」

「そんな言い訳通用するか！」

唾を飛ばしながら老婆は叫んだ。次は噛みつくように、

「じゃあ、どうして家に来た？」

と、問いただしてくる。優真は慎重に答える。

「最初の時は、盗まれた自転車を捜していました。あそこにいたのは偶然です。善財先生のお宅だというのは後で知りました」

「じゃあ、あの時は。あの日、どうして家に来た！」

「……善財先生にお話があって。学校ではしづらい話だったので」

老婆は優真の目をじっと覗き込む。

「それがほんとかどうかはおいといて——見たんだろ？　あの日起こったことを、おまえはすべて見た。そうだろ？」

老婆は再び目を剝いた。

「それで？　いったい、なにを見た？」

「おじいさんが屋根の上にいて——」

優真は見たままを話した。最後の——切れたロープを持った人物を見た——部分だけは省いて。

あの日のことを口にしたのは初めてだったが、言葉にするのはリアルで恐ろしかった。それになにより……事故に遭ったひとの家族に話すことは、途方もなく辛かった。優真は事故のことを調べなかった。新聞を開くこともしなかったし、進んでニュースを見ることもしなかった。だから、あの後ふたりがどうなったかは知らない。だが、事故に遭ったひとの家族は喪服を着ている。葬儀があった。どちらかが死んだのだ……もしくは、ふたりとも。

話を進めるうちに、老婆の体から力が抜けていくのがわかった。肩を摑んでいた手がずり落ち、歩道脇にいた時のように両腕が下がった。話の終盤で老婆がたたらを踏んだので、優真は慌てて腕を摑んだ。

「大丈夫ですか」

こんな話を聞かされて大丈夫なわけがない。そうとわかっていても、他にかける言葉を優真は知らなかった。

上体を折った老婆がなにか囁く。

「…………」

「え？」

老婆の顔は白髪に覆われていて見えない。

「今、なんて――」

老婆が勢いよく顔を上げた。

「あの女のせいだ」

色を欠いた唇が、何度も同じ形を作る。

「あの女のせいだ」「あの女のせいだ」

優真は咄嗟に老婆から手を離した。彼女は目玉をぎょろぎょろ動かしながら同じ言葉を繰り返す。どんどん大きくなっていく声に、道行くひとが怪訝そうな視線を投げる。

「あの女のせいなんだよ！」

老婆は益々声を大きくする。

「あの女が来てから清春が変わった！　家は滅茶苦茶になって、とうとううちのひとまで殺された！　朝香ちゃんは――」

老婆の敵意剝き出しだった表情が突如、呆けたようになる。かぎ爪のように曲げていた指からも力が抜けた。虚空を見つめ、独り言のように呟く。

「そうだ。病院へ行かないと。あの子はさみしがりなのに。ひとりにしちゃったわ」

老婆の黒い草履が、ざりざりと残雪を踏む。背中を向け、数歩進んだところでなにかに気付いたように振り返る。

「またね」

そう言って、なにごともなかったかのように歩き出した。


足袋《たび》のつま先がひどく汚れていた。

老婆と会った後、そんなことがやけに気になった。あの横断歩道から善財家までは徒歩で何十分もかかる。その距離を草履で――喪服姿で――歩いて来たのだろうか。夫の葬儀の日に？

ふいに、骨壺を抱いて子守歌をうたっていた里実のことが浮かぶ。

母親のことも、老婆のことも。最初は正気を失くした人間が怖かった。だが今は――ひとに正気を失わせるほどの苦しみと悲しみが存在することが理解できた今は、そこへ追いやることのできる人間の方が恐ろしかった。


老婆に待ち伏せられたのは一日だけで、その後数日はなにごともなかった。だがあの横断歩道にさしかかる度、優真は怯えた。

下校のチャイムが鳴り、多くの児童が昇降口へ急ぐ中、優真の足取りは重かった。

おばあさんはまた僕を待っているだろうか。

喪服を着て。足袋を汚して。叫ぶように。

「田中さん」

ハッとして顔を上げると、正面に善財が立っていた。

「少し話せるかな」

二人きりの理科室はやけに広く感じられた。扉にはめ込まれたガラス部分に、廊下を行き来する人影が映る。

背もたれのない木製の椅子に座り、二人は向かい合った。

「突然すまない。時間は大丈夫？　お家のひとが心配するといけないから電話しておこうか」

「いいえ。塾に行くまではまだ時間があるし、それまでに帰れば大丈夫です」

善財は目尻を下げて頷いた。やつれた頬に、引っ掻いたような短い傷が走っている。

「ぼくの母が迷惑をかけたみたいだね」

そう言う善財には、詮索するような雰囲気は微塵もない。感じるのは悲しみだけだ。

「あの日は父の葬儀でね。いつの間にか母の姿が見えなくなって……」

しんとなる室内に、廊下から楽し気な声と足音が響く。

優真は、思い切って言った。

「僕、見てました。あの事故……」

悲しみに満たされていた善財の瞳が、わずかに変化した。その変化が広がりきらないうちに、優真は話を続ける。

「だれか大人のひとを呼ぶべきでした。でもあの時は、怖くて。怖くなって、走って帰りました。両親にも、だれにも言ってません」

「――あんな事故を見たら怖くなって当然だよ」

善財は震えを抑えるように固く拳を握っている。

「あの日、どうしてぼくの家に来たの？」

悲しみが吸い込まれた瞳は、ただ黒い丸に変わっている。

これと同じ目をどこかで見た。ざらついた黒い画用紙みたいな目を。優真の喉がごくりと鳴った。

「……善財先生に会いに行きました」

善財は相槌も打たず、じっと優真を見つめている。

「ぼくにどんな用事があったのかな？　学校ではだめだった？」

優真は自分の手に視線を落とした。

「……この前、いつでも話を聞くよって。そう言ってもらって、すごく嬉しくて」

「ああ……」

善財の口からため息に似た返事が漏れる。

「学校だとだれかに聞かれるかもしれないと思って」

「どんな話？」

優真は、握った手に力を込める。

「家の——家族のことで、ちょっと」

「今、話したい？」

優真はぶんぶんと首を振った。それから、

「両親に、先生の家に行った理由を訊かれても僕には答えられません。家のことで相談に行ったなんて知れたら、余計に拗れてしまうから。だから事故を目撃したことは言えません。先生も、両親には言わないでください。だれにも言わないでください。僕も、だれにも話しません」

どこか虚ろな表情で、善財は「わかった」と返事をした。居心地の悪い沈黙が垂れ込める。

優真は躊躇いながら疑問を口にした。

「あの……先生の妹さんは——」

善財の顔に影が差す。

「すみません、余計なこと——」

「妹は、屋根から落ちた父の下敷きになった時、両腕を骨折して——」

骨折——？

優真のイメージする骨折は、あんな風におかしな角度に腕が曲がったり骨が飛び出たりするものではない。もっと静かな、皮膚の中で起こる問題だ。拳を突き上げるように天に向いたギザギザした骨の白さ、除雪機の刃に喰い千切られた腕、丸い骨が露出した肩の断面、深紅に染まった純白の雪。どれもこれも現実に起きたこととは思えない。

「手術をして、今は病院に」

優真は鮮明に浮かんだ事故の映像を頭から追いやった。

「元の生活に戻るには時間がかかりそうだ」

言った後、なにがおかしいのか善財は笑った。

「元の生活なんて。だれも戻れないのに」

善財は独り言のように呟いた。

廊下を渡っていく児童の声が途絶え、ふたりがいる空間に沈黙が訪れる。完全な静けさは、優真に客観的思考を与えてくれた。怯えと恐怖心を脇へ置き、事故に見舞われた家族に寄り添う心を取り戻させてくれた。

「きっと」

優真は言った。

「きっと大丈夫です」

考えた言葉ではなかった。でも、思いつきでいい加減に発した言葉でもなかった。ただ心から溢れ出た一言だった。

優真を見つめる善財の瞳に涙が溢れる。

「すまない」

善財は涙を堪えるように顔を上へ向けた。

「ぼくも参ってるんだ。突然の父の死、妹の大怪我。悲しむ間もない。やらなきゃいけないことが多過ぎて。そこへきて母はあんな調子だし」

顔を戻した善財は掌底をこめかみに押し付けた。

「おそらく田中さんに言ったであろうことを、家でも、葬儀の最中も……たまらないよ」

そう言って、両手で顔を覆った。

「あの……先生のお母さんは、秋——先生の奥さんのことを疑っていましたが……」

長い指の隙間から、善財が目を覗かせる。

「事故の時、先生の奥さんは——」

「秋夜は……？」

ハッとして、優真は口を噤んだ。善財は顔から離した両手を腿の上に置いた。

「あの後警察が調べに入って、あれは不幸な偶然が重なって起きた事故だと断定された。なにより、ぼくが妻のことを疑うなんてあり得ない。母は——。ショックが大き過ぎて混乱しているんだ。母のことはこれから気を付けて見ていくつもりだ。だから、心配しなくていいよ」

善財が扉の方に視線をやった。つられて見ると、高岡がガラス部分からこちらを覗いていた。

善財が挨拶するように手を上げると彼も同じように返し、理科室の前から歩み去った。

両腿の間で手を組んだ善財が大きくため息を吐く。

「それにしても、田中さんは短期間に辛い経験をたくさんしたね」

優真は膝の上に置いていた手をぎゅっと握った。

「先生。太陽は――井出太陽君は無事ですか？　元気なんですよね？」

だれにも訊けなかったこと。一番知りたかったことを、優真はとうとう口にした。善財は悲し気に眉を下げた。

「彼とは連絡を取っていないのかな」

善財は優真を元気づけるように大きく頷いた。

「無事だよ。学校にも通い出したって聞いた」

「学校って……いじめがあったのに？」

「それは解決してる。彼の休学中に、いじめを行っていた児童が謝罪に行ったらしい。加害児童は反省しているそうだよ」

自殺に追い込むほど苛烈ないじめをしていた人物が「反省」したというのは、優真にはにわかには信じがたかった。相手に寄り添う気持ちがわずかでもあるならば、いじめなどはじめからできないはずだ。一方で、太陽なら加害者を赦《ゆる》すかもしれないとも思った。

「加害児童が反省できる人物だったのが幸いだ。反省どころか、いじめた認識を持てない加害者も多いからね」

気を取り直すように肩で息を吐くと、善財は優真の手を握った。冷たい手だった。

「彼は大丈夫。だから、今は自分のことを一番に考えること。心も体も休めて。今を乗り切るだけじゃなくて、先のことを考えられるくらいに」

「先生も。先生もそうしてください」

善財は、泣き出しそうな顔で笑った。

2

優真の瞳がわずかに輝いた。そんな些細な変化が嬉しくて、秋夜は自然と笑みがこぼれる。

公園のベンチに座っていた秋夜のもとに、白い息を吐き出しながら優真が駆け寄って来る。

「やっと会えた」

「やっと——って、毎日来てたの？　わたしに会うために？」

優真は恥ずかしそうに肩を竦めた。

「秋夜さんは大丈夫ですか」

秋夜がうなずくと、優真はほっとした様子でベンチに腰を下ろした。

「そうだ。今日、善財先生から、太陽が学校に通い出したって聞きました。だれにも太陽の様子を訊けなかったから、僕、すごく安心したんです」

秋夜は心の中で首を傾げる。

優真の両親には連絡がいっていないのだろうか？　親友の無事と近況を聞いたら息子が安堵するとは考えなかったのだろうか。

訊いてみたかったが、太陽の話題を続けるのはよくない気がした。優真から話すのならばいいが、第三者があれこれ言うのは違うし、なによりこれ以上優真を傷付けたくなかった。だからこれまでも話題にしなかった。

「事故……大変でしたね」

優真が、気遣ったように口にする。

「事故のことは、みんながショックを受けているわ。やらなくちゃいけないことが多くて目が回りそう。でも、こうやって気を張っているうちがいいのかもしれない。落ち着いたら、どっと感情が押し寄せそうで怖い」

優真を横目で見た秋夜は、

「忙しいって言ってるのに、こんなところでなにをしてるのかって？」

ニヤリと笑った後、顔を正面に向けた。

「このまま走ったら息ができなくなりそうで」

優真が口を開くより早く言い足す。

「ごめん、心配させるようなこと言って。ここへ来たのは優真君に会いたかったから。よかった、会えて」

優真が、腿の上に置いていた手を拳に変えた。

「事故のこと。秋夜さんのせいじゃありません。だれのせいでもないと思います」

言った後、優真はぎゅっと口を結んだ。言いたいことを我慢しているような、怒っているような顔だった。

「事故があった時、家に来ていたそうね。惨《むご》い現場を見せてしまって、なんて言ったらいいいか……ごめんなさい」

優真は少し焦ったように、

「謝らないでください。秋夜さんはなにも悪くないんだから」

と言った。その横顔は、やはり怒っているように見える。

「義母の言ったことを気にして、わたしを気遣ってくれてるのね」

「嫁がうちのひとを殺した！」葬儀でも、その後も、珠子は声を張り上げた。近所の人々の中には、最初こそ驚き、秋夜に疑いの目を向ける者もいたが、珠子が声を上げれば上げるほど精神状態を不安視され、発言の信憑性はなくなっていった。さらに警察の調べで事故と断定されてからは、皆しらけたように、珠子に冷ややかな目を向けた。唯一同情的だった婦人会の仲間も潮が引くように珠子から距離を取った。もう、だれも彼女を相手にしなかった。

葬儀後、珠子が喪服姿のままで優真を待ち伏せていたというのを清春から聞いた時、そこまでするかと秋夜は呆れた。惨い現場を目撃してショックを受けている子どもに追い打ちをかけるような真似をした珠子に怒りが湧いた。

「待ち伏せされて怖かったでしょう。特に、義母は普通の様子じゃなかっただろうし。本当にごめんなさい」

「謝るのは僕の方です。事故を目撃した時、僕が見たことを警察に話していたら、きっとおばあさんは秋夜さんを疑うようなことはなかったはずです。怖くなって逃げてしまったばっかりに――」

優真が小さな胸を痛めているのがわかって、秋夜は申し訳なさと同時になんとも言えない愛おしさを覚える。

「わたしのことを心配してくれたのね」

優真は目尻を下げたが、唇は見えなくなるほど強く引き結ばれている。秋夜の手よりひと回り小さなサイズの拳が、腿の上で落ち着きなく動いている。その様子を見て秋夜は確信する。事故のことで、まだ言いたいことがあるに違いない。彼にとって、とても言いにくいことが。

秋夜は思い切って言った。

「事故の時、なにを見たの?」

優真の動きが止まる。瞬きもしない。

「無理に話してとは言わない。でも、胸にしまっておくのが辛いなら――」

「おじいさんが落ちた後、切れたロープを手にした善財先生が屋根にいるのを見ました」

一息に言って、優真は深々と息を吐き出した。同時に背中を丸め、肩を落とす。

「僕……少しだけ……ほんとに、ほんの少しだけ、ちょっとの間だけ、先生のこと……」

秋夜は、この時ほど優真に対して申し訳なさを感じたことはなかった。

凄惨な事故現場を目撃させてしまった。深紅に染まった雪。剝き出しになった骨。遺体。耳から離れないであろう悲鳴と機械音。血の臭い。肌に纏わりつく現場の空気。五感に居座って彼を苦しめ続けているかもしれないもの。そればかりを心配していたが、優真は別のことでも苦しんでいたのだ。

「でも、ほんとに少しだけです。事故の後すぐは、そんなこと思いもしなくて。先生と学校で話す前のちょっとの間だけ、もしかしたらって」

懸命に清春を庇う優真の姿に胸が痛んだ。

「おばあさんが秋夜さんのことを悪く言っているのを聞いた時、事故じゃないのかもしれないって思っちゃって」

「それは——」

「もちろん！　そんなことなかったって、今はわかってます。警察のひとが調べたって先生が言っていたし、そもそも先生を疑う理由なんてなにもないのに」

後悔するように背中を丸める優真は、年齢よりさらに幼く見える。秋夜は、彼に重荷を背負わせてしまったことがとても辛かった。

「優真君が見たのは夫だけ——？」

優真は、澄んだ目を秋夜に向けた。忖度《そんたく》も猜疑もない、純粋な目だった。

「え、と。おばあさんも見ました。全部が終わった後、おばあさんが家から出て来て。目が合いました」

全部が終わった後、と口にする時、優真は極端に声を落とした。

「あの時、僕がおばあさんの力になれていたら。せめて、大人のひとを呼んでいたら……」

秋夜はゆっくりと首を横に振った。

「そんな風に思わないで。優真君には事故のことを忘れてほしい。無理を言ってるのはわかっているけど、どうか——お願い」

秋夜の言葉を聞き終えた優真は、身体の中を浄化するように空を仰いだ。

秋夜は、彼の横顔を見つめる。愁いを帯びた、大人びた横顔を。

彼に負わせた傷や苦しみを消し去れたらいいのに。それがわたしにできないのなら、どうか。

わずかに丸みが残る輪郭と鼻先。触れたら心が震えるほどにあたたかいだろう。彼の頬に触れる手が柔らかく、この上なく優しくあるといい。寒さと乾燥でカサついた唇は、それでも血色がいい。彼の唇から発せられる言葉すべてが美しいものならいい。悲しい言葉や苦しみが生まれないといい。黒々とした睫《まつげ》毛が涙に濡れないといい。瞳に映るものが「輝くもの」と「生」ばかりならいい。伸ばした両手で掴むものが彼の利になるものならいい。欲したものだといい。これから歩む長い人生が、芝生の道ならいい。裸足で歩いても足に傷が付かないほど易しいものならいい。

どうかこの先、彼が少しも傷付きませんように。

必ず、必ず幸せになって。

祈ることしかできない自分が不甲斐ない。じわりと涙が滲む。

優真が吐き出した息が空へ昇ってゆく。すべての穢《けが》れを落としたような顔つきで、優真がこちらに顔を向ける。

瞬時に目を丸くした優真は、慌てた様子でポケットに手を入れた。チェック柄の青いタオルハンカチが目の前に差し出される。

「ありがとう」

ハンカチを受け取る時、手が触れた。秋夜は思わず優真の手を取った。氷のように冷たい手だった。優真は秋夜の手をはねのけたりしない。迷惑そうでも恥ずかしそうでもない。秋夜にはなんだか優真が待ちわびた瞬間を迎えたみたいに見えた。戸惑いの表情の下に、感動と至福が垣間見えたからだ。

温もりが交わっていく。心地よさを超えて、取り込まれた温もりはまるで自身の一部のように馴染んでいく。

手の甲に、雫が弾けた。秋夜の涙は留まっている。

それじゃあ、これは。

驚いて優真を見ると、彼の目から大粒の涙が零れ落ちてくるところだった。秋夜の視線で、彼は初めて自分が泣いていることに気付いたようだ。

「あ、あれ……？」

秋夜からするりと手を離すと、優真は自身の頬に触れた。

「なんで……おかしいな」

止まらない涙と今の状況を誤魔化すように、彼は笑う。

心の痛む笑顔だった。

取り繕うように、優真はさらに笑う。それは秋夜に胸の張り裂けるような想いをさせる。

「すいません、僕、泣くつもりなんて――」

伸ばした手が優真に届く。やわらかくて壊れそうで、打ち震えるほど愛おしいものに。頬に触れられた優真は、やはり秋夜の手を振り払うでもなく嫌がる様子もない。手を握られた時よりさらに自然体で、心を許しているようだった。

「優真君の悲しみや苦しみを取り除いてあげられたらいいのに。わたしが代わりに引き受けられたらいいのに。ごめんね」

触れられた時には一度も見せなかった表情を優真は初めて見せた。かすかな驚きとショックを。

「ごめんね」

秋夜が繰り返すと、赤い唇がわなわなと震えた。

「な——んで。なんでみんな僕に謝って……」

優真の表情が崩れた。まるで足場の悪い崖上にでも立っているような表情だ。彼はいつでもやわらかな大地の上にいなければならないのに。

「大丈夫です、大丈夫」

言いながら、彼の目からはポロポロと涙が零れ落ちる。

彼を苦しめるものは事故と太陽のことだけではない。秋夜は思い至る。この涙は、ずっと彼を縛って苦しめているものから溢れ出ている。

初めて優真に会った時のことがよみがえる。朝の横断歩道。通り過ぎる彼の頬に残っていた涙の痕。悲しみの痕。

どれほどの重荷を、彼は背負っているのだろう？

自然と生まれた涙が、秋夜の冷たい頬の上を伝っていった。

「なんで秋夜さんが泣くの？」

鼻孔を膨らませ、優真は言った。

「僕は大丈夫です。だから――」

「本当に大丈夫なひとは自分で大丈夫なんて言わないわ」

「そんな、僕は……本当に大丈夫――」

秋夜が両手で優真の頬を包むと、優真は顔をくしゃくしゃにして嗚咽した。

「――じゃないみたいです」

彼は空気でなく水を吸い込んでいるように見えた。泣けば泣くほどそれはひどくなって重く沈んでいくように見えた。

苦しみに溺れかけた優真は振り絞るように言った。

「たすけて」

3

つまりはこういうことなのだ。

もしかしたら終わったのかもしれないと期待させたところで。完全に体力が回復するのを待って。とどのつまり、それらの条件が揃うまで待っていたのだ。

最近の孝道のお気に入りは、優真をきちんと席に着かせ、家族の食事風景を見せつけることだ。大事なポイントは、「優真がいないように振る舞う」こと。里実は青白い顔で、小石でも飲み込むように食事していたが、孝道はさも楽しそうに食事を摂った。このゲームを始めてから彼は食べる量も増えて、少し顔が丸くなったようだ。里実が意を決して「あまり痩せると、また食べさせていないように思われるのでは」と意見をした時も、「親友が大変な目に遭ったのだから、ちょっとくらい痩せたってだれもおかしいとは思わないだろう」と笑った。

大好きなお兄ちゃんがいることが嬉しいのか、専用のテーブルにいる結愛が嬉しそうに声を上げる。

朝も、夜も。延々と見せられる孝道の喜劇は、空っぽの胃をえずかせるほど悪意に満ちている。終わらないかに思えるその時間はなにも考えないように努めるが、ふいに思ってしまうことがある。

このひとさえいなければ。

夕食後、塾の送迎を孝道が車で行うようになった。小学生ひとりで夜道を歩かせることを、だれかに注意されたらしい。送迎初日の車内で孝道がぼやいていた。その腹いせか優真は毎朝早朝に起こされ、物置に閉じ込められた。一日の始まりの空気は肌が切れそうなほどに冷たくて、これが終わっても、次はあたたかい朝食を摂る家族を見なければばならない。

ああ——このひとさえいなければ。

空腹でイラついた。空は長いこと雲に覆われて、お日さまは一度も顔を見せない。寒さが空腹に追い打ちをかける。

だから、老婆に声をかけられた時、気の毒なひとだと思いながらも相手にはしなかった。

「僕ちゃん、話を聞いてちょうだい」

午前中で授業が終わる日は給食が出ない。孝道が塾の送迎をするようになってから『家ヤス』でパンを買って食べることもできなくなった。

昨日の昼からなにも食べていないのに、さらに空腹のまま過ごさねばならない。やっとありつける明日の給食だって、「飢えているように見える」つまりは「食べさせていないことがバレる」といけないからお代わりは禁止されている。

「少しでいいから、話を聞いてくれない？」

いつもの横断歩道にいなかったので油断していた。ここ数日、老婆は優真の下校を待ってしつこく話しかけてきた。優真が恐れていた喪服姿ではなく、薄紫色のダウンジャケットを着て。逃げるように足早でかわしてきたが、今日、彼女はお稲荷さんの前で優真を待ち伏せていた。いつか太陽が座っていたところだ。神聖な場所を汚されたようで、嫌悪を抱かずにはいられなかった。

雪が踏み固められスケートリンク並みに凍った道を、老婆は大袈裟なペンギン歩きで進んで来る。

「本当のことを話してくれない？　あの女を見たでしょ？　ねえ、そうでしょ？」

うんざりした気持ちになって自然と足が速まる。スノーブーツのスパイクが氷に喰い込んで、ガッ、ガッ、と音を立てる。

「待って！」

腕を取られ、老婆の顔が接近する。またあのひどい口臭。腕を振り払おうと肘を上げた時、彼女の手がひどく震えているのに気付く。

「あの女とコソコソ会ってるところを見たわ」

早口に老婆が囁いた。言い終えた彼女の顔には、意地の悪い笑みが広がっている。厚着のせいか、額にびっしりと汗をかいている。その割に顔色は悪い。

「二人で泣いたりして。なにを話してたの？　うちのひとが死んで、朝香ちゃんが入院して、やった、やった――って悦んでたわけ？」

笑顔のまま顔全体を引き攣らせる老婆がどんどん間合いを詰めて来る。

「手を取り合って泣くほど嬉しかった？　うちのひとや朝香ちゃんが、僕ちゃんになにかした？」

優真は思い切り顔を背けたが、老婆はおかまいなしに続ける。

「あの女からなにを聞いた？　いったい、なにを話していたの！」

今度こそ腕を振り払い、優真は老婆と対峙した。

「おばあさんと娘さんがどれほど意地悪だったか、僕は知っています」

老婆は目を剝き、口を半開きにしている。なにか言いたそうに口が開閉するが、喘ぐような息が漏れるだけだ。

「それに、秋夜さんがなにかしたなんてあり得ない。そんなことをするようなひとじゃない」

「ハハッ！」

軽蔑と侮蔑が混じった老婆の一息は、言葉以上に彼女の心境を物語っていた。正気とは思えないギラギラした目が一点に優真を凝視している。

「そんなひとじゃない、い、い、い、い、い――？　あの女のなにを知っていてそんなことを言うんだろうね？　いいかい、僕ちゃん。見かけと本性っていうのは別なんだよ。外見に惑わされちゃいけない。あの女は人殺しだ。舅を殺し、義妹も殺そうとした。次はわたしかもしれない。そうよ、一番憎いのはわたしでしょうから。わたしを殺した後は……？　清春？　わたしのかわいい息子？」

話の展開について行けない。発想の奇抜さが、老婆が正常な精神状態にないと示している。

優真は啞然とした。

「大事に育てたかわいい息子を殺されてたまるものですか。もう、わたしの家族に手出しはさせない」

ふらふらと踵を返した老婆が、素早く呟く。

「やられる前にやってやる」

「……え……？　ちょっ！」

老婆は足元を気にして歩いていた時とは別の、なんともおぼつかない足取りで進んで行く。

「おばあさん――」

「……うよ、なんでもっと早く思いつかなかったのかしら」

「おばあさん！」

老婆の腕を摑む。ダウンジャケット越しにも、その細さがわかった。

「落ち着いてください！　なんでそんな発想になるんですか」

「間違いない……間違いない」

老婆は言った。

「自分の子を殺すような女だもの。なにをしてもおかしくない」

「え――？」

老婆を見つめながら、猛烈な違和感が押し寄せる。

「なにを――なにを言っているんですか。秋夜さんが殺しただなんて、そんな――」

「五体満足に産んでやるのが母親の役目らのに、お腹の中で殺してしまうなんて。おぞろしいひと」

なぜか呂律《ろれつ》の回らなくなった老婆が、今度は突然、

「もっとじゅーじゅんで子どもも産めると思ったから家に入れたのに。大失敗らわ」

と素早く呟いた。

「ふくしゅーのつもりだろうけどそうはさせるものか」

老婆が優真の目を覗き込んだ。焦点が定まらないのか、両目が左右に揺れている。

「僕ちゃん。今日、ここでわたしと会っただごどはだれにも内緒よ。いーわね？」

老婆の腕の細さに、優真は内心ひどく驚き、心を痛めた。だが、今はもう掴んでいるのがだれの腕なのかわからなくなった。

老婆は優真の手を振りほどき、笑った。孝道の顔と同じ。これから起こす「調教」を思い浮かべる笑みだ。

ああ、そうか。このひとのことをずっと苦手に感じていたのは、孝道と同類だからだ。弱い者いじめを楽しむ人間だからだ。

上半身を揺らして歩く老婆の姿を眺めるうち、彼女をこのまま行かせるのはとんでもない間違いのような気がしてくる。

行かせてしまったら、秋夜さんは――？

無意識に足が出た。

簡単に追いついた。

水のせせらぎが大きな塊で堰き止められている。水音がやけに大きく辺りに響いている。

用水路に沈む老婆はうつ伏せで、起き上がる様子はない。

優真は道路脇に立ち、老婆がゆっくりと流されていくのを見つめた。

第六章　結実

1

弾かれたように我に返った優真が全身をわななかせ、たたらを踏む。地面に落ちていたものに足を取られそうになり、彼は恐怖に満ちた顔でそれを避ける。転げるようにして家へ向かう途中、彼は一度だけ振り返った。

一足遅れでやって来た秋夜は躊躇いなく用水路に飛び込んだ。用水路の水深は腰丈ほどで、幅は一メートルにも満たない。おそろしく冷たい水の中で珠子を仰向けにさせる。口を半開きにした彼女は意識がない。

「――お義母さん」

狭い用水路の中で、秋夜はなんとか彼女の身体を持ち上げようと試みる。珠子の脇に差し込んだ腕に目いっぱい力を込める。大柄ではないが決して小柄でもない珠子の身体は、服が水を吸っているせいか重さが増して感じられる。膝を折り身体を重ねるようにして珠子を抱える。氷のような冷たさの水がふたりを押し流そうと次から次へとやって来る。顔に撥《は》ねかかる水飛沫もそのままに、秋夜は必死に珠子を支える。

やっとのことで珠子の身体を道路に押し上げた時には身体が冷え切って歯の根が合わなかった。なんとか自身も水から上がると、すぐに珠子に縋りついた。

「お義母さん」

耳を珠子の鼻に近づけるが、彼女が息をしている様子はない。

「おかあさ、ん。しなないでください」

カタカタと鳴る歯の隙間から声が出る。

「死なないで」

珠子の胸の真ん中に両手をあてると手の付け根に体重をかけた。

「死なないで」

鼓動の再開をだれより願い、秋夜は心肺蘇生を繰り返し、繰り返し続けた。

2

黒いリボンがかかった額の中で、善財が微笑んでいる。

和装の喪服姿の秋夜がひとり、焼香を終えた人々に頭を下げている。優真を前にした秋夜は、泣き出しそうな顔で礼を言った。

「……それにしても、こんなに短期間で三人も亡くなるなんて」

焼香を終えた優真は、葬儀会場の隅にいる中年女性の一団に気付いた。

「芳武さんと昌男さんが亡くなってからたいして経ってないでしょう？　こんなに不幸が続くなんてこと、ある？」

「だってほら、おじいちゃんはお歳で寿命みたいなものだったし、昌男さんは事故だったけど、清春さんは自殺だもの」

「自殺？」

驚いたように言ったひとりが、慌てて声を落とす。

「……自殺だったの？　わたしはてっきり、心不全かなにかだと思ってた。あまりにも急だったから」

近くにいるのが子どもの優真ひとりだからか、女性たちが噂話を止める気配はない。

優真は彼女たちに背を向ける形でソファーに腰を下ろした。

「父親が事故で亡くなって妹は大怪我、その上母親まであんなことに……人生を悲観してもおかしくないわよ」

「ほら、雪下ろしの事故以来、珠子さん様子がおかしかったじゃない。徘徊なんて言うと失礼だけど、朝も夜も関係なくうろうろと——普段通らない道で迷って、雪道で足を滑らせたのかもしれないわね」

「旦那さんのことがあってから、珠子さん普通じゃなかったもの。おかしなことを口走って」

「いくら辛くたって、あんなによくしてくれるお嫁さんのことを疑うなんてねえ。そもそも、秋夜さんが昌男さんをどうにかするなんて理由がないじゃない。清春さんと一緒に家を出れば済むことなんだから。それなのに、珠子さんたら……」

「それで？　清春さんは？」

優真はそっと振り返った。

顔を突き合わせた集団が輪を縮める。その中のひとりが「庭の柿の木で」と言った後、片手を喉元にあてがった。

耳をそばだてていた優真は、突然肩に手を置かれ飛び上がった。横に立っているのは担任の高岡だった。

「驚かせたかな。ごめん」

「……高岡先生……」

高岡は、優真の隣に腰を下ろした。

「今日はだれと来たの？　善財先生のクラスの児童は、さっきまとまって焼香に来てたけど……」

「ひとりで来ました。どうしても善財先生にお別れを言いたくて」

「……そう」

高岡が黙り込む。近くの女性たちは噂話が止められないようだ。集団のひとりが捲し立てるように言う。

「善財さん家、これからどうなると思う?」

「どうもこうも、怪我が治ったら朝香さんがなんとかするしかないじゃない。秋夜さんは出て行くでしょうし」

彼女たちの話が聞こえているはずの高岡は、それには触れず、独り言を呟くように、

「悪いことは重なるって言うけど、それにしたって……」

と、呟いた。開いた膝に肘を置き、高岡は長い指を組んだ。

「善財先生がなぜ亡くなったか知ってる?」

学校では、善財の突然の不幸の理由をはっきり言わなかったが、彼が病気や事故で亡くなったのではないことを、優真は知っていた。どこで聞いたのか、善財の自死を知っていた孝道が教えてくれた。「君の周りには、自ら命を絶とうと考えるひとが多いね」と一言添えて。

「……知っています」

それを聞いても高岡の表情は変わらない。優真が知っているのを見越しての質問のようだった。

「善財先生の家族は最近不幸が続いたし、それに先生自身も……」

優真が隣を見ると、高岡は正面に顔を向けたまま言った。

「夫婦間のことで悩んでいたみたいだし」

そう言って、優真を見た。優真は、「君も知っているだろう？」と言われているような気がした。

「以前、職員室で善財先生に怪我の手当てをしてもらっていたね。その時、先生が話していることが聞こえて」

あの時、善財が話していたのは秋夜のこと。秋夜との子どものこと。

「ぼくも知らなかったような話で――しかも、極めてプライベートな話を児童に聞かせるなんて、善財先生、いったいどうしたのかなと思った。最近も……理科室でなにか話していたよね。話の内容まではわからないけど、相談にのってるっていうよりは、先生が児童に話を聞いてもらっているように見えて」

高岡が、苦しそうに顔を歪めた。

「それを見た時、不安のようなものが込み上げた。それなのに……」

先生は後悔しているのだ、と優真は思った。彼は、その時感じた不穏なものをそのままにしてしまったことを悔いている。自分にもなにかできたのではないか、と。しかし、それは結果論だ。

善財先生が死んでしまったから。

善財の死がなければ、高岡が気にしていることなど案外思い出しもしないような記憶だっただろう。教師と児童が話をしていた。ただそれだけのことだっただろうに。

寿命とも言えない、病気でもない。事故でもない。

家族や親しいひとにとって、心構えや覚悟がないままの死。死の原因が病気や事故だったなら、後悔の数も少ないだろう。でも、善財先生は自分で自分を殺した。それは、周囲の人々を苦しめる。なにかできたのではないか、止められたのではないかと、永遠の苦しみを置いていく。

組んだままの手を額に押し当てた高岡が絞り出すように言う。

「善財先生は純粋で不器用なひとだった。道は他にいくつもあるのに、それしかないと考えたのかもしれない。追い込まれて『逃げる』にしても、選択肢が一つしかなかったのは先生らしい。先生なりに一心に、純粋に考えた結果……なのかな」

純粋。不器用。善財をよく知る同僚がそう言うのだから間違いないのだろう。でも——純粋なら。不器用なら。家族を置いて逃げたりしないいんじゃないか。秋夜さんを愛していたなら、なおさら。彼女ひとりにすべてを負わせて、自分だけ遠くへ行ってしまうなんて。そんなの。

「——自分勝手だ」

膝に落としていた視線を上げると、わずかな驚きを浮かべた高岡と目が合った。

「なんでもありません」

優真は再び目を伏せた。

高岡がため息を一つ吐いた。

「善財先生の気持ちがわかったような気がする」

優真はびっくりして高岡を見る。彼はほんのわずか微笑んでいた。

「君に話してしまいたくなる気持ちが」

高岡は立ち上がり、優真の肩をぽんと叩いた。

「ありがとう、話を聞いてくれて。善財先生の代わりにはならないかもしれないけど、ぼくでよければいつでも話を聞くよ」

高岡が去っていく方を見ると、ロビーはいつの間にか学校関係者で溢れていた。優真は遠くから善財の遺影を一瞥すると、会場を後にした。


初雪以来の雪だった。リビングから漏れる灯りが、降りてくる雪を照らしている。

いつから降り始めたのかな。

孝道の後ろを歩きながら、優真は考える。スニーカーが霜を踏む度、静寂の中で小さな雷鳴が轟くようだった。積雪はないから、降り始めてそう時間は経っていないのだろう。

日が昇るまで、あとどれくらいだろう？

空には漆黒のカーテンが引かれていて、朝陽が起き出す気配はまだない。

「さあ」

孝道が促す。空から物置へ視線を戻す際、隣家の二階の窓でなにかが光るのが見えた。

「なにを見ている」

物置前に立っていた孝道が優真の方へ来て、隣家を見遣る。

距離のある隣家で見えるのは二階の窓と壁だけ。カーテンを引かれた窓は暗く、沈黙している。

「雪が気になるのか？　今日はずっと雪らしい」

嬉しそうに孝道が言う。雪が優真を凍えさせるのを想像するだけで愉快なのだろう。

孝道は、物置の扉を決して自分では開けない。優真の手で開けさせ、優真自らの足で入らせる。これは優真自ら行っていることなのだ。鍵をかけるなどもってのほか。いつでも出られるし、助けも呼べる。そうしないのは、優真が好きでしていることだから。

優真は自ら閉めた扉から下がると、積み上げられた夏用タイヤと向き合う。上から一段目と二段目の隙間に挟んだ紐を手繰ると、タイヤの空洞部分から優真が保育園で使っていた巾着袋が持ち上がる。中に隠してあるのは「滞在セット」。二十センチ四方に切った段ボールとペンライト、防災アルミシートと秋夜に借りたままの手袋。太陽の母がお土産に持たせてくれたクッキーは、とうに食べられる期限が過ぎているのだろう。底が見えているスタンド袋を開けると古紙のような臭いがした。

こんなものを隠していると孝道に知れたらもっとひどいことをされるだろうが、「時間」になると迎えに来るのは決まって里実だ。優真は体感で迎えに来る時刻を計り、里実が来る前に滞在セットを隠す。里実は、優真が大人しく物置で凍えていると思っているはずだ。

ペンライトを点ける。灯りは、寒さも空腹も紛らわせてくれなかったが、「明るさ」は唯一の拠りどころだった。それがなければ闇に呑まれてしまう。どんなに小さな灯りでも、正気を保つためには光源が必要だった。

スタンド袋に手を入れた優真は、迷った挙句、小さなクッキーを半分に割った。お世辞にも美味しいと言えなくなったクッキーは、それでも今の優真にとって貴重な食料だった。

クッキーの袋を戻すと、手袋をはめてペンライトを握り直した。灯りがタイヤの向こうを照らした時、真っ黒な物体が見えた。優真は手を伸ばしそれを引きずり出した。隠すように置かれていたのは真っ黒なゴミ袋だった。袋の上から触ってみる。柔らかな感触だった。元へ戻そうと袋を手に取った時、その閉じ方にぎくりとする。

袋の口は固く閉じられている。結び目を解こうとしたが手袋で滑って上手くいかない。猫の足跡マークの付いた手袋を外すと、床に置いていたペンライトを口に咥《くわ》えた。明るさの下で見ると、やはり開ける前提のない結び方をされているのがわかった。

なにかに袋を被せる時、里実も孝道も決して固結びはしない。開ける時、解くのが大変だからだ。家の細々したものも、物置にしまってある荷物にかけられたビニール袋も、一方を引けば解けるような結び方をされていた。

この袋の閉じ方は南京錠のような印象を優真に与えた。

固い結び目に爪を喰い込ませ、なんとか緩みを作る。慎重に緩みを広げ、人差し指を差し入れる。何重にもなった固結びを同じように解いていく。やっとのことで袋の口が開く。ペンライトの灯りを向ける。

後退った優真の背中に勢いよくタイヤがぶつかった。タイヤの振動を背中に受けながら、悲鳴を押し殺すために強く手の甲を唇に押し付けた。
心臓が止まったようになって、咥えていたペンライトが落ちた。ゴトリ——という音が現実ではないどこかで鳴ったように感じた。
——僕ちゃん
あのひとは僕をそう呼んでしつこく追い回した。
——あの女のせいで
——やられる前にやってやる
あのまま行かせることはできなかった。だから僕はおばあさんに腕を伸ばした。
袋に入っていたのは老婆が着ていた薄紫色のダウンジャケットだった。

3

だれもいない居間で膝を崩した秋夜は、目の前の遺影を見つめる。

「怖かった」
「夢だと思いたかった」
「まさか自分の母親があんなことをするなんて」

冷たい蔵の中で、清春は語った。

「秋夜と家を出た翌日、俺は母さんと話をつけるためにひとりで家へ戻ったろ。父さんと朝香の車がなかったから、ふたりが出かけているのがわかった。それにしても家の中がしんとしているように感じた。まず居間へ、その後で母さんたちの寝室へ行ったけど姿はなくて。それでじいちゃんの部屋へ行った」

底冷えする蔵の床に座り込んだ清春は、立てた膝の上に乗せた手をきつく握った。梁に取り付けられた細長い蛍光灯が、パッと音を立てて点滅した。灯りの下で思いがけず作られた彼の陰影は、心の闇を映し出すかのようだった。

「なにが起きているのか、なにを見ているのか理解できなくて、開けたドアの前で俺は立ち尽くした。ベッド脇にいた母さんがこっちを向いて――」

清春は頭を抱え、小さく呻《うめ》いた。

「それで……それから……」

苦しみもがく夫の横に膝をつくと、秋夜は背中に手のひらをあてた。たったそれだけのことが、清春には救いになったようだった。彼は再び口を開いた。

「俺はベッドに駆け寄った。足がもつれて上手く走れなかったけど……とにかく、ベッドサイドまで急いだ。それから、母さんの手の下のクッションを取り上げた。母さんは抵抗しなかったから簡単に奪えた」

手のひらから伝わる震えを、秋夜はあえて無視した。同調してしまったら正気を保っていられるか自分でもわからなかった。

「じいちゃんは息をしてなくて、声をかけてもまったく動かなかった。だから俺は心臓マッサージを始めて――どれだけの時間そうしていたかわからないけど効果はなくて。手のひらから肋骨が折れるのが感じられて、それで……止めた」

秋夜は、声が震えそうになるのを堪えねばならなかった。

「お義母さんは、おじいちゃんの顔にクッションを押し付けていたのね？」

芳武の部屋にあるクッションは一つだけだ。柿の木の花が描かれた、八重のパッチワークキルト。最愛のひとが遺したもので息の根を止めたのは、珠子なりの慈悲だったのだろうか？

そんなわけがあるか。

秋夜は煮え滾《たぎ》る怒りに呑み込まれそうになる。

小さく頷く清春を見て、秋夜の怒りは益々燃えた。

「でも――じいちゃんは全然苦しそうな顔をしてなかった。むしろ穏やかな表情に見えて、それが切なくて」

秋夜は信じられない想いで隣の男を見た。

そんなことを、本気で言っているのだろうか。顔にクッションを押し付けられて、実際死んでしまうほど押し付けられて苦しくないはずがないだろう。穏やかな顔？　苦しみ抜いて死んだ者を見て「切ない」？　このひとはなにを言っているのだろう。

背中に回していた手を秋夜が下ろそうとした時、

「俺は母さんを問い詰めた。なんでこんなことをしたのかって」

青白い顔を上げた清春が言った。

「母さんは言った。『あなたたちをこの家に戻すため、真実を知らせるため』って」

清春の目から涙が零れ落ちた。彼は拳で頭を挟むようにおさえると、

「意味がわからない、なんで、どうして」

そう言いながら、自分に鞭打《むちう》つようにこめかみの辺りを何度も拳で叩いた。秋夜はとうとう彼から手を離した。

「なぜか。どうしてか。お義母さんはわたしたちを手放すつもりはなかった。どんな手を使ってでもわたしたちをこの家へ連れ戻したかった。清春さんの意志が固いのを知って、説得するだけじゃ足りないと判断したんでしょう。おじいちゃんが亡くなれば、嫌でもわたしたちは帰って来る。そう考えた」

秋夜は唐突に思い出す。

「『今日はどうしても家にいてもらわないと困るのよ』」

秋夜の呟きに、清春は振り上げていた拳を止めた。

「おじいちゃんが亡くなった日、出かけようとする朝香さんをお義母さんはそう言って引き留めたそうよ」

公園で、優真が話してくれた内容だった。彼はひどく気を遣いながら、それでも秋夜を心配して話してくれた。

「最初の計画では、お義母さんは朝香さんを証人にさせる気だったのでしょう。同じ屋根の下にいさせ、自分が手を下した後、亡くなったおじいちゃんを発見させる。犯行の際は、彼女を家から出すために買い物に行かせた。実際、朝香さんはおじいちゃんの好物を買いに和菓子店の杏月庵へ出かけていたでしょう？　おそらく、すべてが終わった後、帰宅した朝香さんにお饅頭を運ばせる予定だった。でも、犯行中、彼女が帰宅する前に想定外のことが起きた」

秋夜は、ゆっくり、ゆっくりと清春を見下ろした。

「あなたが帰ってきた」

清春に動揺が走ったように秋夜は感じた。彼は全身で言っている。なにがなんだかわからない、と。

「家を出た翌日、清春さんとお義母さんは電話で口論した。お義母さんも、一方的に電話を切った息子が帰宅するとは思ってもみなかったでしょう」

これ以上ないほど顔を白くした清春に、秋夜は追い打ちをかけるように言った。

「でも——車や玄関が開く音でだれかが帰ってきたのはわかったでしょうに。さらに言えば、おじいちゃんの部屋から駐車スペースはよく見える」

残念だと言わんばかりに、秋夜はため息を吐いた。清春の涙を浮かべた目が、真実を求めるように——聞きたくないが、聞かずにいられない様相を呈して——秋夜に縋りつく。

「お義母さんはわざと見せることにしたのよ」

清春の心にヒビが入った音を、秋夜はたしかに聴いた。

4

壁掛け時計を見上げていた優真は視線を移す。孝道はイライラした様子でバスケットの中身を漁っている。

「置いた場所にないなんて、そんなことあり得ないだろう」

孝道はたまりかねたように室内を歩き出し、乱暴に棚の引き出しを開けていく。

「このままじゃ塾に遅れる」

苛立たし気にそう言うと、優真に向き直った。

「手伝ってもらえるかな？　君のために捜しているんだから」

はい、と返事して、優真は即座に動き出した。里実は避難するように部屋の隅で結愛を抱いている。孝道の舌打ちに、里実の肩がびくりと跳ねる。

「車の鍵はいつも同じところに置いているのに、いったいどこへいくと言うんだ。足が生えて勝手に移動したのか？」

孝道の怒りの沸点はいつもじりじりと上がる。里実と優真の緊張が最高潮に達した時を狙いすましたかのように怒りを爆発させる。冷静を装った、孝道の滾るような怒りや暴力性は優真たちの中で沈澱していった。蓄積される負荷は精神を蝕《むしば》み、健全な思考を停止させてしまう。

「毎月、君にいくらかけていると思う？　塾など通わずにさくら中学に合格している生徒だっているだろうに――」

決して言い返すことなどしないが、優真は捜す手を緩めず思う。

『お父さん』が言い出したことなのに？　毎日塾へ通わせれば僕といる時間を減らせると思ってしたことなのに？　それってつまり、あなたが勝手にやってることだ。僕が一度でもさくら中学へ行きたいだなんて言った？　勝手に決めて、好きでお金を払っているのはあなただ。

「君と同い年の同僚の子どももさくら中学を受験するそうだ。その子は週に二回、塾に通って――」

さくら中学に合格したら、その後は？　大学受験の名目で塾通いは続く？　僕に家族団らんを邪魔されないように。家族？　そもそもこの人にとって家族とはなんだろう？

「受験が済んだら塾へは通わなくていいだろう」

孝道の言葉に、クッションを摑んでいた手が止まる。もったいぶるような間を感じ、目をやると、孝道は意地の悪い笑みを口角に浮かべていた。

「君は、君の部屋にいればいい」

いつから庭の物置が自室になったのだろう？　優真は思うが反論しない。わざとらしく悲しい顔をしてみせるだけ。孝道は満足したように怒りの沸点を下げた。再び引き出しに向き直り、

「しかし、見つからないな。このままだと遅れてしまう。君、今日は歩いて――」

「あ」

結愛のおもちゃ箱の中から優真は手を抜き出す。小振りのマスコットがついた車のキーを目の前に掲げ、優真は言う。

「ありました」

「なんだってそんなところに――」

怒りのメーターを上げ始めた孝道が優真に近づく。それを追うように、

「結愛は最近、手の届くものはなんでも取って、そこへ入れてしまう癖があって――」

里実が言い終えるのを待たず、孝道がくるりと向きを変える。向かい合う里実がぎくりとしたように動きを止める。

「『最近』『そこへ入れてしまう癖が』」

孝道は繰り返し、里実の顔を覗き込んだ。

「それがわかっているなら、どうして言わなかった？　この不毛な時間はなんだった？」

里実が顔を背けないよう耐えているのが優真にはわかった。

「はじめからそこを捜せばよかった。そうじゃないか？　君も知っていたのか？」

射るような目を向けられ、優真は顔を伏せたくなるのを堪えた。

「――知りませんでした」

「へえ。それは意外だな。結愛の世話をしている君なら知っていて当然のことだと思うが」

膨らむ孝道の怒りは、すでに熱を感じるほどだ。

「それとも、妹の世話をしていないのか？　だから知らなかった？」

「優真は毎日――」

駆け寄ろうとした里実を、孝道は手のひらを向けて制した。

「里実の意見は訊いていない。私は今、彼と話している」

黒の画用紙。眼鏡の奥の目を見つめながら、優真は思う。黒の画用紙。黒の画用紙。

「無視か？　ずいぶん横柄な態度を取るんだな。外でもその態度か？　そうなら躾が必要だ。外で起きることは親の責任だからな。私が教えてやらないと」

言い終えるや否や、孝道は振り上げた手のひらを優真の頬に叩きつけた。弾けるような音と同時に、右頬に痛みが走る。勢いで傾いだ首を、優真はゆっくりと元に戻した。

「相変わらず強情だな。徹底的に躾けないと。里実、今日は休むと塾に連絡してくれ」

体側で丸められる拳を見て、優真はそうとわからないよう身構える。

みぞおちか、わき腹か。

拳が引かれ、勢いがつけられる。優真は目を瞑らない。

目を逸らすものか。絶対に。

孝道の大きな拳が空を切る。優真のみぞおちを狙いすましていた拳が止まる。緊迫した室内に、間の抜けたインターホンの音。調教を邪魔された孝道は目の下を引き攣らせ、大きな舌打ちを一つした。それから玄関の方を顎でしゃくる。

「里実」

結愛を抱いた里実がスリッパを鳴らしながら玄関へ向かう。扉が閉められた空間はいやに静かで、息をするのも憚られるほど。調教の続きをしたい父親が眼前にいるならなおさら。

訪問客は複数のようで、玄関からは男女の声が聞こえる。ふたりが事務的な調子でなにか告げている。里実の声は聞こえない。

「なんだ？」

孝道が苛立ったように呟く。玄関と居間をつなぐ扉が開かれ、青白い顔をした里実が戻る。

「だれだ」

孝道の問いに、里実は囁くように答える。

「児童相談所の方が話を聞きたいと——」

孝道の表情が一変する。黒の画用紙だった目は驚きに瞠られ、薄い唇が糸のように細くなる。

孝道に鋭い猜疑の目を向けられ、優真は首を横に振った。

「クソッ」

また一つ舌打ちし、孝道が玄関へ向かう。後ろ手に閉めた扉が音を立てる。里実は腕の中で眠ってしまった結愛に視線を落とした後、不安そうな目を優真に向けた。

職員が挨拶する声。優真は扉の近くへ移動し、聞き耳を立てた。

女性の声がする。

「お宅には小学生のお子さんがいらっしゃいますね。会わせていただけますか」

「……なんですか突然」

「小学五年生の男児、田中優真君。息子さんですね？」

「そんな個人情報、いったいどこから——どんな用件ですか」

「虐待が疑われるとの通報がありました。息子さんに会わせてください」

間。

「だれですか、そんな嘘の通報をしたのは」

失笑を含んだ孝道の声。

女性に代わり、男性の声。

「嘘なんですか？　虐待はないと、そうおっしゃるんですね」

「あるわけないでしょう。だれですか、そんなことを言っているのは」

「それはお答えできません。通報の内容が嘘だとおっしゃるなら会わせていただいても問題ないでしょう。それともなにか、不都合なことでもありますか」

「まったく問題ありませんよ。むしろ、くだらない誤解を解くために会わせたいくらいだが——残念ながら彼は今、家にいないので」

「こんな時間にどちらへ？」

「学習塾です」

「場所はどちらですか」

「なんでそんなこと——市内ですよ」

女性の声。

「今は車で送迎されているそうですが、以前はお子さんひとりで通われていたとか」

「今通っている塾とは別のところでしたし……それがなにか？」

「帰りの時間は二十三時近くだったそうですね。暗い夜道をひとりで帰らせるのは心配ではありませんでしたか」

「……ああ、通報したのは隣の塩谷さんですか。以前、直接注意されましたよ。私と妻は、塾通いの多い息子が運動不足にならないよう自転車で通うのをすすめただけですが――言われてみればたしかに不用心だと思い直して、車で送迎するようにしたんです」

訪問者の返答を待つような間があった。

「塩谷さんじゃないんですか？　だとすると……井出さんかな。上山田で旅館をしている。あの家族は揃いも揃ってお節介が過ぎる。そちらから注意していただけませんか。余計なことをしないでくれと。大体、ひとの家のことをあれこれ言ってる場合じゃないだろうに――」

「上山田の井出さん……？　以前にもこのようなことがあったのですか」

女性の問いに、わずかな間を置いて孝道が答える。

「あるわけないでしょう、こんな無礼なこと」

その声は怒気を含んでいた。

「帰ってください。迷惑です」

孝道の気配に反応し、里実が身を竦める。

常にあのひとの顔色を窺い、気を張り詰め、そして――壊れかけている母。母親に抱かれずやすやと寝息を立てている妹。今は無事だが、今後は――？　息をする度、肺まで凍えそうになる冷えた物置。利き手とは逆の手で打たれる頬、腹、背中。唯一の親友と会えなくし、僕を孤独に追い込んだのは――

あのひとは僕から大事なものを奪っていく。このまま続けば、僕はなにもかも失うだろう。家族はもちろん、自分自身さえも。

唐突に脳裏に浮かんだのは、膨らんだお腹に手をあて、幸せそうに微笑む里実の姿。ふたりでいるよりもっと幸せになれると信じていた頃。里実の隣にいる孝道の眼鏡が光で反射している。やがて、ざらついた黒の画用紙のような目が眼鏡の奥から現れる。真っ黒な渦が真ん中の小さな穴に向かう。この世で一番小さな嵐が瞳の中に渦巻く。流れは急速に拡大し、いつしか優真の方にまで触手を伸ばす。優真は抗《あらが》うが、いとも簡単に引きずり込まれてしまう。

孝道の中は闇だ。冷え冷えとした広大な闇だ。入り口も出口もわからない。そこはとてつもなく嫌な臭いが充満している。優真を待ち伏せた老婆の口臭と同じ悪臭。脱出しようともがく度、見えない手が伸びる。肩、足首、頭、頸、腹、腿……柔らかな肉にかぎ爪が喰い込む感触。それはゆっくりと優真を侵食していく。足掻《あが》くのを止めるまで、優真の肉体と精神に喰い込む。優真は思う。

もう、眠ってしまおうか。

強烈な異臭が漂う。眼前で、優真を喰い殺そうと老婆が口を開けたのだろう。絶望のかぎ爪は、今や心臓に達する直前だ。頭から流れる血が優真の目を塞ぐ。

瞼の裏に、コンクリートの建物が浮かぶ。これは、優真と里実が暮らしていた団地。狭くて古い団地。外階段にはヒビが入り、クリーム色の扉は黄土色に変色している。階段を駆け上がる優真と里実。どちらが早く部屋のドアまで辿り着けるか競争している。里実はいつも手加減をして、優真を勝たせてくれた。居心地のいい家。笑って、怒って、仲直りして。いつまでも続くと思っていた時間。

頭の中で太陽の声が聴こえる。

――そのキャラ、僕好きじゃないのに。好きじゃないのにそればっかり出てくる不思議ほんとだよ。好きじゃないのに。凍えさせられるのも、痛々しい姿のお母さんを見るのも。いつもお腹が減ってるのも、初めてできたお父さんも。お父さんの顔色を窺って息をひそめて生きることも、僕じゃない僕でいることも。全然好きじゃないのに。

頰が焼けるような熱を持つ。

殴られた顔から大量に出血しているのかもしれない。

あんなに凍えさせられたのに、からだの中を巡る血液はあたたかい。僕を生かそうとしているから。

僕は生きようとしているから。

掴まれている腕を力の限りに引く。骨と腱をもぎ取られる代わりに自由になった手で頰に触れてみる。純粋な驚きに優真は目を開く。

闇の中で、無数の灯りがともっている。正気を保つために物置で使っていたペンライトだろうか。いつか見た降るように瞬く星空のようでもある。

灯りのもとで見る老婆は滑稽なほど醜悪で、恐れる要素は一つもない。かぎ爪だと思っていたのは異様に長く伸びた齧歯《げっし》で、正体がわかるとそれは簡単に引き抜くことができた。振り返ってみると、孝道の顔をした汚らしい大型のネズミが怯えたようにからだを縮め、深い闇へと走り去っていった。

頬を拭った指についているのは血ではない。涙だ。

手を掲げる。ぼろぼろになった優真の手をしっかりと摑んだのは紛れもなく彼女だ。秋夜の手だ。猫の足跡マークが付いた手袋をはめた手は、優真の手をしっかりと摑む。傷付いたからだがぐんぐん上昇していく。星々の間を縫うように昇っていく。

心配そうにこちらを見ている里実と目が合った。

扉の向こうでは、押し問答の末、職員が退去しかけているようだった。

優真は深呼吸を一つした。

だいじょうぶ。大丈夫。

「もう二度と来ないでくださ――」

「お父さん――？」

優真が出て行くと、その場にいた大人たちがいっせいに顔を向けた。

職員の女性は年配で、白髪の交じった髪を一つに束ねている。男性は孝道より若い。背が高く、がっしりした体格だ。

「お父さん、どうしたんですか」

孝道の顔にかすかな驚きが走った。

「なにも心配ない。大丈夫だ、優真は向こうへ行っていなさい」

孝道に肩を押されたが、優真はそれに抗った。ぎょっとしたような孝道の向こうから、女性職員が声をかける。

「田中優真君ね？」

優真の肩を押す孝道に、

「田中さん。息子さんは塾へ行ったのでは？」

と女性職員が声をかける。肩を押していた孝道の手が力なく下がった。

「わたしは児童相談所の山島と言います。こちらは川辺」

山島の隣のガタイのいい男性が頭を下げたので、優真も同じようにした。

「優真君が困っているようだから、話を聞きに行ってほしいとあるひとに言われたの。ねえ、優真君。わたしたちに聞いてほしいことはない？」

背後から受ける孝道からの無言のプレッシャーに、優真は俯いた。

「優真君？」

山島が優真の顔を覗き込む。優真は右手でそっと頬を押さえた。山島の顔色が変わるのを、優真は目の端で捉えた。

「さあ、帰ってください」

孝道が優真の肩を抱くが、優真が体を強張らせたので思わずというように手を離す。一連の流れを見ていた山島と川辺が顔を見合わせる。

「優真君。安心して話していいのよ。ここじゃないところで話をしてもいいし、お母さんがいた方がよければ――」

「……お母さん」

言葉と涙が同時に零れた。ぼろぼろと涙をこぼす優真を、孝道は驚愕の表情で見つめている。

「お母さんは、お父さんに」

川辺がきつい視線を孝道に向ける。優真はそれに勇気づけられ、続ける。

「お母さんは、お父さんに殴られたり蹴られたりしています。か、髪の毛を引き抜かれたこともあります」

「優真！」

孝道の怒号を全身に浴び、優真は心底震え上がった。

だめだ、今怯んじゃだめだ。

自分を叱咤し、優真は踏ん張る。

きっとこれが最初で最後のチャンスだ。これを逃したら――ここを逃げ切ったら――お父さんは僕たちを決して許しはしないだろう。

山島は孝道には目を向けず、優真にやさしい視線を注いだ。

「お父さんが殴ったり蹴ったりするのは、お母さんだけ？」

優真は体に沿わせていた手で拳を作った。孝道がしたのと同じように。

「優真君は？　赤ちゃんは？」

唾を飲み込もうとしたが、口の中はカラカラに乾いていた。

「妹は無事です……多分。でも、時々ひどい泣き方をする時があります。僕はいつも妹が見えない場所にいるので——」

「見えない場所？」

川辺に訊かれ、優真は庭の方を指さした。

「庭の物置です。そこが僕の部屋だからって、お父さんが——」

肩に手を置かれ、優真はぎくりとする。孝道の動作は、思いやりに満ち、まるで愛情たっぷりといった風だ。それが益々優真を不安にさせる。

「優真、またか？　いくら辛いからって、またそんな嘘を……」

さも悲しそうに、孝道はため息を吐く。

「すみません。この子は最近とても辛い目に遭ったんです」

職員ふたりは興味を引かれたようで、話の続きを待っている。

まさか。

「つい最近、息子の親友が自殺未遂を起こしましてね」

そんな。

「第一発見者が息子だったんです」

職員ふたりの表情が痛ましそうに歪む。

待って。ちがう、そうじゃない、それは全然関係ない！

「それ以来、時々おかしなことを言うように。私たち夫婦も、気を配ってケアしているつもりなんですが」

優真はなにか言おうと思うが声が出ない。口がパクパクと動くだけだ。

すっかり同情してしまったのか、山島はかわいそうなものでも見るような目を優真に向ける。

「それと、ご存じかもしれないが私はこの子の継父でしてね。私は実子の娘と同じように愛情を持って育てているつもりですが、どうも血のつながりがないことを息子は気にしているようでして。実の親でもないくせに、と反抗することが増えていたんです。おそらく私への反抗心と、最近の辛い出来事のせいで嘘を……」

山島の同情が孝道へと移っていくのを優真は肌で感じた。

「嘘を吐いたことは許してやってください」

いつもは殴るために使っている拳を背中に回され、優真の呼吸は浅くなる。

川辺は、孝道と優真の言い分を慎重に精査しているようだった。黒々とした眉の下の目が、事実を見極めようと親子の間を往復している。やがて彼は気を取り直したように、

「では、優真君の頬の痕はなんですか」

責めるような口調で孝道に問う。

「それは――」

釈明しようとする孝道を無視し、川辺は優真と目線を合わせた。

「優真君、顔以外にも叩かれたり殴られたりする？」

背後から感じる孝道の痛いほどの視線に、優真は戦慄する。鼻孔がひくつき、目尻から零れた涙が床に弾けた。

「言ったでしょう。息子は今、普通の精神状態じゃないんです」

孝道の巧みな嘘を、女性職員の山島はすっかり信じ込んでいるようだ。資料のようなものを胸に抱き、同情的な態度を崩さない。一方の川辺は、優真の目を覗き込み続けている。

優真は、ガタイのいい男性職員の態度とその真摯な目に背中を押され、震える手で上着の裾を捲った。わき腹の治りかけの大きな黄色い痣が剝き出しになる。川辺が孝道に向き直った。

「詳しくお話をうかがえますか」

「それは――」

孝道が言い淀む。

終焉の訪れを全身に感じ、優真は目を閉じた。

解放される。これで、僕もお母さんも――

「それは、妻が」

孝道が絞り出すように言った。

優真は信じられない気持ちで孝道を見上げた。彼は優真に一切視線を向けず、職員を見据えている。そして、こんなに辛いことはないといった具合に顔を顰めた。優真は絶望に圧し潰されそうになる。

「妻は今、とても辛い状況なんです。傷付いた息子に寄り添いながら、さらに幼い娘の世話をして。私もできる限りのことはしていますが、仕事で家を空けている間はどうしても子どもと向き合うのは妻だけになってしまうので……妻の両親は鬼籍に入っていますし、私の両親も遠方にいるので、元々大人の手を借りる機会が少ない上に、福祉に頼ることを妻は嫌うので、どうしても狭い空間に大人がひとりになってしまうわけです。完璧主義の妻は家事も手を抜かない。いえ、手を抜くことができないんです。いくら私が『おかずは出来合いのものにしよう』とか『少しくらい部屋が汚れていたっていいじゃないか』と言っても彼女はそういったことが納得できないんです」

里実との結婚後初めて出来合いの総菜が食卓に上がった時、孝道は文句こそ言わなかったが箸を付けなかった。あてつけのように白米だけを食べた。そのことがあって以降、里実はどんなに寝不足で疲れていても自分の具合が悪くても、必ず料理を作った。結愛の行動範囲が広まると部屋はあっという間に散らかった。孝道の帰宅後、おもちゃが一つでも落ちていると家の空気はピリピリと張り詰めた。

自分がしてこなかった他者のための行いをやったと言い、自分がしていた他者を傷付ける行為は妻がやったと言う。

二度とやってこないと思っていた渦状の闇が、今また忍び寄ってきているのを優真は感じた。

「追い詰められてこんなことを――いや、もちろんよくないことだとわかっています。子どもを傷付けるなんてことはあってはならない。そんなことをした時点で、しかるべきところへ連れて行って治療なりカウンセリングなり受けさせるべきでした。そうしなかった私にも責任があります。私がもっとしっかり守ってやれたら……ですから、咎められるのは妻ではなく私です」

普段にこりともしないお父さんがお隣のおばさんに会う時だけ笑顔を向けて。

だれにもバレないよう利き手とは逆の手で力加減までして僕を殴る。

大勢の前で僕を抱きしめ、息子想いの父親を演じる。

勝てっこない。そんなひとに、勝てるわけがなかったのに。

「里実！　里実、ちょっと来てくれ」

それはいつもの冷たく尖った声とは正反対の、よそいきの声だった。

でも、もしかして――

優真はリビングの扉を見つめる。

子どもの僕が言うことは信じてもらえなくても、お母さんなら。お母さんの話なら信じてもらえるかもしれない。

でも……お父さんの前で、お母さんは話せるかな――？

これが最初で最後のチャンスだと、お母さんもわかっているはずだ。これを逃したらほんとうに大変なことになると、お母さんもわかっているはずだ。だから。

やって来た母親を見た途端、優真は沈んでいくような感覚に陥る。結愛を寝かせてきたらしい里実は肩を竦め、握った拳を胸に置き、反対の手で包むようにしている。その怯えきった姿は、とても意見ができる状態には見えなかった。

「里実、こっちへ」

孝道の手が伸びても、里実は今以上に怯えることはしない。夫の手が肩に回されても振り払うような真似もしない。それが「正解」の態度だから。

優真の淡い期待が打ち砕かれる。

「この方たちが話を聞きたいそうだ。優真の身体にある痣のことだよ」

里実の瞬きしない目が孝道を見上げた。

「私たちが優真にしてしまったことを話したよ。優真に暴力を振るってしまったのは里実だが、それを看過した私にも責任はある。私も一緒に責任を取るよ。ただ、今の里実の精神状態なら多少は考慮してもらえるはずだ」

そうですよね、というように孝道が山島に視線を投げる。彼女は痛ましそうな表情のまま肯定も否定もしない。

「里実。君がしてしまったことを、この方たちに告白するんだ。正直に話しても大丈夫。いきさつは、さっき私から伝えておいたから」

俯いてしまった母親から、優真は視線を逸らした。とても見ていられなかった。

「さあ」

孝道が優しく促す。

「……もう二度と、息子を傷付けることは……しません」

消え入りそうな声で里実が言った。優真は息の根を止められたような気分になる。もう二度とだれのことも信じられないだろうと思う。

「息子さんにしたことをお認めになるんですね？」

山島が問い詰める。里実がどう反応したのか、顔を背けている優真にはわからない。

短い沈黙があった。孝道が口を出す。

「これは私たちふたりの責任です。妻がしたことは――」

「わたしがしたこと？」

里実が言った。その場にいる全員が、里実に注目した。

「わたしがしたのは、なにもしなかったこと」

優真の母が顔を上げた。なにかを決心したような顔だった。

「逃げようとしなかった。助けを求めなかった。立ち向かわなかった。なにより――息子が伸ばした手を摑まなかった」

場がしんとなる。孝道さえ、リアクションを起こせないようだった。

「あなたはわたしたちを傷付け、支配した」

里実の声は震えていた。震えてはいたが、毅然とした口調だった。色のない顔の中で、大きく開いた目が孝道を捉えている。

「優真に食事を与えず、時に過食させ、その様子を見てあなたは楽しんだ。氷点下の物置に優真自ら入るよう仕向けた。いつでも出られると言いながら、暴力を受けたわたしを見せることで脱出の意思を挫いた。わたしと優真がお互いの弱点だと知っていて、それを利用した」

職員ふたりが息を呑む。優真は、自分の心臓の音が大きくなるのを聞いていた。

「もう、優真を傷付けることはしない」

里実が優真に顔を向ける。

「今までごめんね、優真」

溢れる涙で優真の視界が曇る。

お母さんは結婚してからいつも僕に謝っていた。あの頃も、あの時も、そして今も。

「――なにを言うかと思えば」

呆れたように孝道は笑った。

「妻も息子も精神状態が不安定なんですよ。先ほど私がお話ししたことがすべてです。まったくふたりともどうしたんだ。私を貶めようとそんな話を？　なにか気に障ることを私がしたかな？」

孝道が饒舌になればなるほど、職員ふたりの向ける視線は冷ややかになっていく。平静を装っていたはずの孝道に焦りが見え始める。

「まさか、育児ノイローゼの妻と子どもの言うことを信じるんですか」

職員ふたりは顔を見合わせ、先に川辺が口を開いた。

「別々にお話を伺いましょう」

「馬鹿なことを言わないでくれ。それじゃあまるで私が悪者みたいじゃないか！　まったく、話にならない。ああもう、帰ってください。こんなことにいつまでも付き合っているほど暇じゃないんですよ。でたらめな通報に振り回されて大変だと同情はしますが、証拠もないのに失礼でしょう」

孝道が吐き捨てるように言い終えるや否や、

「証拠ならここにあります」

そう言ったのは里実だった。

里実は左手を下ろし、胸に置いていた右の拳を職員に突き出した。

孝道の目が零れんばかりに開かれる。その目は、里実の手のひらに載ったものを凝視している。黒く、細長い物体だ。

「優真とわたしが暴力を受けた証拠です。ここに録音されています」

「里実――おまえ――それはなんだ。なんでそんなものを？」

唇を強く引き結んだ里実はなにも答えない。孝道は目に見えて狼狽している。

「いったいどこに隠して……そんなもの、早くしまいなさい」

孝道に手を伸ばされ、里実はきつく手を握った。再び胸の上に拳を置くと、奪われまいとするように反対の手で包み込んだ。

孝道は落ち着きなく髪をかき上げた後、考えるように顎に手をあてた。

「ご覧のように妻は今、精神的に不安定なんです。自分がしたことを私のせいにしようなんて――」

「不安定なのはあなたの方ではないですか」

川辺の声は厳しい。

里実に目を向けた優真は、袖口に白いものが付いているのに気付いた。夜食代の千円札をもらった時と同じように。

「ちがう、これは――そんな……」

孝道の膝ががくりと折れる。彼の思い描く家族が音を立てて崩れているのだろう。

ちがう――優真は思う。

最初から家族なんかじゃなかった。父親はずっといなかった。一度もいなかった。

這いつくばるように床に手をつく孝道を見て、優真は少しだけ胸が痛んだ。

ずっと、このひとに父親になってほしいと思っていたのに。家族になってほしいと願っていたのに。

顔を上げた時、川辺と目が合った。終わったんだ、と思った。

彼の目は、「もう大丈夫だよ」と言っていた。

第七章　収穫

1

優真は照れくさそうに笑いながら、時折視線を秋夜に向けた。

「その節は、大変お世話になりました」

優真の母、里実が深々と頭を下げる。慌てたように優真が真似る。秋夜はふたりに顔を上げるよう言った。

「お元気そうで安心しました」

秋夜に言われ、里実は微笑んだ。初めて見る里実の笑顔は、秋夜に大きな安堵をもたらした。

孝道が逮捕されたと聞いても、三人にとって本当にこれが最善だったのか、自分がしたことは正しかったのか秋夜は悩んだ。だがこうして会ってみると、こうするよりほかなかったのだと思えた。

「善財さんとお会いした時は、まさか自分にあんなことができるとは思っていませんでした。主人のことが怖かったし、ひどくならないようにするためには我慢するしかないと思い込んでいましたから」


『たすけて』

優真が語る内容は、想像するのもおぞましいものだった。継父が食事を与えない、時に過食をさせる。氷点下の物置へ閉じ込める。拳で殴る。妻を殴る、蹴る、髪の毛を引き抜く。

その苦痛を小学五年生の優真が受けているかと思うと、秋夜はすぐにでも継父を遠くへ追いやりたかったが、問い詰める材料は優真の話しかない。家に押し掛けたところで継父がはいそうですと認めるわけもない。しかも、低体温症にならないよう時間や環境を調整し、「利き手とは逆の手で」暴力を振るうような男だ。証拠を突き付けなければならない。現に今、優真の体に虐待の痕はない。下手に動くと優真への虐待が悪化する可能性がある。

確実に、そして二度と、そんなことを行わせてはならない。

「わたしが助ける」

優真は泣いた。声を上げて泣いた。秋夜はそれを必死に受け止め、約束した。

今度こそ必ず助けるから、と。

準備を整えた秋夜は優真の家に向かった。

優真との関係を里実に説明したが、すぐには信用してもらえなかった。ところが、この家で起きていることを知っている。そう言った途端、里実の態度が変わった。周囲の目を気にするように秋夜を家へ入れた。

優真たちには助けが必要なこと。そのためには里実の協力が必要不可欠であること。秋夜が一方的に話す間、里実は怯えたように玄関や電話に何度も目をやった。今にも孝道が帰宅するのではないか、電話が鳴るのではないかと恐れているようだった。それだけでも、どれほど彼女が追い詰められているのかが知れた。

優真の母親が自分の言うことを聞き入れてくれるか自信がなかった。すんなり聞き入れるくらいならとっくに優真と結愛を連れて家を出たのではないか。そんな風に思った。

だが実際に会ってみて、「逃げる」という選択肢は彼女にはないのだとわかった。そんな発想ができないほど心身共に砕かれて、息をするにも許可を求めるのではないかと思うほど夫に依存し、疲弊していた。だから、里実が実行できるか秋夜は不安だった。

もし行動に移せない場合はせめて子どもだけでも救えるよう邪魔はしないでほしい、告げ口だけはしないでくれと念を押した。

秋夜の不安をよそに、里実は実行した。秋夜が置いていったボイスレコーダーを隠し、暴行の様子を録音した。気付かれたら最後、暴力を超えた最悪の末路を辿ると知りながら。

優真を救ったのは、彼のたったひとりの母親だった。

「でもまさか、お隣の塩谷さんが協力してくれたなんて」

里実が行動に移せなかった場合に備えておくため、秋夜は隣家にも行った。

塩谷は隣家で起こっている虐待——その一部——に気付いていた。

すぐに通報できなかったのは、しかるべき対処が取られなかった場合、もしくは孝道が言い逃れた場合、優真にとって通報は逆効果になると思ったからだと塩谷は言った。

深夜近くにひとりで塾から帰宅する優真を見かけ、なにかおかしいと感じた。それに関しては、一度孝道にはっきり意見をしたと塩谷は言った。それ以降は車で送迎を始めたので、夜道を子どもひとりで歩かせずに済むと安心していた。だが——塾へ通う際使っていた自転車について、優真は「失くした」と言ったが、その自転車を孝道が物置へしまうのを見た。隣家の歪みを垣間見た気がした。

それ以外にも、優真の友人へひどい暴言を吐いているのを聞いた。

冷え込みが激しい早朝、二階の窓から何気なく外を見ると、孝道に導かれるように優真が物置へ入って行くのが見えた。気になってしばらく見ていたが、家へ入って行く孝道とは反対に、優真はいつまで経っても出てこなかった。嫌なものが垂れ込めて、ずっと胸を塞がれていると塩谷は言った。

秋夜から話を聞いた塩谷は、いつでも証言すると約束してくれた。そして、虐待の現場の撮影も試みる、と言った。宣言通り、彼女は物置に閉じ込められる優真の姿を自宅の二階窓から撮影し、それを児童相談所へ提出した。

塩谷の協力を聞いた優真は、思い返してみるとひとり暮らしの塩谷のゴミ出しがしばらく前から頻繁になり、こちらを心配して様子を窺っているようだった、と言った。

――わたしが助ける
高台にある公園で秋夜は言った。優真の細く冷えた手を握りながら。

「これからどうなさるんですか」

秋夜が問うと、里実は躊躇いがちに言った。

「引っ越そうかと。ここにいては、いつまでも主人の呪縛から逃れられない気がして」

「ご実家に戻られるんですか？」

里実は首を振った後、視線を秋夜の後方に流した。仏壇を見ているようだった。

「わたしに戻れる家はありません。長野《ここ》以外知らないですし――だから、細かいことはまだ、なにも」

里実は、児童相談所やＤＶ被害者のための機関を頼りながら、優真と心療内科にも通院しているという。

「どこへ行っても――子どもさえいてくれたら頑張れると思うんです」

秋夜の目をしっかり見ながら優真の母親は言った。秋夜は心の中で思う。

この子はあの子じゃない。あの子であってほしいと、戻って来てくれたのだと思いたかった。

でも、あの子じゃない。

優真君を助けたのは、彼の母親だ。たったひとりの母親だ。

胸が悲しみで満たされる。でも、痛みは感じない。それはいずれ――長い時間が経てば幸福に変わり得ると思わせる感情だった。

「僕も頑張るよ」

優真が言う。里実はこれ以上ないくらい幸せそうに微笑む。優しい手つきで息子の頭を撫でる。母子が笑う。

そっくりな笑顔は、胸が痛くなるほど幸せに包まれていた。

2

あの日――お稲荷さんの前で待ち伏せされていた日。

よからぬことを思いついたらしい老婆をそのまま行かせるのが恐ろしくて、優真は後を追った。地面は踏み固められた雪のせいでツルツルに凍っていた。老婆はぎこちない足取りで、しかも上半身を大きく揺らして歩いていた。凍結した路面を歩くにしても不自然な動きだった。

話をしている最中も呂律が回らなくなったり、彼女の様子は明らかにおかしかった。

優真は彼女を引き留めようと手を伸ばした。だが、優真の手が薄紫色のダウンジャケットに触れる寸前、彼女は足を止めた。優真は驚き、咄嗟に手を引っ込めた。老婆の傾いでいた頭が二度、大きく左右に揺れた。それから片足が氷の上を滑り、体勢が崩れ始めた。優真は再び手を伸ばした。老婆のジャケットが指先に触れた。なんとか彼女のバランスを取り身体を支えようとしたが、できたのはジャケットの袖部分を摑むことだけだった。ジッパーをしめていなかったジャケットが腕から抜けた。彼女はその場にジャケットを残し横ざまに倒れた。深さ一メートルほどの用水路に落ちた時、大きな飛沫が上がった。

なにが原因かわからないが、彼女は用水路に落ちる寸前に意識を失っていた。

引っ越しの準備が進んでいた。居間にいた優真が窓辺に寄ると、辺りを気にするように庭の物置へ入って行く里実が見えた。

隠しておいた黒いゴミ袋を処分するつもりだろう。

でも——お母さんが思っているのとはちがうのに。

用水路に落ちた老婆はうつ伏せで、起き上がる気配はなかった。なにか思う間もなく、優真は用水路へ飛び降りようと膝を曲げる。ジャンプしようとしたその時、老婆の背中が孝道のそれに見えた。そんなはずはないのに、その一時はたしかにそう見えた。と同時に、ある想いが胸に走る。

このひとさえいなければ。

折り曲げていた膝を伸ばす。用水路の中では堰き止められた水が行き場を失い、異物を押し出そうと嵩を増している。濁った水が渦を作り、波になり、跳ね上がる。

このままにしておけば――。「彼女」はもう、泣くこともないだろう。

水音だけが昼の静かな路地に落ちている。老婆の体に乗り上げた小波は迷惑そうに身を捩り、障害物を上手く避けた仲間と合流する。

障害物となっていた老婆の肘が伸びた。スーパーマンが空を飛ぶ時のような格好で、老婆は用水路を漂っていった。

ゴミ袋を抱えた里実が、足早に庭を横切る。

お母さんは偶然見たのだろう。僕がおばあさんを用水路に落としたと思ったのかもしれない。だから僕がその場に放置したおばあさんのジャケットを隠した。

お母さんが思っているようなことじゃない。でも。

僕はおばあさんを助けなかった。それはきっと「彼女」のためだけじゃなく、自分のためでもあった。一瞬でも、あのひとに見えてしまったから。あのひとをいないものにしたいと思ってしまったから。

事実を知っても、お母さんは僕の味方でいてくれるだろうか。

多分、今より多少は気持ちが軽くなるだろう。

多分。


「お母さん、あのね――」

3

善財の家にやってきたみかげは、祭壇に並んだ三人の遺影を見て改めてショックを受けたようだった。焼香を終えたみかげが沈痛な面持ちで秋夜の手を取った。

「わたしにできることがあったら言ってね。なんでもするから」

妹の手を握り返しながら、秋夜は礼を言った。

ふたりは居間に移り、向かい合わせに座る。秋夜がポットの湯を急須に注いでいると、みかげが言った。

「お父さんたちも心配してるよ。しばらくの間だけでも、実家に戻ったらどう？」

「……考えてみるね」

みかげは躊躇いがちに、

「お姉ちゃん、清春さんからなにか聞いてた？　こんなことになるなんて……いったいどうして――」

秋夜は急須を軽く揺すった。茶葉が開く清々しい香りが立ち昇る。

「清春さんがいなくなる直前の家のことを考えれば、逃げ出したくなるのも無理はないと思う」

「……逃げたら楽になるかもしれない、って思っちゃったのかな」

秋夜はみかげの前に湯呑みを置いた。

「熱いうちに飲んで。そう言えば、みかげがごちそうしてくれた呪文みたいな長い名前の飲み物。あれ、美味しかったな。また一緒に行こう。ね？」

みかげの瞳が、見る間に潤む。

「そう言えば紬は？　紬も連れて来てくれたらよかったのに」

みかげはバツの悪そうな顔になる。

「気遣ってくれてありがとう」

「え？」

「わたしが子どもを亡くした時から、ずっと気を遣ってくれてるでしょ」

秋夜は湯呑みを両手で包んだ。

「あの子のことを、わたし以外にも覚えてくれているひとがいる。それだけで充分よ。それに、わたしだって姪っ子はかわいいのよ。だから、時々は会わせてもらえると嬉しい」

みかげは泣き出しそうな顔で頷いた。それから思い出したように言った。

「そう言えば、大変な時に紬のことまで気にかけてくれてありがとう。出してもらったアレルギー対応のお菓子、すごく美味しかったみたい。葬儀場って、そこまで対応してくれるんだね」

「ああ、あれ。あらかじめ通販で買っておいたの。気に入ってもらえたならよかった」

お茶を一口啜った秋夜は顔を上げた。みかげの表情が一瞬強張ったように見えたが、すぐに顔を伏せてしまったのではっきりとはわからなかった。わずかに緊張が漂う沈黙を破ったのは庭の柿の木だった。ノックするように窓を叩いている。みかげが音の方へ顔を向ける。

「表の柿の木よ。騒々しく窓を叩いたり突然黙ったり。まるで意思があるみたい」

みかげは、不思議そうな、ちょっと気味の悪いものを見るような顔をしている。

「少し前に、小学生の男の子が山の柿の木で首を吊ったの」

みかげの瞳が動揺したように揺れる。動揺の原因が「小学生が自殺を図ったこと」なのか、「首を吊る」というフレーズなのか、秋夜にはわからなかった。

「幸いなことに、枝が折れてその子は助かった……ね？　なんだか木にも意思があるように思えない？」

みかげは曖昧に返事をするだけだ。

「従妹の家に柿の木があったじゃない？　柿の実を採るのはいつも大人の役目で、わたしたちがやりたいって言うといつも『柿の木には登っちゃいけない』って言われてやらせてもらえなかった」

昔話に緊張が緩んだのか、みかげは表情を和らげた。

「うん。覚えてる。大人になってから柿は強度が強い材木だって知って驚いた。それなのに、どうして登っちゃいけないって言われたんだろう」

「枯れ枝とそうでない枝の区別がつきにくいみたい。最近の子は木登りなんてしないだろうけど……でも身近に柿の木がある環境だったら、万が一を考えて大人が注意していた可能性もあるわよね」

「どういうこと？」

「首を吊ろうとした男の子。選んだのが他の木だったら、おそらく結果は悪い方に変わっていた。だから……もしかしたら無意識のうちに彼の方が選んでいたのかもしれない」

みかげはそのことについて考えているのか話の続きを待っているのか黙っている。

「でもやっぱり――柿の木が『選んだ』のかな――男の子は赦されたけど、清春さんは赦されなかった」

今日一番の気遣わし気な表情で、みかげは秋夜を見つめた。

席を立ったみかげが秋夜の隣に移る。

「お姉ちゃん、疲れてるんだよ」

ひとしきり秋夜の背中をさすった後、みかげは思い切ったように訊ねる。

「……これからどうするの？」

「そうね――義妹も義母もまだ入院中だし、退院の目途がつくまではなんとも」

みかげは事の重大さを理解させるように、しっかりと秋夜の目を覗き込んだ。

「お姉ちゃん、わかってる？　言い方は悪いけどここから出るチャンスなんだよ？　もうお姉ちゃんを縛るものはないでしょ？　この家を出ても、だれも責めないよ」

「……そうね」

秋夜は窓の外へ目をやる。大きく張り出した柿の木の枝が、寒風にさらされ揺れている。障壁のように立ちはだかるその姿は、まるで逃げることは許さないと言っているかのようだ。

「今わかるのは一つだけ」

みかげに視線を戻し、秋夜は言った。

「わたしにはやるべきことがあるってこと」


ＣＯＡＣＨの紙袋から取り出したバッグを、秋夜はベッドサイドの棚に置いた。

「これ、お義母さんの部屋にあったの。プレゼント用に包まれていたのを開けてしまったけれど、よかったわよね？」

アルコールと排泄物の独特な臭いが充満した病室で、真っ赤なブランドバッグは女王のように鎮座する。

「朝香さん？　聞いてる？」

ベッド上では両腕をギプス固定された朝香が虚ろな目を天井に向けている。

「だって朝香さんへのプレゼントでしょうから。ここなら見える？」

秋夜はバッグの角度を調整する。

「わたしには一度もプレゼントなんてしてくれなかったけれど……あら、愚痴じゃないのよ。わたしはいいの。これで充分」

秋夜は使い込まれたポーチを掲げる。

「前に小学生の子に注意されたの。虫刺されの薬なんて入れずに、おにぎりかサンドイッチを入れとかないと！　って。だから今はね、おにぎりを入れているの、ほら」

真っ黒な爆弾おにぎりを持ち上げるが、朝香はこちらに目を向けない。

「わたしの話はどうでもいいわね」

秋夜はベッド脇のパイプ椅子に腰かけた。

「それにしても、雪下ろし中に除雪作業をするなんて……朝香さん、危険なことをしたわね」

朝香の眉がぴくりと動く。

「な……に？」

朝香がやっとこちらに顔を向けた。

「なんて言ったの？」

「あんな危険なことをするから怪我をしたのよ」

秋夜はあの日のことを思い出していた。

屋根に上がる前、蔵から戻って来た昌男が秋夜に言った。

「蔵にあったロープ知らないか？」

「清春さんが使うと思って寝室に置いてあります」

「じゃあ、あとで持たせてくれ。ヘルメットはどこだったかな」

「お義父さん、ヘルメット被るんですか？　去年は帽子だったような……」

「ずっと帽子だったが、回覧板やニュースでうるさいこと言ってたからちょっと気になって。これまで大丈夫だったんだから心配し過ぎだな」

「そうですね」

会話が終了したところで二階から清春が下りて来る。手には輪になったロープが握られている。

「清春、ロープくれ」

清春が昌男にロープを手渡す。その受け渡しを、秋夜はしっかりと目に焼き付ける。

昌男の後を追おうとする清春に、秋夜は、

「清春さん、雪下ろし用に買った新しいロープが見あたらないの。二階の納戸にしまったような気がするけど」

と言った。清春はにこりと微笑む。

「捜してみるよ」

清春が階段を上がったところで珠子がやって来る。

「お父さんたちは？　もう上がったの？　秋夜さんのおかげで清春もいい迷惑だわ」

雪下ろしのために帰宅を早める——清春はそう言って朝出かけたはずだが、どうやら珠子は秋夜の体調が悪いせいで息子は仕事を切り上げたと言いたいようだ。

　これまでもそうだった。

　珠子にとって不本意に感じることは、たとえそれが清春本人の意思であっても――場合によっては彼自身に非があることでも――悪いのはすべて嫁である秋夜なのだ。

「朝香ちゃんに旗振り当番をやらせたのね。そんなに具合が悪そうには見えないけど」

「おかげさまでだいぶよくなりましたから、雪下ろし後の除雪作業はわたしがやります」

　値踏みするような目を秋夜に向けた後、珠子はニコッと笑った。手のひらを返したような笑顔だった。

「わたしがお父さんに声をかけるから、すぐ作業を始めるといいわ」

「え、でも危険じゃ――」

「雪を落としたところからやれば大丈夫よ。同時にやった方が早く終わるでしょ。ね、そうしてちょうだい」

　ウキウキしているように見える珠子に、秋夜は、

「わかりました。そうします」

と答えた。珠子は満足気に頷いた。

　足取り軽く自室へ向かう珠子を確認すると、秋夜は二階へ上がった。清春はまだ納戸にいるようだった。朝香の部屋のドアはいつもの通りだらしなく開いている。ノックの後、間延びした朝香の返事を聞いてから秋夜はドアを引いた。朝香はファッション雑誌を手にベッドに腰か

けていた。

秋夜はさも具合が悪く見えるように咳き込んだ。風邪をうつされてたまるかと言わんばかりの態度で朝香が顔を顰める。ご丁寧に腕で口元を覆って。

「朝香さん。旗振りを代わってもらってさらにお願いするのは申し訳ないけど、除雪機をかけてもらえない？　わたし、具合が悪くて」

「なんであたしが？」

なんであたしが。このセリフを幾度聞いたことだろう？

秋夜は項垂れたまま、

「ごめんね。わたし、とても外に出られるような体調じゃないの。明日から家のことは全部わたしがするから。旗振りも家事も、もう朝香さんに頼むようなことはしない」

ピンク色のセーターの前で腕を組んだ朝香は試すような目を秋夜に向けている。

「朝香さんのコートが汚れるといけないから、わたしのを着て」

秋夜は、持ってきた自分のブルゾンを差し出した。

朝香は特大の呆れ顔を作った。

「あたしにやらせるの前提で来たんじゃない」

イラついた様子でもったいぶった間を取った後、

「今言ったこと、ちゃんと守ってよね。あたしはもう家のことなんかやらないから」

と、朝香は言った。秋夜のブルゾンをひったくると、なんとも嫌そうな顔をして腕を通す。

テーブル上のスマホとワイヤレスイヤホンを手にすると、朝香はわざとらしくため息を吐き、秋夜に部屋から出るよう目で促した。

朝香が階段を下りて行った後すぐに、清春が納戸から姿を見せた。

「見つからなかった」

「あら……そこにしまったような気がしたんだけど」

「今日は古いロープでいいよ」

すでに昌男が雪を落とす音が聞こえている。屋根に向かおうと背を向けた清春に、秋夜は声をかけた。

「気を付けてね」

秋夜は寝室へ入ると、しっかりとドアを閉めた。

ベッドに腰かけると仰向けに倒れ、目を閉じた。

屋根の上から物音が聞こえる。玄関扉の開閉音。雪が落ちる、どすん、どすんという音。柿の木の枝がしなる音。除雪機の作動音。冬の音。冬の、いつもの——

金属音。間近に義父の声。雪以外のものの落下音。なにかが叩きつけられたような物音。機械の唸り声。いつもの冬を乱す異音たち。

耳をつんざく珠子の悲鳴。

秋夜はゆっくりと身体を起こした。ベッドと壁の隙間に差し込んでいた「真新しい」ロープを手に窓辺へ寄ると、庭で起きている惨状を見下ろした。

清春は今頃、切れたロープを手繰っているかもしれない。自分が渡したロープが原因だと気付いた時、彼はどんなに驚愕するだろう。

手の中のロープを元あった場所へ戻すと、秋夜は阿鼻叫喚と化した家の庭へと向かった。


「あんたが――あんたがやれって」

ベッドの上で、朝香は鼻をひくつかせ怒りで顔を真っ赤にしている。

「たしかに交代してもらったけど、除雪機をかけるように言ったのはお義母さんなのよ。わたしは危険じゃないかって言ったけど、雪下ろしをした側からかければ大丈夫だって。お義母さんが言うんだから大丈夫だと思うじゃない？」

「なんで……あたしにブルゾンまで渡したくせに」

「ブルゾン！　わたし、冬用のアウターはあれしかなかったのよ。好意で貸したのに」

朝香は怒りを超えて呆然としているように見える。

「おじいちゃんにお義父さん、それに清春さんも……納骨は無事に済んだから。朝香さん、早くよくなってね」

秋夜は朝香の全身に視線を走らせ、

「大変そうね」

と言った。それから下半身に目を向けた後、一旦目を伏せた。

「特に排泄が……」

朝香に考えさせる間を取った後、その顔をしっかりと覗き込んだ。彼女は恥辱で顔を赤紫色にしている。

「朝香さん、今でも『おむつを着けるくらいなら死んだ方がマシ』だと思う？」

朝香の小さな黒目が小刻みに震えている。

「自分がその立場になっても、まだそんな風に思う？」

朝香の鼻孔が膨らみ、呼吸が荒くなる。

「朝香さん。人間て、簡単に死んでしまうけれど、簡単には死ねない生きものなのよ。今の朝香さんなら意味がわかると思うけれど」

胸が激しく上下し始めるが、朝香はなにも言わない。

「もう行くわね」

秋夜は立ち上がり、ポーチを肩にかけた。

「おだいじに」

最後の一瞥で、朝香が泣いているのが見えた。

4

「わざわざ返しに来てくれたの？」

以前とすっかり変わった秋夜は顔いっぱいに笑みを浮かべ、優真が差し出した手袋を大事そうに受け取った。

「ありがとう」

「お礼を言うのは僕の方です。とっても暖かかったし、これに救われたので。あの——先生にご挨拶をしてもいいですか」

通された部屋は居間の奥で、祭壇にはたくさんの花とお菓子、それと教え子が書いたものと思われる手紙が供えられていた。

「お母さんから聞いたわ。今日、引っ越しなのね」

「はい。修了式も終わったし、早くしないと新学期に間に合わないので」

「ごめんなさいね、わたしも手伝えたらよかったんだけど——」

「大丈夫です。塩谷さんと担任の先生が手伝ってくれたので」

隣家の塩谷は結愛を預かってくれ、高岡は力仕事を買って出てくれた。孝道のことが公になって以降、ふたりは親身になって里実と優真に寄り添ってくれた。

ひとり暮らしでさみしいおばさん。自分に酔っている先生。そんな風に誤解していたことを、優真は反省した。だれの助けもない追い込まれた状況と、救済の道が開けた今とでは、ものごとは百八十度違って見えた。周囲の大人が、彼らなりに救いの手を差し伸べようとしてくれていたことが、今の優真なら理解できる。

優真はふたりに心の中で謝った。直接謝る代わりに、心からの感謝を伝えた。

「お母さんも四月からお仕事?」

優真は頷いた。

「旅館で働くのは初めてだから、緊張するって言ってました」

孝道の逮捕からほどなくして、太陽の母から里実のもとに連絡があった。

日の出や信州の応接間で、太陽の両親は優真に何度も何度も礼を言った。太陽を見つけてくれてありがとう、息子を救ってくれてありがとう。

優真に感謝を伝えたい――。太陽の両親は何度も孝道に掛け合ったそうだが、ことごとく断られたそうだ。

事情を聞いた太陽の両親は、優真一家のために仕事と住居を用意してくれた。ふたりは、自分たちが孝道に意見をしたせいで優真親子が暴力を振るわれたのではないかと思い悩んでいたそうだ。浜も、太陽捜索の際、優真が電話で孝道に言ったことをずっと気にしていたらしい。

秋夜は安堵と喜びが混じった表情だ。

「優真君、よかったわね」

「秋夜さんのおかげです。ありがとうございました」

「助けるなんて言っておいて、わたしがしたのは口を出したことだけ。塩谷さんとお母さんが助けてくれたのよ」

秋夜の訪問がなければ里実は行動を起こせなかっただろう。あのまま我慢し続けていたらだれかにとって取り返しのつかないことになっていたはずだ。

秋夜が続ける。

「太陽君とは――もう会ったの？」

優真は首を横に振った。旅館を訪れた時、太陽は姿を見せなかった。

「でも、電話で話しました。秋夜さんのことを話したら、太陽、『おしるこさん、ちゃんと食べてるかな？』って心配してました」

秋夜は、なんとも幸せそうに笑った。

居間を後にする際、優真は一度だけ振り返った。遺影の先生は微笑みを浮かべているはずなのに、その時だけは笑顔が歪んで見えた。伝えたいことがあるのに、二度と伝えられないんだ、という風に。

玄関へ向かう。広い家の中はひんやりしている。

「あの――」

足を止めた優真は、秋夜に訊ねる。

「さみしくないですか」

優真を見つめる瞳がかすかに揺らいだ。心の底にある感情を抑えつけるような揺らぎだった。

「今はやるべきことがあるし、それに――ひとりじゃないから」

秋夜が玄関横に位置する扉へ目をやった。ほんの少しドアが開いている。

「病院から義母が戻ったの」

おばあさんが退院した。

その事実は後悔と懺悔の想いを強くしただけで、優真に救いの感情は微塵ももたらさなかった。

扉の向こうは――家の中は――静まり返っていて物音一つ聞こえない。

「そう――ですか。あの、おばあさんに挨拶を――」

会ってなにを言う？「あの時はごめんなさい」？「助けなくてごめんなさい」？

秋夜はゆるゆると首を振った。

「今、寝ているから」

猛烈な安堵が押し寄せ、優真は脱力した。そんな優真を見て、秋夜は、

「義母のことは心配しなくて大丈夫」

と言った。優真が意味を訊ねようとすると、秋夜は念を押すように、

「大丈夫よ」

と繰り返した。


表へ出ると、春に成り切れない三月の陽射しが降り注いでいた。

「まだちょっと寒いけれど、気持ちのいいお天気ね」

優真は、老婆がいるという部屋の窓を振り返った。薄いカーテンが引かれていて顔までは見えないが、ベッドで寝ているひとのシルエットが見えた。

「あの部屋は以前おじいちゃんが使っていた部屋で、一番日当たりがいいの。そうは言っても、今まで柿の木が陽射しを遮ってしまっていて。だから――」

門番のようだった柿の木は、今や切り株だけになっている。

「秋夜さん」

彼女は、今はもうない柿の木を見つめている。

「僕、母と妹と、幸せになります」

『おしるこさん』がこちらへ視線を移し、そっと頷く。それは、知らないひとのような遠い微笑だった。


角を曲がった時、ふいにある光景が浮かんだ。お稲荷さんの前で座り込んでいた太陽。優真に気付き、笑顔で立ち上がった太陽。

今、お稲荷さんの前にはだれもいない。もちろん、老婆の姿もない。

おばあさんは無事だった。退院して家に帰って来た。

そう思うと、重荷が少しだけ軽くなった気がした。ほんの、少しだけ。

「優真」

だれかに名前を呼ばれ、優真は我に返る。白狐像がこちらを見ている。

「優真！」

優真は曲がり角の方へ顔を向けた。

この声は――

「どこ見てるの？　こっちだってば」

逆の方へ顔を向ける。

家の前に立っているのは、ずっとずっと会いたかった人物――

「どこ行ってたのさ。もう、待ちくたびれたよ」

そう言って太陽は笑う。いつもの、あの笑顔で。

「なんで――なんで」

上手く言葉にならない。

少し痩せたように見える太陽が、こちらにやって来る。

「これ返しに来た」

レインボー色のブルゾンのポケットから、太陽はなにかを取り出す。

優真は呆然と、太陽を見つめた。

「何度も洗ったから大丈夫だよ」

差し出されたものに目をやると、それは星柄のハンカチだった。

「なんで――」

「なんで？　なんでって、だってほら、これで洟かんじゃったからさ。一度じゃちょっとあれかなと思って――」

「なんでここにいるんだよ」

「そろそろ帰って来る頃かなと思って表で待ってた。さっきまで優真の家にいたよ。結愛ちゃんと遊んだり、お菓子をもらって食べたり――」

「そうじゃなくて、なんで」

「会いに来たんだよ」

太陽はなんでわからないんだよ、という顔だ。

「今日が引っ越しだってわかってたけど、邪魔になるかもしれないとも思ったけど、手伝いが必要かもしれないとも思ったし、ずっと待ったし、もういいよねと思って」

「なに言ってるかわかんないよ」

「僕もわかんないよ」

なぜかちょっと怒ったような顔になって、太陽は言った。

「あのさ、僕がどれだけ心配したかわかる？　電話でなんか話したってさ、ホントの優真の様子はわからないでしょ。近くに父ちゃんや母ちゃんはいるし、家の電話なんかじゃ落ち着いて話もできないし」

「心配したのはこっちだよ。なんだよ。どうしてあんなこと。どういうつもりだよ。俺がいったいどんな気持ちだったか――」

言いながら、ちがう、と優真は思う。

「家に来たって隣のおばさんから聞いた。その時ひどいことを父さんに言われてたって。そのせいだろ？　父さんのせいで――」

「ごめん」

唐突に、太陽が謝った。腕を腰に当てて、顔は怒ったようなまま。

「ごめん」

「……謝るひとの態度じゃないけど」

太陽が腰から腕を下ろす。それから様子を窺うように、

「ごめん。もう二度としないからさ」

「あたりまえだろ！」

優真は叫ぶように言った。自分が怒っているのか泣きそうなのかわからなかった。

「もう、捜さないからな。捜さないし、助けない。またあんなことしたら許さないし、友だちもやめてやる――」

「もうしないよ」

真剣な面持ちで、太陽は言う。

「絶対」

しっかりと優真の目を見つめ、

「苦しい時に笑うのは止めるし、自分でどうにもできない時は必ずだれかに相談する。それが優真でもいいよね？　だってずっと親友でしょ」

「――あたりまえだろ」

太陽が笑顔になる。

「だからさ。だから、優真も俺に話してよ。いつでも聞くから」

「……なんだよ、突然大人みたいに。しかも、なんだよ『俺』って」

あはは、と太陽が笑う。

「優真の真似」

「なんだよそれ」

胸の奥があたたかくなって、自然と笑みがこぼれる。太陽にそうと悟られるのが癪で、優真は辺りを見回しながら言う。

「どうやって来た？　まさかまた歩いて――」

「そんなわけないでしょ。上山田から歩いてきたら五時間かかるよ」

「そんなにかからないって言ってただろ」

「よく覚えてるね。さすが優真。さすがと言えば、優真はまださくら中学受験するつもり……？」

太陽は固唾《かたず》を飲んで優真の返事を待っている。

「しないよ」

ぱっと顔を明るくした太陽は、盛大に安堵の息を漏らした。

「よかったー」

「なんだよ、勉強頑張ってるって言ってたのに」

「いや、頑張ったよ？　もちろん頑張ったけど、合格できるかって言われたらそれはちょっと難しいですよねって感じで。大森先生には『とんち弁当』がなんとかって言われたけど……受験て、とんちが必要なの？」

「とんちべんとう――？……『困知勉行』のことか？」

「こん――？」

首を傾げる太陽を見て、優真は思わず笑った。

「あ！　笑った！　優真が笑った！」

太陽は手を叩かんばかりに喜んでいる。もう降参したような気分になって、優真は笑った。

「ていうか俺、この後上山田に引っ越すんだけど――？　しかも、太陽ん家のすっごい近くに」

「もちろんわかってるよ。でも、優真だって少しでも早く僕に会いたかったでしょ？　あ、優真は僕と行く？　浜のおじさんが向こうで待ってるんだ」

「――浜のおじさんのこと、どれだけ待たせてるの……？」

「えっと、二時間くらい――？」

「えっ！　はあぁ……」

優真は太陽の肩に手を置いた。

「ほら、おじさんのとこ行こう」

「え、優真も一緒に上山田行く？」

「行かないよ。おじさんに挨拶しに行くだけ。――太陽さ」

「なに？」

「また派手な色のブルゾンだな」

太陽が満足気な表情を浮かべた。

「これね、魔人学園カラーなの。魔人学園と言えば、ウエハースに付いてるカード、僕が選ぶとやっぱり同じキャラばっかり出てきちゃうんだよ！　優真、明日さ、一緒に『家ヤス』に行こうよ。優真が選ぶとレアキャラが出るんだよね」

「太陽……」

「なに？」

「俺さ、引っ越し」

「うん」

「引っ越しの片付けとか、転校の準備とか、妹の世話とか」

「うんうん」

「だから」

「うん」

「無理に決まってるだろ！」

終章　新芽

あら。お義母さん、お目覚めですか。

柿の木ですか？　切りました。お義母さんに相談もせず、すみません。でも、あの木があると陽射しが遮られてしまうものですから。大きくなり過ぎて枝が窓を叩いたり、秋には落ち葉の掃除も大変だったんですよ。

これから、わたしたちずっと一緒に暮らしていくんですよ。清春さんたちを亡くした家で暮らすのはお義母さんにとって辛いことかもしれませんが……でも、お義母さんが庭に行くことはないし、いい思い出もあるでしょうから……構いませんよね？

遺品整理も進めないといけないんですが、おじいちゃんの腕時計だけはわたしがもらってもいいですよね？　おじいちゃんは生前、大事なものはだいじなひとにしか触れてほしくないって言っていたので。

おじいちゃんはお義母さんがどんなひとか知っていましたよ。だから結婚にも反対した。わたしの幸せを願って反対したんです。でも……清春さんがわたしを想う気持ちを知ってからは苦しかったと思います。孫の願いを叶えればわたしの未来を断ちかねない。

おじいちゃんにそんな想いをさせながら、よく平気でいられましたね。

すごいひとです、お義母さんは。わたしと清春さんを会わせるためにおじいちゃんを利用するなんて。

清春さんの、優しくてひとの気持ちに寄り添えるところはおじいちゃんに似たんでしょうね。だからこそ違和感を抱いた。おじいちゃんの通所先の施設にわたしがいたこと。偶然にしてはでき過ぎている。でも、深くは考えなかった。母親の狂気を認めることになるから。だから知らぬふりをした。

柿の木で首を吊ろうとした男の子の話、覚えてますか？　彼は柿の木に選ばれた。つまり、赦されたんです。でも清春さんは違った。ああ、ごめんなさい、辛い話を思い出させて。大事に育てたかわいい息子を、まさか自死で亡くすとはお義母さんも夢にも思わなかったでしょう？

子どもの願いは叶えてやりたいし、望む人生を歩ませてやりたい。親ならだれしも抱く願望かもしれません。でも、お義母さんのやり方は異常です。

清春さんの望みを叶えてわたしと結婚させた……そして嫁に迎えられて嬉しいと言いながら、ずっとわたしを蔑み、いじめた。

お義母さんの価値観で測ると、相手が公務員でも医師でもない嫁や家族なら生涯優越感に浸れますものね。しかも、結婚歴があって子どもを亡くしているわたしなら負い目のせいで逆らわないだろう、操縦しやすいと踏んだんでしょう。

それってとても不健全。

あ、そうだ。さっき家に来ていた優真君のことですが。一部始終を、わたし、見ていたんです。どうして彼がお義母さんを助けなかったのか、わたしにはわかるんです。いいえ。わたしにしかわからない。でも、彼をこちら側の人間にするわけにはいかなかった。それに、彼は、決して通じ合えない相手と関係を絶つことで自由になれたけれど、わたしの場合、その道を選ぶには与えられた傷と失ったものが多過ぎた。だから、お義母さんにはどうしても生きていてもらわなければならなかったんです。わたしのために。

嫌だわ、お義母さん、わたしを疑っているんですか？

雪下ろしの事故。あれ、清春さんのせいだって、お義母さん知ってました？　わたしが預けた細工した古いロープを、彼は点検もせずに父親に手渡したんですよ。これって、わたしのせいなんでしょうか？　それとも、ロープを渡した清春さんのせい……？　同じような話、お義母さんなら知っているんじゃありません？　ほら、サプリメントの中身を妊娠中絶薬とすり替えたお義母さんが悪いのか、それを渡した清春さんが悪いのか。

どうやって薬を手に入れたんですか？　かりにも薬剤師でありながら恐ろしいことをしましたね。まさか流産で子宮を失うとは考えなかったんでしょう。事実、そう言っていましたものね。

どうやってわたしを手に入れたかを、清春さんに話したでしょう？　お義母さんから、流産の原因は自分が渡したものだったと聞かされて、彼がどれほどショックを受けたか。

清春さんは、お義母さんの暴走を止めるため、わたしにしたことの罪を償うためにお義母さんを殺そうと決心した。

用水路に転落する前、眩暈やふらつきがあったんじゃないですか？　あの日、清春さんがスープを作ったんですけど、覚えていますか？　あれに、おじいちゃんの薬がたっぷり入っていたんですって。

おじいちゃんの通院前ならそんなにたくさんのお薬は残っていなかったのに。皮肉ですね。自らが過去に犯したのと同じ方法で苦しめられるなんて。

茂木尊に薬を盛ったのはお義母さんですね？　歯医者の苦手な尊が気持ちを落ち着かせるために治療前には必ず熱いお茶を飲むのを知って、お義母さんはティーサーバーに向かった彼の前に割り込んだ。そして薬を入れたお茶を親切ごかしに渡した。咄嗟のことだったし、尊は優しいひとでしたからお義母さんの親切を無下にすることができず渡されたものを口にしてしまったのでしょう。

ふふ。

どうして笑ったか気になりますか？　以前、小学生からおにぎりをもらったことがあるんです。わたしは食べるつもりだったんですが、清春さんに止められて。他人からもらったものを口に入れるのはよくない、警戒心を持たないといけないって。彼、今の話をお義母さんから聞かされた後だったからあんなことを言ったんだわ。

清春さんの一番の罪がなんだかわかりますか？　彼は、自分の幸福のためにうっすらとでも気付いていた違和感を無視した。母親が自分のためにしたおぞましい犯罪を知った時、彼、やっぱりって思ったんですって。『やっぱり』って——その罪深さがわかりますか？　しかも、あるひとにこう言ったんです。わたしとの子どもができたら幸せだろうって。子どもというつながりがあれば安心できるって。この言葉がなければもしかしたら——

そうそう、朝香さんですが、この家に戻るつもりはないそうですよ。わたしにはっきりと言いました。わたしがお義母さんと暮らすって言ったら、彼女喜びを押し殺すのがやっとの様子で「秋夜さんがそう言うなら仕方ないわね」って。

あら、そんな目で見ないでください。一連の不幸を、まだわたしのせいだと言うんですか？　お義父さんのこともお義母さんのことも手を下したのは清春さんです。え？　彼は本当に自殺だったのかって？

ほんとうに知りたいですか？　わたしたち一緒に暮らしていくんですよ。それでも、どうしても知りたいと言うなら——

打ち明け話をするように、秋夜は珠子の耳元へ唇を寄せた。

珠子の目が見開かれる。

「さあ、おむつを替えましょうね」

珠子の目からとめどなく流れる涙。おむつを手にした秋夜が窓の外を見る。

「ほらお義母さん。明るいでしょう？　やっぱり柿の木は切ってよかったんですよ」

珠子の目から涙が溢れ出る。

「新芽が出て、以前のような大きさになったら——その頃にはなにかが違っているかもしれないし」

涙を流し続ける珠子に、秋夜は語り続ける。

「木崎さんが、時計店を継がないかって言ってくれて。それが叶うかはわかりませんが、木崎さんがお元気なうちにたくさん教えていただこうと思っています」

秋夜は、珠子が見やすいように尊と芳武の写真を手前に寄せた。

「おじいちゃんが使っていたものを処分する気持ちになれなくて手付かずでしたが、捨てなくてよかった。こうしてお義母さんが使うことになったんだから。訪問介護や診療がある時は必ず明るい色の服を着せてあげますから安心してくださいね」

秋夜は、窓から差し込む太陽の光を全身に浴び、目を閉じた。

「ああ、いいお天気」

珠子に目を移した秋夜はニッコリと笑う。

秋夜はひとり話し続ける。

「長生きしてくださいね、お義母さん」

世界で　唯ひとりの親友へ

本書は書き下ろしです。

神津凛子
1979年長野県生まれ。歯科衛生専門学校卒業。
2018年、『スイート・マイホーム』で
第13回小説現代長編新人賞を受賞し、デビュー。
他の著書に『ママ』『サイレント　黙認』『オイサメサン』がある。長野県在住。

わたしを
永遠に
眠らせて

2023年11月20日　第1刷発行

著　者　神津凛子
発行人　見城 徹
編集人　森下康樹
編集者　武田勇美
発行所　株式会社 幻冬舎
〒151-0051 東京都渋谷区千駄ヶ谷4-9-7
電話：03(5411)6211(編集)　03(5411)6222(営業)
公式HP：https://www.gentosha.co.jp/
印刷・製本所　株式会社 光邦

ISBN978-4-344-04202-5 C0093

この本に関するご意見・ご感想は、
下記アンケートフォームからお寄せください。
https://www.gentosha.co.jp/e/